姑娘這回要使壞 3 完

菱昭 著

目錄

第二十一章

沈雲商並沒有等多久，便見崔九珩帶著西燭走過來。

不必吩咐，西燭與玉薇便各自守著一個路口，以防被人撞見，生出誤會。

「沈小姐。」崔九珩並沒有靠沈雲商太近，在距她幾步之外停下。

沈雲商還了禮，朝他走近兩步，才道：「貿然請崔公子相見，有些唐突，還請崔公子見諒。」

崔九珩對裴家莊一事始終沒有釋懷，見著沈雲商時，心中仍有些歉意，聞言忙道：「無妨。不知沈小姐有何事？」

沈雲商笑容微斂，直接問道：「那封手書，可是崔公子送來的？」

崔九珩當即就明白她所指為何，面上頗感訝異。「沈小姐如何知道是我？」

沈雲商見他承認，笑了笑道：「我還知道，你是因為裴家莊一事感到愧疚，才會做那樣的選擇。」

提起這樁事，崔九珩面色微變，抬手又要告罪時，被沈雲商阻止了。

「多謝崔公子好意，只是崔公子能幫得了一時，卻……」

後頭的話沈雲商沒說出口，崔九珩卻隱約能聽明白。

「沈小姐，我向妳保證，之後不會再發生那樣的事。」崔九珩認真地道：「也請沈小姐萬萬莫要再兵行險著，刺殺皇子是株連之罪。」

沈雲商挑眉。「我有刺殺皇子嗎？」

崔九珩一愣。「沈小姐何意？」

「死的、傷的不都是皇子身邊的護衛嗎？」沈雲商輕笑道。

崔九珩皺起眉頭。「妳的目的只是護衛，為何？」

「你以為我是因為裴家莊一事才動手的，對嗎？」

「難道不是？」崔九珩問完這話，便見沈雲商唇邊勾起一抹奇怪的笑，他的心驀地一沈。

「我就猜到，趙承北是瞞著你的。」沈雲商緩緩道。

崔九珩手指微縮，半晌後才讓自己平靜下來。「請沈小姐明示。」

沈雲商偏頭看向玉薇。

崔九珩也隨著她的視線望去。

「玉薇是幼時就到我身邊的，她自小模樣就水靈，我們府中的人包括母親都很喜歡她。」沈雲商徐徐道：「她是我一手帶大的，幼時與我同吃同睡，我沒有妹妹，便將她當作妹妹，平日就愛打扮她，帶她玩。」說到這裡，沈雲商笑了笑，道：「別看她現在總是繃著一張臉，幼年時可乖巧了，我讓她穿什麼她就穿什麼，讓她學什麼她就學什麼。沈家的人都知道，我是將她當作妹妹照顧的。」

崔九珩不太明白她為何突然和他說這些，但並沒有打斷她，而是耐心地聽著。

這時，沈雲商突然轉頭看著他。「不只沈家，白家、裴家、慕家都知道，他們都知道我是將她當作妹妹的。」

崔九珩看著她突然凌厲的眼神，心頭驀地有了不好的預感，果然，只聽沈雲商繼續道——

「可是那天，她差點就被人害死了！」

崔九珩很不願意往那方面去想，但除此之外，他又實在找不到沈雲商跟他說此事的其他緣由。

「與她一起失蹤的，還有我另一個丫鬟，名叫清梔，是個很溫柔、很善良，身世也很悲慘的姑娘。」沈雲商盯著崔九珩，字字凌厲。「她們一個被關在密室裡逼問，一個被送到青樓拷打，那些人問她們，我有什麼重要之物，她們不願出賣我，要不是那天姑蘇四大家的少家主都來了，她們就都被活活打死了！」

崔九珩眼中閃過一絲複雜，像是不敢相信，又似是倍感失望。

若是別人和他說這些，他不會信，可沈雲商說的，他信。因為他清楚地知道趙承北想在她身上得到什麼。

「玉薇受了內傷，至今還沒痊癒；清梔被裴行昭救回來時，滿身血痕，只剩一口氣了，若不是慕家有醫術了得的醫者在，我就救不活她了。」沈雲商目光灼灼地看著崔九珩。「崔公子，你知道他在找什麼嗎？」

崔九珩下意識後退了一步，腳步微微踉蹌。

「或許你覺得這只是兩個丫鬟，無足輕重——」

「不，不是！」崔九珩打斷她。「我從不因此輕賤人命。」

「是，我相信你不會，但你相信趙承北嗎？」沈雲商淺淺地笑著。「就如我相信崔九珩一樣，你相信他不會濫殺無辜，不會為了一己私利而謀財害命？」

若是以前，崔九珩的答案必然是肯定的。

可經歷裴家莊一事後，他那句「相信」卻是卡在喉嚨裡，怎麼也說不出來了。

「知道為什麼死的是那個喚作烏林的護衛嗎？」沈雲商邊說邊從懷中取出一張畫像。「你應該認得他吧？」

趙承北的四個貼身護衛，崔九珩自然認得。

「有人看見他進出關押玉薇的密室，清梔那些所謂的家人指認的也是他；至於烏軒，那是因為裴家莊石壁上點藥一事是他做的，也是他武功過人，我的人才失了手。」沈雲商將畫像塞到崔九珩手中，偏過頭不再看他。「你信與不信，都取決於你自己，但若你選擇將今日我所說的一切告知趙承北，那麼若不久後沈、裴兩家出事，你也是劊子手。」

崔九珩捏著畫像，手指泛白。許久後，他道：「我不會說，但這些事，我會查清楚。」

沈雲商明白他的意思。
即便他已經對趙承北生疑，但畢竟有著多年情分，他不可能只聽她一人之詞。
就在這時，綠楊突然匆匆出現。
崔九珩按下心緒，將畫像遞給西燭。「燒了。」
西燭雖然離得遠，但他有內力在身，方才的對話他聽得一字不漏。
「沈小姐，出事了！」
綠楊的聲音不大不小，卻足以讓在場的人都聽見，崔九珩和西燭遂同時轉頭望去。
「怎麼了？」沈雲商問道。
綠楊的神情有些一言難盡，斟酌好幾息才道：「薛家二公子醉酒在房裡休息，有舞女闖進去，一進去就欲撞柱，恰好被公子撞見，救了下來。」
他這話讓人聽得雲裡霧裡的，西燭忍不住問道：「可是那薛二做了什麼？」
綠楊神色古怪地搖頭。「薛二公子醉得不省人事了，能做什麼？」
在場的都是人精，話說到這個地步，哪還能聽不出異常？
崔九珩的臉色越發陰沈了。「在何處？我過去看看。」
薛家是太子母族，可以陷害薛二的人，屈指可數，且剛剛又得知了一些真相，崔九珩很難不往那處去想。
沈雲商看著崔九珩的背影，唇角輕掀，側首朝玉薇道：「去將薛夫人請過來，別驚動旁人。」

玉薇頷首。「是。」

沈雲商跟上去後，便聽西燭問道——

「裴公子怎會在那裡？」

綠楊道：「我家公子席間被白家五公子灌了不少酒，本是過去吹風醒酒的，才到不久就見有人將薛二公子送進一間屋子，隨後，我家公子又見一舞女也跟著進去，當即就覺得有些不對，便推門而入，結果正好撞見那舞女欲撞柱。」

西燭看了眼臉色難看的崔九珩，沒再吭聲了。

聽起來似乎是個巧合，且先不管是不是巧合，裴公子都沒有理由去算計薛二。

幾人很快就到了那間屋子。

崔九珩一眼便看見躺在地上、衣衫不整的舞女，忙別開眼。

裴行昭在門外解釋道：「方才我推門進去時她就衣衫不整地要撞柱了，我情急之下用手裡的花生點了她的穴道。」

崔九珩又看向榻上不省人事的薛二，朝西燭示意。

西燭上前查探一番後，道：「公子，薛二公子醉得厲害，現在幾乎沒有意識。」

言下之意就是，不可能有對舞女做什麼的能力。

「我當時就在那棵樹下，從她進屋後我就一直沒有聽見屋裡有什麼聲音。」裴行昭揉著眉心，繼續道：「而且我很好奇，薛二公子可是薛家嫡出，這裡應該不是他的房間吧？」

意思就是，若薛二真對人做了什麼，舞女不可能不大聲呼救。

至此，若裴行昭沒說謊，事態就已經非常明瞭了——薛二是被人設了局。

崔九珩捏了捏拳，半晌後，朝西燭道：「去請薛夫人。」

沈雲商道：「不用，玉薇已經去了。」

崔九珩深深地望了她一眼，不作聲。

很快地，薛夫人便疾步趕了過來，她一看這情形就倒抽一口氣。

在路上，玉薇已經向薛夫人大致說了經過，她心裡也已經有了底，確認薛二沒事後，她一一看向眾人，最後對裴行昭屈膝道：「多謝裴公子相救。」

裴行昭忙站直身子，擺擺手。「只是無意中撞見，舉手之勞罷了。」

薛夫人又看向崔九珩，在場唯有崔九珩能讓她忌憚。

太子與二皇子相爭，薛家與崔家自然也是站在對立面。

若說有誰想要害薛家，她第一個懷疑的就是二皇子一黨，所以她此時看崔九珩的眼神很不善。「崔公子——」

「薛夫人。」沈雲商突然出聲打斷她。

薛夫人遂朝她看去。

因是沈雲商的丫鬟通知她，她看向沈雲商時臉色稍霽。「沈小姐可是有事要說？」

沈雲商先是朝她微微屈膝見了禮，才道：「我有一個法子，或許可以找到背後主使。」

薛夫人看了眼崔九珩，眼裡似有掙扎，但片刻後還是道：「沈小姐請說。」

沈雲商看得明白，這裡只有崔九珩是二皇子的人，薛夫人自然會懷疑他，但因為這人是崔九珩，薛夫人又懷疑不下去。

「這一切還沒有人知曉，設局的人自然也不知道事情已經敗露，我們不妨將計就計？」

薛夫人眼眸微閃，半晌後她又看了眼崔九珩。

沈雲商會意。「崔公子也是後來才過來的，我相信他對此並不知情，所以在此期間，就委屈崔公子先留在此處，免得……通風報信？」

薛夫人被看出心事，面上也沒有尷尬，只冷著臉道：「沈小姐說得對，崔公子覺得如何？」

崔九珩沒有拒絕的理由，他沈聲應下。「好。」

這時，裴行昭突然問道：「廚房有雞血嗎？」

薛夫人一愣。「要雞血做甚？」

裴行昭朝舞女躺著的地方抬了抬下巴。「待會兒應該會有人過來查探，沒有血，怎麼讓人相信？」說完，他遞給玉薇一顆藥。「這顆藥能讓人暫時處於假死狀態，給她餵下去。」

如此，這一切便算是天衣無縫了。

而後眾人紛紛離開此間屋子，薛夫人、沈雲商、崔九珩、裴行昭和玉薇都去了隔壁廂房，而西燭、綠楊和薛夫人喚來的護衛則分別藏於那間屋子的四周。

如今只等魚兒上鈎了。

果然，沒過多久，一個蒙面黑衣人出現在眾人視野裡。

黑衣人推門而入，很快便出來，從腰間掏出一枚信號彈放了出去。

這時，綠楊便迅速衝了出去。

黑衣人不防有人埋伏，短暫的錯愕後，想再放出信號卻已經來不及了。

薛夫人的護衛武功也不弱，再加上西燭，黑衣人幾乎沒有招架之力，很快就被制伏了。

綠楊怕他自盡，卸了他的下巴，點了他的穴道後，才扯下他的面巾。

看清那人之後，西燭的眼神立刻沈了下去，對方看見他也有些錯愕。

綠楊這時朝西燭看去，西燭立刻收回視線，恢復如常。

「你認得嗎？」綠楊問。

西燭冷著臉搖頭。「不認得。」

薛夫人一行人此時也走了過來。

薛夫人看著黑衣人，厲聲問道：「是誰派你來的？」

沈雲商眉頭微蹙。難怪都說薛家這一輩的掌權人不如先祖，也鬥不過旁人，端看薛夫人便知，不是個有謀略的。「薛夫人，我們眼下再問想必他也不會說，不如先按計劃行事？」

薛夫人還想再說什麼，又聽裴行昭附和——

「是啊，這樣的人都忠心得很，很難從他嘴裡套出什麼的。」

薛夫人這才作罷，冷哼一聲後，讓護衛將薛二帶走。

待薛夫人離開後，裴行昭看向崔九珩，似笑非笑地道：「崔公子不認得這人？」

崔九珩抬頭看向他，眼裡似隱忍著萬千情緒，但最終一切淡去，冷聲否認。「不認得。」

他的答案在沈雲商和裴行昭的意料之中。

這人裴行昭都認得，崔九珩跟西燭又怎會不認識？不過他否認也在情理之中。

一旦他承認，二皇子處境就危矣，崔家也就與二皇子為敵了。

雖然趙承北不是個好東西，但畢竟有情誼在，就比如，若有朝一日有人突然告訴他，慕淮衣不是個好的，他和沈商商也會第一時間選擇維護他，這是人之常情。

但哪怕再深厚的情誼，也禁不起一次又一次的失望。

沈雲商與崔九珩擦肩而過時，她微微駐足，道：「若我是崔公子，既然選擇了隱瞞，就不會去質問趙承北，畢竟有些東西，在暗處才看得更清楚。」說罷，她便頭也不回的離開了。

之後發生的事，都在他們的意料之中。

只是這一次將事情捅破的，換成了薛夫人暗中安排的人。

這也就導致趙承北的人根本還沒有仔細確認清楚屋裡的情形，席間的人就已經得到風聲往這裡趕過來了。

一堆人邊往這邊走，邊議論著——

「聽說這裡出事了，不知發生了什麼事？」

「好像說是不見了一個舞女，也不知是不是這事？」

「一個舞女怎麼會引起這麼大的騷動？我怎麼聽人說是薛二公子出事了？」

「是嗎？我倒沒有聽見……」

隨著議論聲，年輕的公子們好奇心重，率先推開了門。

其中一人大呼道：「這不是薛二公子嗎？天啊，這舞女怎麼死了？薛二將這舞女逼死了？」

另外幾位公子走進去後，看了眼被門擋住的黑衣人，然後面色怪異地回頭看向剛剛大呼的那人。「這……好像不是薛二公子吧？」

驚呼那人的聲音驀地止住，眼神一閃，飛快走進屋內看了眼，而後臉色大變！怎麼不是薛二公子？

似乎感覺到其他人怪異的視線，他忙斂下神色道：「我……我方才聽人說薛二公子在這裡，我還以為是薛二公子。這人是誰啊？他怎麼會在這裡？」

「這人是誰，張公子不認識嗎？」突然，薛夫人自人群中走出來，冷眼看著那公子。

張公子身形一顫，忙扯出笑臉。「薛夫人說笑了，我怎會認得這人？」

「是嗎？」薛夫人看著他道：「那你是怎麼一眼就認出這是我們府中的公子？」不待張公子再找藉口，薛夫人便厲聲道：「來人！張家公子誣陷二公子的名聲，將他給我抓起來！」

張家乃二皇子一黨，薛夫人豈會放過這個機會？

沈雲商跟裴行昭隱在人群後，靜靜地看著這一齣鬧劇。

此事傷不了太子筋骨，自然也傷不了二皇子筋骨，鬧到最後，多是這張家公子頂罪了事。但……

沈雲商瞥了眼臉色陰鬱的崔九珩，唇角輕彎。

這回，趙承北失去的可不只是一個張家。

假使崔九珩不會因此事而徹底看清趙承北，那麼接下來裴家主母壽宴上貴女落水一事，也足以叫他們離了心。

沒了崔家的支撐，失了摯友的心，趙承北接下來的日子就沒那麼好過了。

張家公子涉嫌在薛家宴會上構陷薛二公子一事，很快就傳開了。

張公子當場就被帶走，東宮迅速介入此事，將人看得密不透風，就連張家人都不能探視。

「唐卿，即便如此做，姓張的也不可能指認幕後之人。」太子趙承佑皺眉道。

此事並非是什麼了不得的大事，姓張的就算一力擔責也要不了命，可一旦將背後的人牽扯出來，張家就沒有活路了。

趙承北不會留著一條會咬主人的狗。

戴著面具的男子微微頷首，道：「無妨，張家既然做這樁事，那就說明暗中還有什麼見不得人的勾當，我們可以借此除掉張家，這對殿下有利無害。再者，事怕再三，這種事發生得多了，二皇子便不可能獨善其身了。」

太子聞言頗覺有理，讚道：「得虧唐卿反應快，否則人到了二皇弟手中，怕就要不了了之了。」

男子誠懇地恭維了幾句，面具下的唇角卻輕輕彎起。他正愁沒有突破口，張家就送上門來了。

趙承北的人慢了一步，導致人落到東宮手中，趙承北氣得砸了一個茶盞。「趙承佑什麼時候長腦子了！」

底下的人慌忙跪下請罪。他們哪裡知道太子什麼時候長腦子了？但細細想來，好像從年前那筆賑災銀後，太子就沒有落過下風了。

烏軒沈默片刻後，上前道：「殿下，事已至此，怕是只能捨棄張家了。」

落到東宮手裡，張家就絕不可能只有構陷薛二這一樁罪，張家保不住了。

趙承北自然明白這個道理。張家本就是他的人，出了這種事，他若光明正大地去保人，不就等於承認了構陷薛二一事是他指使的？

許久後，趙承北才勉強壓下火氣，咬牙道：「想辦法將人處理了，以防後患，再查一查東宮近日是不是新添了什麼幕僚。」以東宮薛家那幫人的頭腦，不可能有這樣的手段。

烏軒恭敬地應下。「是。」

「等等！」趙承北突然問道：「九珩昨日也在薛家？」

烏軒知道趙承北擔心的是什麼，回道：「是，崔公子昨日也在薛家。不過事發之時崔公子並不在，是後頭聽了消息才趕過去的，那時人已經押下去了。」

昨日派去的人恰好是崔九珩和西燭都認識的，若他們見過，必然就會知道這是誰的手筆。

趙承北「嗯」了聲，後似又不放心地道：「下次有九珩在的場合，換沒在他跟前露過面的人去。」這次是個很大的疏漏，只因他沒有想過計劃會失敗。

烏軒道：「是。」

待烏軒離開後，趙承北眉頭緊鎖，陷入沈思。

以薛家的頭腦，不可能躲過才對，可偏偏他們躲過了，還做了如此完美的反擊，就好像早已預料到他的動作似的。

若東宮那邊沒有幕僚，那就是……趙承北心中一沈。莫非，他身邊有趙承佑的眼線？

心頭生了疑，趙承北也沒多耽擱，當夜就大肆整頓了一番。

這一查還真查出了幾個探子，連夜處置了。

東宮得到消息後，太子氣得砸了兩個茶盞。

面具男子嘴上勸著，心中卻對此很滿意。

鷸蚌相爭，漁翁得利。這兩個爭得越厲害，對他越有利。

沒過幾日，張家就被查出貪污，張大人與張公子於刑部牢中畏罪自盡，家眷流放。

對於這個結果，沈雲商並不意外。

若趙承北連這點手段都沒有，前世他也不可能登上皇位。

薛二一事，她和裴昭昭已跟薛夫人打過招呼，將他們二人摘了出來。

當時在場的除了他們外就只有崔九珩，只要崔九珩不說，就沒人知道她和裴昭昭參與了那日之事。

一想到崔九珩那日的反應，沈雲商的心情就很好。

前世，趙承北利用崔九珩對他的信任給她下毒，這一次，她就要讓崔九珩看清趙承北的真面目，與之決裂。

趙承北此人無心無情，對誰都狠辣，他僅剩的那點良心和善意都留給了崔九珩。

殺人，不過誅心。

趙承北作的孽，終將會反噬到自身。

「小姐，裴家送了帖子過來。」玉薇打簾而入，將帖子遞給沈雲商道。

沈雲商翻開看了眼，便又交給玉薇。「還有五日就是裴伯母的生辰宴了，妳向管事說一聲，準備好禮物。」

「是。」

玉薇離開後，沈雲商又陷入了沈思。

前幾日，裴司洲已經開始上朝，她也就不必每日為了皇命而出去閒逛。

只是門口的侍衛還在，做起事來還是有些束手束腳。

就比如，她很想去一趟白鶴當鋪。倒不是想去打探什麼消息，只是想親自去看一看那是個什麼樣的地方。

但有皇帝的人跟著，她不能去。

如今她能做的，也只能先暗中讓人尋找小舅舅。

榮春幾人是她隱在暗處的護衛，這些日子他們一直在做這件事。

不過沈雲商也有心理準備，要找一個生死不明的人猶如大海撈針，且很可能那根針並不在大海裡，所以她幾乎是沒有抱什麼希望的。

她想過，若是找不到人，暗中幫著太子扳倒趙承北，她就可以高枕無憂地回姑蘇了。只是她的身分始終是個隱患，一旦趙承北選擇告訴皇帝，那他們就處於被動了。

所以總的來說，他們隨時都有危險。

不過這次東宮出手之敏捷倒是出乎她的意料，以她從前對太子的了解，他應該沒有這麼敏銳。但此事想也想不通，她也就沒再去深究了。

在裴家主母生辰宴的前一天，榮夏回稟時，在沈雲商跟前走了神。

沈雲商怕她遇著了什麼難處，便隨口問了句。

榮夏緊皺著眉頭，好半晌才回道：「屬下今日遠遠看到一個人，不知是不是錯覺，竟覺得他有些像阿弟。」

沈雲商先是一愣，而後面色微喜。「妳是說……榮冬？」她不知道他們幾人的真實名字，便都冠以榮姓喚了。

榮夏遲疑著點頭。畢竟已經過了十九年，哪怕是面對面，她也無法確定那人是不是她的弟弟；更何況，她今日只是遠遠瞧見了一眼。

若是旁人說這話，沈雲商或許不會在意，但由榮夏說出來，她的心中就掀起了驚濤駭浪。

榮夏和榮冬是雙胞胎，有人說，雙胞胎之間冥冥之中自有感應，且以榮夏的性子，若非那人像極了，她不會開這個口。

「他是誰？如今在何處？」

榮夏搖頭。「屬下追上去後，就不見了他的蹤影。」

沈雲商眼底的光略微消散，但很快又重新聚攏。若那個人真的是榮冬，那麼也就說明小舅舅真的有可能還活著。

「妳近日再去那處守著，看還能不能碰見他。」如今他們什麼線索都沒有，但凡有一點點蛛絲馬跡都不能放過。

榮夏也有這個打算，聞言自是點頭。「是。」

不過之後的很多日，榮夏再也沒有看見那人。

次日一早，裴家的馬車已停在門口，裴行昭親自進來接沈雲商。

沈雲商剛清點完壽禮，因裴行昭這層關係，她今日的禮不能太輕了。

「沈商商，走了！」裴行昭遠遠看見她，便喊了聲。

沈雲商抬頭看了眼，讓管家將禮物放好，抬腳迎了出去，疑惑道：「這麼早過去？」

裴行昭道：「嗯，昨日那邊送了信過來，讓我們早些去，中午一家人先吃頓飯。」

不是自家的賓客，大多都是去用晚宴的。

沈雲商點頭。「行，那走吧！」

二人並肩出了宅子，上了馬車後，沈雲商靠近他，小聲問道：「你打算如何跟裴家說？」

這些日子身邊都有皇帝的眼線在，有些話只能打啞謎，而今日他們是去參加裴家主母的生辰宴，侍衛自然不能跟進去，就算進去了，也不可能站在一旁聽他們說話。

裴行昭對此早有打算，輕聲回道：「說得越嚴重越好。」

以他過往在外人眼裡的形象，裴家應該不會盡信他，因此隱晦地提點顯然是不合適的，他得將後果說得嚴重些，那麼裴家或許就能多幾分重視。

況且如今他們的處境和二皇子在姑蘇的作為，裴家已是知曉。

只是現在，他們的隱患不只是二皇子，還有皇帝。

「你說，如果將趙承北暗殺了，這個秘密是不是就不會捅到皇帝跟前了？」沈雲商這話並非突發奇想，而是昨夜她思考了半夜的結果。

趙承北知道她的身分，這是他們眼下最大的威脅。

皇帝覬覦的不過是錢財，到最後實在不行，還能消財免災。

可一旦身分暴露，他們就出不了鄴京城了。

裴行昭確實沒料到她會突然生出這個想法，沈默了幾息後道：「他身邊高手眾多，想殺他沒那麼容易，不過……不過……」

「不過什麼？」

「若是有合適的時機，也不是不可一試。」裴行昭若有所思地道。

只是，這個合適的時機太難了。

首先得等趙承北出宮。

如今趙承北還未出宮立府，若去皇宮裡殺人，勝算太小不說，還有可能將自己人折在裡頭。

且就算趙承北出宮了，先不說他身邊的侍衛，他隱藏在暗中的暗衛更是棘手。何況這是在鄴京城，巡城侍衛一聽到動靜就會趕來，可想而知極難得手。

沈雲商也想到了這些，皺眉道：「如今，我們太被動了。」

不僅要應付皇帝，還要對付趙承北，又要擔心將趙承北逼急了會捅出她的身分。

「眼下，只能走一步、看一步。」裴行昭道：「至少今日，不能叫他得逞。」

沈雲商聞言，別有深意地看著他。「封家的小姐，這是個很大的人情。」

裴行昭笑了笑。「所以我想，不如我們自己握在手裡。」

沈雲商明白了他的意思。「可是如此，趙承北就會開始對付我們了。」

「不破不立。」裴行昭沈聲道：「我們如果想要對付趙承北，那麼這一天早晚會到來。」

「不如讓那一天在我們計劃中到來？」沈雲商道出了他心底所想。

裴行昭一把攬住她，笑道：「知我者莫若商商。」

沈雲商挑眉。「你有計劃了？」

「嗯。待今日回來，我夜裡翻牆過去跟妳細說。」

半夜翻牆，沈雲商有理由懷疑他別有用心。

「不要用這種眼神看我，我都好久沒跟妳親近了。」裴行昭坦然道。

沈雲商別過臉，眼裡才露出幾絲笑意。

「我們要是成婚了該多好啊！」裴行昭嘆了口氣。「這樣我們就可以睡一張床，我也不用每次都忍得那麼辛苦，看得到、吃不——」

沈雲商見他越說越偏，氣得拍了他一下。「你怎麼越來越像流氓了！」

「我跟自己未婚妻耍耍流氓怎麼了？」裴行昭邊說邊往她跟前湊。

「你別動，別把我唇脂弄花了，等會兒出去叫人看笑話！」沈雲商使勁去推他。

裴行昭揚眉。「不是帶了妝匣子？下馬車前補補就行了。」

話雖這麼說，但畢竟是在外頭，所以裴行昭只淺淺吻了會兒就放過了她。

最後又意猶未盡地說了句「應該成了婚再來鄴京的」。

沈雲商沒理他。

馬車停下後，裴行昭給她補了點唇脂，二人才先後下了馬車。

裴司洲跟裴思瑜兄妹二人已經候在門外，見他們下了馬車，便一同迎了過去。

幾人都已經算是熟稔，便沒有太多的客套話，寒暄了幾句就一同進了裴家。

此時賓客都還未至，二人隨著裴司洲兄妹去拜見了府中長輩後，就各自分開了。

裴行昭被裴大人請到書房去了，裴思瑜則帶著沈雲商逛園子。

沈雲商透露出想看看池塘的想法後，裴思瑜想也沒想就帶著她去了。

沈雲商自然不是真的想看池塘，而是想去弄清楚趙承北讓封小姐落水後失去掙扎能力的原因。

沈雲商隨裴思瑜到池塘附近走了一圈後，否定了自己的猜測，但還是再確認了一遍。

「這片池塘不通活水？」

裴思瑜點頭。「嗯，不通。」

不通活水，就代表可以排除在水底做手腳的可能。

這片池塘雖不小，卻也能一眼望穿，若無暗渠，那麼想在水中做手腳必然只能提前藏進水中，待事發後，還要等所有人全散去才能出來，前後怕是得一、兩個時辰，應當沒有人能那麼長時間地藏匿在水中。

可除此之外，還有什麼外力能毫無聲息地讓一個會泅水的姑娘在眾目睽睽下快速沈入水中呢？

沈雲商立在拱橋上，望著這片池塘陷入沈思。

裴思瑜雖然不知道她在看什麼，但見她很專注，或許是在思索旁的事，便沒有出聲打擾。

大約過了小半刻，沈雲商的視線落在池塘右側。

池塘兩邊是花園小道，有比人高的灌木叢。

事發後，在這周圍的所有人都會朝這邊圍攏過來，那麼此時，若有人毫無聲息地藏在最遠的那處草叢後……

且那個角度就算有什麼動作，怕是除了落水的封如鳶外，都不會被其他人察覺。

沈雲商摸了摸袖中的銀針，眼眸一亮，她似乎明白了。

「我們回前院吧。」

午宴之後，便有賓客陸續抵達。

裴司洲跟裴思瑜都往前院迎客去了，裴行昭與沈雲商便趁著人還不多時去池塘邊走了一趟，簡單議定了救封如鳶的計劃。

過了申時二刻，賓客差不多就來齊了。因還未開席，便都分散在池塘東西側的花園中賞景閒談。

男客在東側，女客則在西側。

兩邊隔著一片池塘，互相瞧不真切。

沈雲商與白芷萱坐在石桌旁閒聊，她坐的方位剛好能將拱橋旁的情景一覽無遺。

裴行昭說，事發時間在申時左右，人是從拱橋上落的水。

她一邊與白芷萱說話，一邊注意著那邊的動靜。

直到看見薛家小姐領著丫鬟朝已經在拱橋上的封如鳶走去，沈雲商才朝白芷萱提議道：「我們去池塘邊走走？」

白芷萱自然同意。

二人領著丫鬟，徐徐往那邊走去。

路過拱橋時，沈雲商狀似隨意地往上看了眼，以她的角度正好能看見封如鳶微蹙的眉頭和薛小姐滿眼的怒氣。

白芷萱察覺到她的視線，隨之望去，見到那一幕，臉上並沒有波瀾，似乎已經司空見慣。

沈雲商注意到了，便問：「她們像是在吵架？」

此時，二人已經走過了拱橋。

白芷萱被問起，似乎有些不好言語，最終只是輕聲道：「兩位小姐愛慕同一個人。」

沈雲商恍然點頭，沒再繼續追問。

就在這時，變故突發。

餘光中，有身影從橋上落下。

與此同時，拱橋上傳來一陣驚呼聲，封如鳶的丫鬟嚇得臉色發白，撲在圍欄上失聲喚道：「小姐！」

這樣的動靜驚動了兩側的賓客，紛紛有人望了過來。

沈雲商與白芷萱也同時回頭看去。

沈雲商反應極快，急忙道：「玉薇救人！」

話落，玉薇縱身一躍，足尖點過水面，朝那道緋紅色身影掠去。

可就在玉薇即將碰到封如鳶時，一道只有玉薇能看見的銀光驀地逼近。玉薇對此早有準備，一手攬住封如鳶的腰身，借力轉了個身。

本該扎在封如鳶穴位上的銀針，瞬間扎到玉薇的肩背上。

玉薇身形微微一晃，忍著痛，足尖點過水面，往拱橋上躍去。

但因受了傷，又沒有借力點，且懷裡還抱著一個姑娘，玉薇幾乎無法維持住身形。

就在眾人屏氣凝神捏了把汗時，東側有一道身影掠過水面而來，在玉薇堅持不住將要落水時，將手掌墊在玉薇足底。

「玉薇！」

玉薇沒往下看，但聽聲音便知道是綠楊，她迅速反應過來，踏著他的手心飛身而上，穩穩落在拱橋之上。

而綠楊則踏過水面，上了西側的岸邊。

這一切發生得太快，見總算是有驚無險，眾人提著的那口氣才總算鬆了下來。

可還不待人開口，拱橋之上的玉薇突地朝一個方向一抬食指，喊了聲。「那邊有人放了暗器！」說完這話，她才暈了過去。

身邊的姑娘們忙將她扶住。

剛上岸的綠楊聞言，毫不猶豫地往她手指的方向提氣而去。

那裡的人來不及撤走，很快地二人就交上了手。

被救上來的封如鳶這才回神，半抱著玉薇，著急喚道：「姑娘！」

此時，沈雲商與白芷萱已經提裙疾步走上了拱橋。

「玉薇！」

封如鳶抬頭看向神情緊張的沈雲商，方才自己在失重後隱約聽到有姑娘喊著救人，想來，是她出手相救。「多謝沈小姐。」

沈雲商一邊檢查玉薇的傷勢，一邊客氣地道：「封小姐可無礙？」

封如鳶忙搖頭，擔憂地看向昏迷中的玉薇。「我無事，只是妳的丫鬟……」

「商商！」

封如鳶話還未落，便聽見一道明朗的聲音傳來。

眾女紛紛回頭，見是一位錦衣華服、生得極其好看的公子，忙都往後退了一步，讓開路。

沈雲商見裴行昭過來，急忙道：「你快看看玉薇，她可能中了暗器。」

裴行昭「嗯」了聲，很快就在玉薇肩上發現了沒入大半的銀針。

他伸手將銀針取出來，仔細檢查了片刻後，道：「是麻沸散。」

原來如此，怪不得前世仵作沒有發現任何異常。

至於這根銀針，趙承北自然有手段毫無聲息地讓人取走。

此言一出，眾人皆驚。

薛小姐的臉色頓時就嚇白了。若非沈雲商的丫鬟會武功，出手救人，那麼中麻沸散的就是封如鳶。中了麻沸散落入池塘，可想而知會發生什麼事。

周圍許多貴女的眼神都有意無意地落在薛小姐的身上，她察覺到，神情慌亂、臉色蒼白地搖頭。「我不知道，不是我！」

她方才不知為何突然情緒失控，這才失手將封如鳶推入池塘。

但她知道封如鳶會泅水，也明白這片池塘還奈何不了封如鳶，她沒真想害人性命！

確認玉薇沒其他傷後，沈雲商才徹底放下心來。

她心裡早就有過推算，要想將封如鳶的死推到溺水上，趙承北不會用什麼要人性命的東西，否則一旦被仵作查出來，薛小姐就有可能可以撇清干係。

趙承北不會出這種紕漏。

這樣大的動靜，很快就驚動了府中的主子。

裴司洲最先過來，他看了眼與人纏鬥的綠楊，連問都沒問發生了何事，就叫護衛去幫忙綠楊。

綠楊的功夫與那人不相上下，有了護衛的加入更是占了上風，很快就將人擒住了，熟練地點了穴道、卸了下巴，防止對方自盡。

崔九珩不知是有意還是無意，特意繞了一圈過來，看了眼被擒獲的小廝裝扮的人，見是生面孔，他不由得鬆了口氣。

但下一刻，裴家的護衛卻從那人身上搜出了一塊腰牌。

旁人或許不認得，但崔九珩卻是再熟悉不過，那是趙承北暗衛的腰牌。

那一瞬間，崔九珩渾身僵硬，腦中一片空白。他不願意相信，可事實擺在眼前，容不得他不信，甚至他很快就能理清趙承北這麼做的動機。

趙承北想對付薛家，將太子拉下東宮之位。

裴家莊下藥、對沈雲商的丫鬟下殺手、構陷薛二，如今，趙承北竟還要枉害兩個女子的性命！一旦封小姐死在這裡，薛小姐也難逃一死。

封小姐……對了，封如鳶是封將軍的掌上明珠，她若死在薛家，封將軍與東宮便永遠都隔著血仇。

真是好一個一箭雙雕！

崔九珩痛苦地閉了閉眼，折身悄然離去。為達目的如此不擇手段，趙承北終究不是他認識的趙承北了……

綠楊瞥了眼崔九珩離開的身影，唇角輕輕揚起。

趙承北哪會蠢到讓暗衛帶上腰牌來執行這種任務？

那腰牌是極風門的人給的，他點對方穴道時趁亂塞到對方懷裡的。當然，他也不知道楚懷鈺是從哪裡弄來的腰牌。

不過看崔九珩的反應，楚懷鈺弄的這塊必定是真的了。

人交給裴司洲後，綠楊便去覆命了。

第二十二章

這邊，裴思瑜也叫來了婆子，將玉薇揹去了客房，白芷萱跟裴思瑜都讓貼身丫鬟跟了過去。

雖事發在裴家，但裴夫人卻作不了薛小姐的主，只吩咐晚宴提前開始，請賓客們入席後，便去請了薛、封兩家的長輩，將薛小姐帶到他們跟前。

沈雲商跟裴行昭作為封如鳶的恩人，也被請去了側廳。

二人到時，薛小姐正跪在薛家長輩跟前，大哭不止。

「父親、母親，真的不是我！我是與封如鳶起了爭執，一時失手推了她，但那個人真的不是我安排的！」

沈雲商看了眼薛小姐，默默地落坐。

前世封如鳶被活活淹死，撈起來時人早就沒了氣，根本沒有發現暗中有人動了手腳，趙承北的人沒有被揪出來，更沒有搜出腰牌，薛小姐連喊冤的機會都沒有就被送進府衙。

不過那時就連薛小姐也以為是自己害死了封如鳶，並沒有喊冤。

幾日後，邊關起了戰事，為了安撫封家，皇帝親自下令賜毒酒，一命抵一命。

「母親，女兒知道錯了！女兒今日也不知道怎麼了，一時情緒失控竟動了手，女兒真的不是故意的！」薛小姐此時還有些後怕。若是沈雲商的丫鬟不會武功，封如鳶中了麻沸散後落進水裡淹死了，她就得揹上一條人命了！「母親！母親，一定是有人要借我的手害封如鳶！」

聽見這話，沈雲商又朝她看去。

這她倒是說反了，不是有人要借她的手害封如鳶，而是要以封如鳶的命害薛家及太子。

無須薛小姐說，在座的也都知道今日的事有蹊蹺，只是薛小姐推封小姐落水是事實，亦難逃罪責。

薛夫人硬著心腸，冷著臉訓斥女兒。「所幸有沈小姐出手相救，不然後果不堪設想！妳便是遭人利用，也難辭其咎！」這話看似在訓斥，實則也是在維護女兒，落實了女兒並非想害封如鳶性命。「不管那人到底是哪方勢力，妳失手推了人，就要擔責！」

薛夫人看向封夫人和封夫人身旁已經換了乾淨衣裳的封如鳶，誠懇地道：「此事琳兒有錯，如何處置，但憑封夫人和封小姐發落。」

人沒有事，又是失手，再加上是被人利用的，便是深究下來也擔不了多少責，因此，薛夫人此時才能這般鎮定。

封夫人的臉色並不好看，只握著女兒的手，半晌都不出聲。

這意思就是也記恨上薛小姐了。

廳內的氣氛頓時就安靜了下來。

裴夫人左右看了眼，眼中光芒閃過，看向薛小姐問道：「我方才聽薛小姐說，今日不知為何情緒失控？」

話落，眾人都不解地朝她看去，同時視線也若有若無地從裴司洲身上掠過。

薛小姐本就不是什麼好脾氣，為了心上人而起了爭執，情緒失控下失手推人也在情理之中。

在沈雲商跟裴行昭來之前，薛小姐就已經承認是因為裴司洲才跟封如鳶爭吵的。

雖然此事裴司洲並不知情，但畢竟是因他而起。

裴夫人自然看懂了眾人的意思，她瞥了眼裴司洲，淡淡道：「既然薛小姐自己都認為情緒失常，不如請個大夫來看看？」她說到這裡頓了頓，似是不經意間看了眼裴行昭，才繼續道：「若抓獲的那人並非是薛小姐指使的，那麼此事便複雜了。他既然費盡心思潛伏進來，應該是早做了準備。」

她的話立刻就讓眾人沈思，片刻後，封夫人冷聲道：「薛小姐擔什麼責暫時還沒有定論，但我必須找出害我女兒的真正凶手。」

這言下之意，頗有認了薛小姐是被利用的意思。

薛夫人忙喚來薛小姐的丫鬟，問：「這兩日，小姐可有什麼不尋常之處？可接觸過什麼來歷不明的人？」

那丫鬟一直是跟著薛小姐的，但事發當時主子動手太快，她根本就沒能來得及阻止，虧得眼下封如鳶獲救了，不然她也得沒命！

丫鬟顯然是大哭過了，進來時戰戰兢兢的，被薛夫人問話時聲音還打著顫。「回夫人，小姐近日沒、沒有接觸過來歷不、不明的人……」

薛夫人見她嚇破了膽還未回神，一掌拍在桌上，厲聲道：「妳清醒了再回話！」

丫鬟嚇得身子一抖，但頭腦確實清明了些，開始說著近日發生過的事。「近兩日天氣不大好，小姐一直都在院子裡，直到今日才出門。今日一早，奴婢們便伺候著小姐選今日的衣裳、首飾，小姐起身時說香有些沈悶，熏得她頭疼，之後——」

「等等！」裴夫人打斷她。「熏的什麼香？」

那丫鬟看了眼薛夫人，如實道：「小姐夜裡有點香的習慣，昨夜點的也是以往的安眠香……」丫鬟話語一頓，微微蹙著眉，小心翼翼地看了眼薛小姐後，繼續道：「小姐今日的脾氣好像確實要……暴躁些。」

幾位夫人交換了一個眼神。

薛夫人便立即朝心腹婆子道：「妳回去看看，那香灰還在不在。」

封夫人瞥了眼薛小姐，冷臉道：「既然有所懷疑，那就請裴夫人請個太醫過來瞧瞧。」

事情發展到這一步，其他人自然不會反對。

薛夫人也恨不得此時真的能從女兒身上檢查出什麼來，如此，便可以作為苦主之一，徹底撇清干係了。

今日宴會上來的就有太醫院的大人，沒等多久，管家便帶了一位太醫過來。

這位太醫不參與派系之爭，是忠皇派，眾夫人自然就沒有什麼意見。

薛小姐很配合地讓太醫診脈。此時，她比這裡的任何一個人都希望那香有問題，否則她即便逃過罪責，後半輩子也毀了，畢竟沒有哪個世家會願意要一個當眾推貴女落水的宗婦。

沒過多久，太醫收回了手，面色凝重地道：「薛小姐現在可是心神難安？」

薛小姐忙不迭地點頭。「是，我感覺有一股火在心間亂竄。」她再是任性，也不想在各位夫人跟前失了禮數，便一直壓著那股邪火。

「如此便是了。」太醫道：「薛小姐應該是中了毒。」

眾人聞言，皆是大驚失色。

薛夫人更是嚇得臉色一白。「什麼毒？可要緊？」

「薛夫人不必太過憂心。」太醫頷首道：「說是毒其實也不算，這原本是一味藥材，但需要輔以其他藥材使用方才是良藥，若單獨使用過量，會亂人心智，叫人焦躁不安，激發一些過於激動的行為，長久使用會傷損性命。」

薛夫人再也端不住了，起身去抱住女兒，驚慌地顫聲問道：「那琳兒她……」

太醫忙道：「薛小姐應當是剛接觸不久，十二個時辰內藥效便會散了。」

此時，薛夫人身旁的婆子回來了，帶回了薛小姐昨夜燃過的香灰，裡頭還有些泥土，婆子解釋道：「夫人，昨夜小姐用的香灰已經倒了，老奴從園裡收拾了些帶來。」

太醫當即便明白了，上前認真檢查。

雖然和著泥土，但對於醫術高明的太醫而言，並非不能分辨。

果然，不大一會兒，太醫便確認道：「裡頭確實有這味藥。」

沈雲商若有所思地瞥了眼薛小姐。

前世封如鳶當場就死了，薛小姐也立刻就被府衙的人帶走，根本沒有機會指出這些疑點，且就算指出了，在趙承北的掌控中，也傳不出來。

真相大白，薛小姐脫力般跌坐在地上，有種劫後餘生之感。

薛夫人抱著薛小姐，也後怕得半晌都沒說話。

其他人則都是一臉沈凝。

裴夫人讓人送太醫離開後，廳內很長一段時間都沒人開口。

很顯然，這已經不是一起貴女爭風吃醋的事件了。

待薛家母女稍微平復下來後，裴夫人看向薛小姐，問道：「薛小姐今日為何會上拱橋尋封小姐？」

薛小姐正心有餘悸地半依偎在母親懷裡，聽了這話，蒼白的臉上染了幾絲紅潤，她快速看了眼裴司洲後，有些羞臊地回道：「今日我從淨房出來後，便聽見有女子說封如鳶私底下給裴公子遞了信物，我一氣之下這才去尋的封小姐。」

隨後，所有人的視線都落在封如鳶身上。

封如鳶出身武將家，性子豪爽，也向來心直口快，聞言沒好氣地瞪了眼薛小姐。「妳是豬腦子嗎？誰說妳都信！我封如鳶能做出這種不要臉的事？」

薛小姐下意識想反駁，可這次她確實不占理，便不甘不願地低下頭。

裴司洲這時抬頭看了眼封如鳶，就見姑娘一臉正氣，沒有絲毫心虛。

「若是這樣，他們也要保證那時候封小姐正好在橋上。」沈雲商突然開口說。

這話引起了封如鳶沈思，她蹙眉回憶道：「當時我與李小姐正在吃茶，是她提議要去拱橋上看景色。」

這回不等封夫人開口，裴夫人便喚來婆子將李小姐拘著。

先是給薛小姐下藥，緊接著誘導她與封如鳶爭吵，封如鳶這時又被人引到拱橋上，環環相扣，算無錯漏。

如果沈雲商不在這裡，這個計劃便成了。

封如鳶死在薛小姐手上，也就意味著東宮和封家結了仇。

這事已經牽扯到朝堂上了。

薛夫人雖然並非睿智之人，但也能窺出一二，遂道：「前些日子我們家的宴會上，琳兒的哥哥也遭人算計過，所幸被我們識破，才免了一樁命案。」那一次也是沈雲商跟裴行昭救了他們。如此想著，薛夫人又感激地看了眼二人。

這事封家跟裴家也都知道個大概，但因為張家很快就認了罪，事情也按下去了，便沒人再去深究。可聯繫著眼下這樁事，那就不得不讓人細想了。

薛家出事，最大的受益者除了二皇子，不做他想。

封夫人也很快就品出了裡頭的關竅。

若女兒死在薛家人手中，那麼將軍就不可能選擇支持東宮，而如今朝上，能與東宮抗衡的只有二皇子。

如此想著，封夫人後背不禁滲出了一層冷汗。

事態越發嚴重，已不是夫人們能掌控的了。

裴夫人趕緊讓人去將裴大人和封家的公子都請過來。

封夫人則讓人去將娘家兄弟也請過來。將軍跟長子都不在鄴京，次子年紀尚輕，還不能扛事，這事還得要幾家長輩來處理。

之後的事就交給家主們，小輩們都離開了。

封如鳶感激沈雲商的救命之恩，一出廳就拉著沈雲商說話，裴行昭與裴司洲則跟在後頭。

「這次真是多謝沈小姐了，不然，後果不堪設想。」封如鳶面帶苦澀地道。

若計劃真成了，父親被矇蔽，怕是還要擁護仇人。

沈雲商輕笑道：「我也只是舉手之勞，封小姐沒事便好。」

封如鳶心有餘悸地呼出一口氣，拉著沈雲商的手，親暱道：「妳救了我，我們便是過命的交情了，以後妳喚我名字就是。」

「好。」沈雲商知她性格豪爽，也沒拒絕，笑盈盈地喚了聲。「如鳶。」

「嗯，那我喚妳雲商妹妹？」封如鳶道。

沈雲商有意跟封家親近，聞言自然樂意。「嗯。」

裴行昭看著前頭兩道身影，別有深意地用胳膊撞了撞裴司洲。「真沒意思？」

裴司洲只抬眸看了眼就垂目，淡淡道：「弱冠之後再談婚事。」迴避了他的問題。

裴行昭挑眉。「你就不怕錯過了？」

裴司洲仍舊四平八穩。「那便是沒緣分。」

裴行昭不耐煩地說：「那你到底喜不喜歡人家？最煩你們這些彎彎繞繞的了！」

裴司洲回頭正色道：「我與封小姐並不熟。父母之命，媒妁之言，堂兄慎言。」

裴行昭明白了。他這是要避嫌，怕損了人家姑娘的名聲。

「行吧，管你呢！」裴行昭收起玩笑，認真地道：「今日我和沈商商擾亂了他的計劃，他恐怕隨時都要收拾我們，屆時，你們以自保為上。」

裴司洲毫不猶豫地道：「知道，我不會為你周旋。」

裴行昭無奈。「……你就不能稍微想想再回答嗎？這樣看起來很無情。」

裴司洲沒理他。

裴行昭便也不吭聲了。

過了好一會兒，裴司洲才問道：「你是不是有什麼計劃？」

裴行昭一怔，否認。「沒有。」

裴司洲不信，還欲再問，就聽他道——

「知道了對你、對裴家都沒好處。」

裴司洲立刻就不問了。

沒多久便到了門口，封如鳶與沈雲商道了別，折身遙遙朝裴行昭屈膝致謝後便上了馬車，期間，她的視線快速從裴司洲面上掠過，未做任何停留。

沈雲商跟裴行昭也沒有留下來的必要，二人雙雙告辭。

裴司洲目送馬車離開，回了屋後，才從一個盒子裡拿出一個荷包。

「你是裴司洲裴公子嗎？」

「我是。」

「這是封家小姐封如鳶讓我給你的。」

昨日，他回府時被一個小孩攔住，不由分說地塞給他一個盒子就跑走了。

他打開盒子見是荷包，當即就讓人追了出去，但那小孩卻已經沒了蹤跡。

「妳是豬腦子嗎？誰說妳都信！我封如鳶能做出這種不要臉的事？」

耳邊迴盪著姑娘清脆的否認，裴司洲看了眼荷包上繡著的「鳶」字後，喚心腹端來一個火盆，親眼看著荷包燒成灰燼後，才讓人撤出去。

「公子，您不是說要將它還給封小姐嗎？」貼身小廝好奇地問道。

裴司洲聲音淡淡地說：「不是她送的。」他雖與封如鳶不熟，但他信她沒有說謊。不是她送的，他就沒必要多此一舉地還回去了，平白叫她難堪。

貼身小廝似懂非懂地點了點頭。

東宮。

太子得到消息後，神采飛揚地拉著幕僚喝酒慶祝。「唐卿有所不知，孤那二弟向來是運籌帷幄，算無遺漏，此番連著栽倒幾次可是前所未有的事，真是大快人心啊！來，陪孤喝幾杯慶賀慶賀！」

面具男子恭敬地接過酒杯，恭維道：「殿下乃嫡長正統，這是上天都在相助殿下。」

「哈哈哈……」太子開懷大笑了幾聲，略顯激動地道：「唐卿，你覺得孤是不是要添一把火？」

面具男子舉起酒杯，笑著道：「殿下英明。」

太子聞言一愣，喜悅道：「你也贊成啊？可你以前不是說父皇不喜我們爭鬥，要韜光養晦嗎？」

「那是因為以前殿下式微。」面具男子正色道：「而如今，二皇子屢屢陷害殿下，殿下此時出手，不會惹來陛下不快。」
「好，唐卿所言甚是！」
太子早就忍不住想要動手了，眼下見自己最看重的幕僚也同意，哪還有什麼顧慮？連夜就宣見了心腹臣子，好生商討了一番。

一家歡喜，一家愁。
二皇子府上彷彿被一片烏雲籠罩，底下人連大氣也不敢出。
殿中一片狼藉，顯然是已經發洩過了。
此時趙承北撐著額頭按在眉心上，臉色難看得嚇人。
宮人早就已經被屏退，唯剩烏軒和常總管低頭垂目立在一旁。
接二連三的受挫，趙承北怎能不暴怒？
且這一次還是栽在沈雲商跟裴行昭手上，這令趙承北更加怒氣滔天。
早知如此，在姑蘇城他就該除了他們！
就算得不到玄嵩帝留下的那支軍隊，他也不見得會輸給趙承佑！
可此時悔之晚矣。
「殿下，要不要屬下去……」烏軒似乎是感知到趙承北那一閃而逝的念頭，試探道。
趙承北頭也未抬，擺手道：「先別動。」

兩次陷害不成，太子若不是榆木腦袋，就該要反擊了；且近日太子身邊新添了一個不知深淺的幕僚，他不能輕舉妄動了。

父皇是最不喜兄弟相爭的。

可趙承北怎麼也沒想到，太子的反擊會來得如此迅猛。

次日的早朝上，數位大臣遞了摺子，痛斥二皇子構陷東宮。

先前在薛家抓到的黑衣人、昨日在裴家抓的暗衛，還有那塊暗衛腰牌，這些一旦擺在明面上，就不難查了。

即便別人不認得，皇帝卻認得那腰牌。

薛家跟封家皆上書求一個公道。

緊接著，二皇子母族牽扯出了幾樁命案，族中幾位大人又被捲入貪污、狎妓的風波，一夜之間，朝堂風向變動，二皇子處境堪憂。

二皇子看見那塊腰牌時，就知道自己是被人算計了。

他派出去的暗衛身上根本沒有帶著腰牌。

但這罪他不能認。

趙承北一口咬定自己不知情，是被人陷害。

二皇子一黨紛紛出列求情，唯有崔九珩立在文官隊列中，紋絲不動。

這很快就引來了朝臣的疑惑和皇帝的關注。

要知道，崔九珩與趙承北形同一體，此時他不出來說話，背後意味深遠。

朝中誰人不知，崔九珩一心要做君子，從不屑陰謀詭計。

此番若真是趙承北算計封家跟薛家，那就是牽扯到了兩條無辜的人命，已碰到了崔九珩的底線，他不出來求情，在情理之中。

如此也側面證明了，二皇子恐怕並不是被陷害的。

趙承北的心霎時涼了半截，九珩一定是知道了什麼。

最終，皇帝深深地看了眼崔九珩，冷聲下令將二皇子囚禁在宮中，期間不得見任何人，並吩咐三司共查此案。

當日，消息就傳到了沈宅，是楚懷鈺的人送的消息。

「小姐，您覺得二皇子此番會傷筋動骨嗎？」夜裡，榮春幾人到沈雲商房裡議事，榮春問道。

沈雲商面上並沒有輕鬆愉悅，反而是格外的凝重。

這個問題昨夜她與裴行昭已經商討過了。

昨日從裴家回來後，裴行昭如約在半夜翻牆過來。

「商商，按照前世的時間點，邊關動亂的消息在這幾日就會傳來，屆時陛下為了安撫封家，必然不會輕易將此事揭過去。」裴行昭道。

前世，皇帝為了安撫封家，狠心下旨讓薛小姐一命抵一命，那麼這一次，定然也不會輕罰。

沈雲商明白他的意思。「所以你認為，二皇子要動手中的底牌了？」

趙承北手中的底牌，就是母親的長公主身分。

「十有八九。」裴行昭正色道：「這幾日我們要做好準備了。」

若只是十九歲的裴行昭，當然不會想到這麼深遠，但對於在鄴京摸爬滾打了三年的裴行昭，他自有手段周旋。

「你的計劃是什麼？」沈雲商問。

裴行昭將自己的計劃娓娓道來。「明日，妳便讓人送消息去姑蘇，讓幾家暫避風頭，保住性命為上。我給父親留過信，父親知道該怎麼做。」性命攸關之時，錢財都算不得什麼。「裴家的僕人明日一早就會暗中遣散，妳這邊的也要盡快處置。」裴行昭繼續道：「我將帶來的人手留一半給妳，妳隨時準備出城。出了城後別往姑蘇或金陵去，往西走，隨便尋一個小鎮隱姓埋名，等我。」

沈雲商越聽越不對勁，忙問道：「你不跟我一起走？」

裴行昭拉著她的手，安撫她道：「我要去另一個地方。」

沈雲商驚疑不定地看著他。「去何處？」

「商商，妳我都知道，即便皇帝知道了沈伯母的身分也不會宣揚出來，而是會選擇暗中動手除之。我們現在遠沒有與皇帝抗衡的能力，只能先暫避風頭，但一味退讓不是長久之計。」裴行昭正色道：「我在想，不如乾脆將這個秘密公開，擺到明面上來。

「但當年那一切都是先皇暗中下的黑手，在天下人眼中，長公主與前太子遇到山匪，一個墜海，一個落崖，若是貿然挑明身分，不僅不足以叫人相信，皇帝也很可能會以冒充長公主的罪名趕盡殺絕。可調動玄軍又需要兩塊玉珮合二為一，所以現在我們需要一個能證實沈伯母身分的人。」

沈雲商明白了。「你是說榮家舅舅？」

「正是。」裴行昭道：「但光有榮家還不夠，皇帝很有可能不認，反手按榮家一個禍亂朝堂的罪名，我們還需要更強大的力量，讓皇帝不得不忌憚。」

沈雲商正要再問他，卻聽他道——

「商商，妳信我。妳便按我說的離開鄴京，隱姓埋名，安心等我。」

沈雲商幾番欲言又止後，終是按下繼續問下去的衝動，擔憂道：「可有危險？你何時歸？屆時又該如何找我？」

裴行昭在她額上輕輕印下一吻，道：「沒有危險。屆時，妳來找我，妳會知道我的消息的。」

沈雲商這時並不清楚他這話是何意，只有滿心的擔憂。

「我離開後，妳問楚懷鈺借個人，幫妳易容。」裴行昭又囑咐道。

沈雲商自是點頭。

分別來得太突然，二人緊緊相擁。

恍若有千言萬語，可一時卻又不知該從何說起。

夜色漸深，裴行昭輕輕吻了吻沈雲商，道：「我得走了。」

沈雲商依依不捨地點頭，將他送出門外。

看著那道身影越來越遠，沈雲商心頭的不安也越來越濃，她突然抬腳朝他跑去。

裴行昭察覺到身後的動靜，迅速轉身，便見姑娘含著淚朝他奔來，他一時也紅了眼，忙大步迎了上去。

沈雲商重重撲進他的懷裡，抬著淚眸看著他。「裴昭昭，你一定要回來！」一定要活著回來！她知道他說沒有危險，不過是想讓她安心罷了。

「嗯，我一定回來。」裴行昭緊緊摟住她的腰身，承諾道。

沈雲商的聲音帶著幾分哽咽。「若你不回來了，我就再嫁給別人，氣死你！」

裴行昭聽懂了她的言下之意，眼眶微熱。「好。」他一定會活著回來的。

二人又相擁半晌，裴行昭才在沈雲商的目送下離開了沈宅。

沈雲商盯著他離開的背影，久久沒能抬起腳步。

最後還是玉薇拿著斗篷過來給她披上，將她勸進了屋。

「小姐？」榮春幾人見沈雲商久久沒開口，便喚了聲。

沈雲商回神，回答他的問題。「東宮即便不是趙承北的對手，可在這種情況下，趙承北也很難獨善其身。只要二皇子此番構陷太子的罪名落實，母族犯的那些案子也屬實，他就很難翻身了。即便皇帝念著骨肉親情，捨不得重罰，東宮之位也永遠與趙承北失之交臂了。若我猜的不錯，多半會給個封地，讓他離開京城。除非……」

榮春忙道：「除非什麼？」

沈雲商眼神微沈。「除非他能立功，為皇帝排除心頭大患。」

皇帝的心頭大患？榮春驀地面色大變。「小姐是說……」

榮夏、榮秋見此，也頓時明白了什麼，皆面露慌亂地看向沈雲商。

「昨夜我與裴行昭已經商議好了應對之策。」沈雲商看向幾人，冷靜道：「榮春，你立刻讓城外的人給姑蘇送消息，讓幾家避避風頭，裴行昭給裴家主留了信，他們知道該怎麼做。」重來一遭，她和裴行昭都在這鄴京經過了三年的錘鍊，這一次，不可能還任人魚肉。

「榮秋，你將城內所有人手集結，我們隨時準備出城。榮夏，妳去通知管家，將府中下人悄悄遣散，從暗門走，別讓侍衛察覺。」

幾人見她如此鄭重，便知事關重大，皆沈聲應下起身。

沈雲商卻又叫住他們，道：「不必和裴宅的人聯繫。」

榮春幾人一怔。「為何？」

沈雲商蹙眉道：「裴行昭已經離開了。」

榮春幾人更是驚訝了。裴公子怎會先小姐一步離開？

「這是我們商議的結果。」沈雲商簡單地解釋道：「他說他要去給我們搏一條生路，但並沒有告訴我，他到底要去做什麼。」不過她心中倒是已有猜測。

見沈雲商不欲多說，榮春幾人對視一眼，告退離開。

幾人走後，沈雲商又讓玉薇去跟楚懷鈺的人聯繫。

然玉薇剛走出幾步，沈雲商又叫住她。「罷了，我親自出去一趟。」

裴行昭昨夜離開鄴京的消息不能傳出去，否則他這一路上會更加危險。

次日夜裡，楚懷鈺便帶著易容高手潛進沈宅。

沈雲商在護衛中選了個與裴行昭身量差不多的，讓他易容成裴行昭，留在裴宅。

楚懷鈺對此感到很訝異。「裴公子怎麼突然離開了？」

沈雲商自然不會與他說實話，只道：「裴伯母生了病，可陛下不放我們離京，他心中擔憂，便想回去看看。」

「是這樣啊！」楚懷鈺不疑有他。「那他何時回來？」

「應該很快吧。」沈雲商也不知道他何時才能回來。不過，若真是她想的那樣，應該不出三月他就會回來了。

楚懷鈺也不知在想什麼，輕輕「哦」了聲就沒再開口。

做好了易容臉皮後，楚懷鈺便離開了。

回到馬車上，楚懷鈺看向身旁的青年，問道：「你覺得沈雲商說的是真的嗎？」

青年反問道：「主子覺得呢？」

「我覺得不像是真的。」楚懷鈺憑直覺道：「可現在趙承北自身難保，他為何要在這個時候離開？難道是趙承北還有什麼後路？」

青年沒作聲。

「父親這次肯定不會放過這個機會。」楚懷鈺托著腮，若有所思道：「我怎麼想都覺得趙承北沒有後路了，他最好的結果應該就是出京，做個藩王。」

青年這時看向楚懷鈺，道：「如此，我們的目的便達成了，接下來就是太子。」

楚懷鈺似乎知道他要說什麼，微微蹙起眉頭。「我知道你很想報仇，可是我們去江南五年也沒有找到關於阿姊的什麼線索。」說著，楚懷鈺從懷裡掏出一塊半月圓日玉珮，盯著它無奈地道：「榮冬大哥啊，沒有另外半塊兵符，玄軍令也不在我手上，你叫我怎麼證實自己的身分，為父親、母親跟阿姊報仇，奪回皇位呢？」

楚懷鈺這時口中的父親跟母親正是玄嵩帝與元德皇后。

被喚作榮冬大哥的青年年約三十左右，他看了眼楚懷鈺手中的玉珮，眸色微沈。「主子這張臉就是最好的證明。」

「你那時才十一歲，如何記得我父親的模樣？」楚懷鈺側目覷他。

「楚大人說了，主子和玄嵩帝生得有九成像。」

這才是楚懷鈺常年不出府門，十五歲就遠去江南的真相。

他真實的容貌一旦暴露在鄴京，立刻就會引來騷動，因為楚懷鈺和玄嵩帝生得太像了。

楚懷鈺重重地嘆了口氣，手指環繞著玉珮繩，正要開口就聽見青年道──

「就算沒有玄軍，我們還有極風門和這些年來楚大人暗中為主子養的兵馬，只待這幾個皇子都犯錯、污了名聲，我們的機會就來了。」青年頓了頓，沈聲道：「主子是不想這麼做嗎？」

楚懷鈺對上青年冷厲的眼神，又嘆了口氣，拍了拍他的手，安撫道：「沒有沒有，我會努力為父親、母親和阿姊報仇的。」他只是不想做皇帝。

楚懷鈺是在十一歲那年知道了自己的身世。

那年生辰，父親跟母親將他帶到祠堂，指著兩個牌位，鄭重嚴肅地告訴他，他們並非他的親生父母，他的父親與母親是戰功赫赫、受百姓愛戴尊崇的玄嵩帝及元德皇后。

他本是南鄴太子，上頭還有一位長姊。

但他們都死了，父皇和母后已經葬入皇陵，皇姊的屍身則至今都沒有找到。

原本他們打算在他及冠後再告知他實情的，之所以選擇提前告知，是因為他的模樣逐漸長開，相貌已經瞞不住了。

他被追殺那時年紀太小，還不記事，對這段往事沒有印象，也沒有感觸。

但那一刻，他人生中第一次感到了孤獨彷徨。

待他嚴厲寵愛的父親、慈愛溫和的母親、縱容偏愛的兄姊，原來都不是他的。

他早就沒有父親、母親了，姊姊也沒了。

在這個世上，他早已是孑然一身。

就在他茫然不知所措時，他的貼身護衛榮冬告訴他，自己是他的侍衛統領，他父皇、母后及皇姊的死皆是先帝所為，他要為他們報仇，奪回本該屬於他的一切。

楚懷鈺便明白了，他的身上揹負著血海深仇，大概是不能為自己而活了。

其實對此他的心緒並沒有太大的起伏，因為他記不起那段慘烈的往事，不如父親悲痛，也不如榮冬恨意洶湧，但既然這是他該揹負的，他不會退縮。

十五歲那年，父親看著他的臉愁思不已，母親也成日嘆氣。

父親、母親與父皇相識於少時，看見他這張臉就好像看見了年少時的父皇。

他知道他的存在會給父親、母親帶來災禍，於是那年，他留下一封信，帶著大筆銀票離家出走了。

這一走，就是五年。

他聽聞皇姊是在江南墜海，至今未找到屍身，所以就抱著一絲僥倖去了江南，但至今都沒有皇姊的半點線索。

這五年間，榮冬大哥助他成立了極風門，籠絡了不少奇人異士，其中還包括一些隱世高人。

去歲他認識了沈雲商跟裴行昭，得知他們與趙承北有過節且要來鄴京時，他便決定回鄴京。

敵人的敵人就是朋友，他決定和沈雲商二人做朋友。

他們也果然沒有辜負他所望，將趙承北這個硬碴收拾了。

一旦趙承北離京去封地，就不可能再活著回來。

眼下，只剩太子了。

只是，他突然覺得事情好像不會這麼簡單，趙承北那等心計，怎會就此認命？

再加上裴行昭忽然離京，他有預感，趙承北怕是還有什麼後手。

果然，三日後，變故突發。

邊關傳來戰報，敵軍突襲攻城，守城將軍乃封家的封將軍封磬。

皇帝為安撫守城將軍，忍痛擬旨封二皇子為藩王，即刻離京。

可這道旨意最終並沒有面世，因為趙承北的人給皇帝送了一個驚天秘密。

隨後，宮中送了大批賞賜至封家及薛家，又給了東宮一直想要的戶部，而二皇子母族該罰的罰、該打的打，二皇子也依舊禁足，但卻再無其他旨意下來。

眾臣便明白，皇帝這是執意要護著二皇子，平息這場風波了。

楚懷鈺受沈雲商所託，隨時向她傳遞宮中動靜，是以宮裡的消息一出來，沈雲商就收到了。

所幸一切早有準備，沈雲商立刻讓人去通知慕淮衣，隨後喬裝從暗門出府，疾馳朝西城門而去。

她才走半刻鐘，大批官兵就闖進裴、沈兩宅，只是兩宅已經人去樓空，官兵撲了個空。

宮中傳出城門戒嚴的命令時，沈雲商的馬車已經快到西城門了，她掀開車簾朝後方望了眼，眸中隱有憂慮。

這一切雖然都在他們的計劃之中，可她心中還是有些不安。

她和裴行昭跑了，可鄴京的裴家和白家跑不掉，一旦找不到他們兩人的行蹤，皇帝必要為難這兩家。

裴行昭離開次日，她就分別給裴、白兩家送了信，只盼著他們能夠自保，撐到裴行昭回來。

西城門外，慕淮衣看見沈雲商的馬車，面上的擔憂才退去。

他前兩日接到沈雲商的消息，說京中要出變故，他們隨時要離京時，他就已經開始著手準備了，所以今日一接到沈雲商讓人送來的消息，他立刻就出了城。

他離西城門近，已經到了半刻鐘。

榮春也看見了城外的慕淮衣，轉頭朝沈雲商稟報道：「慕公子已經出城了。」

沈雲商聞言放下車簾，按下心中的不安。

然就在這時，突有馬蹄聲傳來，沈雲商心中一咯噔，官兵這麼快就追上來了？

身旁的玉薇手已經按在車壁的劍柄上，卻聽一道熟悉悅耳的聲音傳來——

「沈小姐！」

沈雲商微微蹙眉，抬手掀開車簾朝後看去，見正是易容之後的楚懷鈺打馬而來，他身後跟著許多護衛，還揹著弓箭，似乎是要出城狩獵。

沈雲商心神微鬆，讓護衛停下了馬車。

但逃命在即，她沒有下車，只是輕輕頷首詢問。「楚公子？」

楚懷鈺也沒有下馬，只是將馬驅到馬車旁邊，微微側首低聲道：「官兵已經封了裴、沈兩宅。」

這在沈雲商的意料之中。「以什麼罪名？」

楚懷鈺說話時，依舊是那副溫吞吞的模樣，哪怕天塌下來，他好像都不會眨眼般。「原本只是請裴公子和沈小姐面聖，但沒有找到人，便按了個抗旨的罪名，應該再過半個時辰，全城就會貼上你們的通緝令了。」

沈雲商勾唇冷笑未語。

楚懷鈺便問道：「姑蘇那邊你們已經安排好了是嗎？」

他只是對很多事情沒那麼在意，但只要認真去琢磨，不難想通其中關竅。

原本以為邊關戰事突起，趙承北這次很難脫身了。

據父親所說，皇帝都已經擬好封王的旨意了，可就在見了二皇子的人後，聖旨便悄然銷毀，緊接著官兵就到了裴、沈兩宅。

這也就說明，趙承北手裡捏著很重要的底牌，而這底牌就和沈雲商跟裴行昭二人有關。

沈雲商和裴行昭都不是愚笨之人，他們不可能對危險毫無察覺，且端看今日沈雲商有先見之明離京，他便猜到他們應該已經鋪好了後路。

唯有一點他想不通——沈雲商跟裴行昭身上到底有什麼值得皇帝覬覦的東西，竟不顧在邊城的封將軍也要保住趙承北？

這也是他今日趕過來的原因，但很顯然，沈雲商不會告訴他。

「是。」

沈雲商並沒有否認，她抬眸看向楚懷鈺。「我們一走，裴、白兩家處境堪憂，還請門主庇護一二。」喚的是門主，並非楚公子。

這是將楚懷鈺拉到同一個陣線上了。

楚懷鈺眨眨眼，「哦」了聲便答應下來，又問：「沈小姐要去哪裡？可要調門中人隨行保護？」

沈雲商拒絕了。「暫且不用。」

倒不是不信任楚懷鈺，而是她要隱姓埋名去一個偏僻之地，人越少越不容易引起注意。

楚懷鈺也不勉強，道：「那好吧。若是遇到危險，隨時可放信號。」

沈雲商頷首。「謝門主。」

「我等會兒幫妳攔一攔，拖延些時間，妳快走吧。」楚懷鈺邊說，邊拽起轡繩欲調轉馬頭。

連著下了兩日雨，今日天氣陰沈，有些冷意，楚懷鈺身上穿了件狐毛斗篷，抬手拉轡繩時，斗篷輕輕晃動，露出腰間的一塊半月玉珮。

玉珮隨著他的動作微微晃了晃，又被遮擋住。

然而沈雲商放下車簾的手驀地頓住，她瞳孔緊縮，整個身子都僵住了。

雖然只有短短幾息，但她對那枚玉珮太熟悉了。

「妳小舅舅手中的那枚玉珮，與妳手中這塊幾乎一樣，只是妳手上這塊圖案是『月』，妳小舅舅那塊是『日』，且這兩塊半月玉珮能完整地契合在一起。」

楚懷鈺身上那塊是與她這枚半月玉珮幾近一樣的玉珮。

唯一不同的是，他那塊半月玉珮中間雕刻的是圓日，而她的是彎月。

第二十三章

護衛揚起馬鞭，馬車緩緩行駛，沈雲商突然喊道：「等等！」

她的聲音又急又抖，甚至還帶著幾分尖銳。

不只是護衛嚇了一跳急忙拉住韁繩，就連已經要離開的楚懷鈺也喝住馬，回頭望去。

他一轉頭便對上沈雲商既震驚又喜悅的激動眼神。

楚懷鈺微微一怔，問：「沈小姐還有什麼事？」

沈雲商想問的有很多，但這裡不是說話的地方。

她幾乎沒做什麼思考便問：「你能不能將我藏起來？就在城中？」

楚懷鈺眼裡閃過幾絲迷茫和疑惑，但還是點了點頭。「能。」

雖然他不知道她為什麼突然有這個要求，但他可以答應她。

極風門有易容高手，他想將沈雲商藏在城中不是什麼難事。

護衛和玉薇都有些不解，他們馬上就能出城了，按照先前的計劃，完全可以躲過官兵的搜查，小姐為何突然改變主意要留在城中？

「你安排一個人去跟慕公子說一聲，說我臨時有別的安排，讓他趕緊回姑蘇。」沈雲商朝護衛長道。

「是。」護衛長點了個人，讓他出了城去通稟。

「留下五個人跟我走，其餘的人趕馬車出城，在路上棄馬車，按照先前的計劃藏身候命。」沈雲商快速吩咐道。

事態緊急，護衛長也沒有追問緣由，很快就按照沈雲商的吩咐分派好了人。

玉薇跟著沈雲商下馬車，騎上楚懷鈺給的馬，迅速離開。

城外的慕淮衣隔得遠，瞧不真切，只隱約看到沈雲商下馬車跟人離開了，心中驀地大駭。

難道是被皇帝的人抓住了？

他剛要進城，便見沈雲商的護衛迎面而來，他遂頓住腳步，稍作等待。

很快地，護衛停在他身側，翻身下馬，恭敬道：「慕公子，我家小姐說她另有安排，請慕公子趕緊回姑蘇。」

慕淮衣皺眉著急問道：「剛剛那是什麼人？可是他為難沈雲商了？」

護衛回道：「不是，那是楚家公子，與我家小姐相熟，小姐請他幫忙留在城中。」

慕淮衣眉頭微鬆，但還是不放心。「他信得過嗎？」

這話護衛也無法回答，只能道：「小姐心中有數的。」

慕淮衣沈思半晌後，咬牙做了決定。「不行，我不能離開。」

裴阿昭不在城中，白燕堂又神出鬼沒的，他不能讓沈雲商一個人留在這裡。

「慕公子，據楚公子送來的消息，城門馬上就會戒嚴，全程通緝小姐與裴公子。」護衛勸道：「您留在這裡會有危險。」

慕淮衣眸色一沈。「如此，我更要留下了。」他轉身朝貼身護衛道：「你跟我留下，其他人先回去。」

護衛見他心意已決，心知勸不住，便趕緊回城稟報了。

於是，慕淮衣又大搖大擺地進了城，但他沒有笨到回慕宅。

皇帝找不到沈雲商二人，肯定就會從他們身邊的人下手，他前段時日經常跟著他們在城裡四處招搖，肯定逃不過皇帝的眼睛，他得先找個安全的地方藏起來。

沈雲商一路上都有些恍惚。

她的腦海中始終盤旋著一個巨大的疑問：那枚玉珮為什麼會出現在楚懷鈺的身上？

她想了很多種可能。

母親說過小舅舅當年兩歲，那麼如今小舅舅應該是二十一。

而楚懷鈺是除夕的生辰，他今年也正好二十一歲。

若楚懷鈺真的是小舅舅，那可真是踏破鐵鞋無覓處，得來全不費工夫啊！

除此之外，也有可能年紀只是個巧合，這枚玉珮是楚懷鈺從別處得來的。

但不管是什麼原因，既然玉珮出現在楚懷鈺身上，那麼她都得弄清楚。

楚懷鈺帶著他們繞了幾個巷子，最終停在一個不起眼的小莊園外。

幾人翻身下馬，楚懷鈺道：「這是我私人的宅子，沒人知曉，妳可以先住在這裡。」

沈雲商壓下萬千心緒，點頭道：「好，多謝門主。」

「不過我想，這裡很快就會有人來搜了，所以現在當務之急，是先給妳和玉薇姑娘易容。」楚懷鈺將馬交給護衛，領著沈雲商邊往裡走，邊道。

沈雲商又點頭道謝。

楚懷鈺不由得深深地看了她一眼。「妳怎麼突然這麼客氣了？」

沈雲商抿唇。他有可能是她的小舅舅，她能不先客氣著嗎？

「如此煩勞門主，心中過意不去。」

楚懷鈺不甚在意地道：「若真是過意不去，記得給門中多添點銀子就好了。」

沈雲商無語。離開姑蘇時她和裴行昭就將剩下的銀子都給楚懷鈺了，這麼快又缺錢了？極風門是吃銀子嗎？但一想到眼前這人或許是她的小舅舅，她按下了懟人的話語，只道：「嗯，待此間事了，定給門主奉上謝禮。」

楚懷鈺見她這麼好說話，心情大好。「妳那幾個護衛在人前露過臉，也都易容一下吧！」

偏僻隱秘的巷中，有一處莊園，一推開門便是滿園的花草，中間鋪著圓滑石頭的小道，再往裡走，靠近園中心時，便能見到小道上雕刻著一朵花，不遠處，刻有一罈酒。

白衣青年大步跨過小道，看也沒看腳下的「花」跟「酒」。

這時，有管事模樣的中年男子迎出來，只抬眸看了眼，神色立刻就變得萬分恭敬。「東家。」

青年步伐未停，將手中提著的面具遞給他。「人在何處？」

管事忙回道：「回東家的話，我們的人過去時，沈小姐與裴公子都已經離開了。」

青年的腳步倏地頓住，素來風流多情的眼裡凝出一道厲光。「人沒帶來?!」

此人正是白家少家主，白燕堂。

管事嚇得立刻跪下，道：「東家恕罪，小的親自過去的，可還是晚了一步，兩處宅子都已經人去樓空了，官兵也去搜查過。小人以為，沈小姐與裴公子怕是察覺到了危險，先一步離開了。」

白燕堂面色稍霽，眼底浮現出些許欣慰和擔憂。

欣慰的是那二人聰明得緊，溜得還挺快；擔憂的是怕他們跑不掉，被皇帝的人抓住了。

「小人已經讓人去追了，或許很快就會有消息傳回。」管事見他怒氣稍減，忙又道。

白燕堂冷哼了聲，抬腳繼續往裡走。「起來吧。我今日不去東宮，一有消息立刻來報。」

管事恭敬地應道：「是。」

趙承佑憤怒地摔了一地茶盞。「他到底使了什麼詭計，竟叫父皇費盡心思也要保住他！」

東宮。

棠公公小心翼翼地道：「陛下今日下令抓沈小姐與裴公子，會不會跟他們有關？」

趙承佑怒道：「孤連這都想不到嗎？會不會跟他們有關不去查，還來問孤？」

棠公公連忙跪下請罪。「殿下息怒，奴才這就去查！」

趙承佑扶額，頗覺頭疼。關鍵時候，這些人沒一個頂用的！

「唐卿呢？」

棠公公恭敬地回道：「唐公子今日沒有進宮，說是染了風寒，怕過給殿下。」

趙承佑壓下心中火氣。「還沒有查到他的身分？」

棠公公忙道：「已經有些眉目，應該不用太久。」

「滾！」

棠公公恭敬地退著出殿，心裡卻暗罵這姓唐的哪日得風寒不好，偏是今日！不然，他也不至於受這通責難。

崔家。

崔九珩負手立在窗前，面上一片鬱色。

趙承北再如何欺瞞他，也暫時無法磨滅曾經的情誼。

他不希望趙承北輸得太難看，原本想著封王就封王吧，他再去好生勸一勸，或許能讓趙承北回頭；可他沒想到，趙承北竟會對陛下透露長公主的下落。

他更沒有想到，陛下會這麼快就下通緝令。

玄嵩帝跟元德皇后禪位之事，年輕一輩的人知道的並不多。據他所知，是玄嵩帝帶著元德皇后隱居世外，卻遭扮作山匪的敵國高手襲擊，為了保護一雙兒女，二人戰死，長公主與前太子一個墜海，一個落崖，不知所蹤。

而陛下一直沒有放棄尋找他們。

他心中對於玄嵩帝及元德皇后的死不是沒有過猜想，但畢竟時隔久遠，不是他這一輩發生的事，他便不去深思。

可眼下陛下以抗旨的罪名通緝沈雲商，便是打算按下長公主的身分並除之。

這也就說明，他曾經的猜疑可能是正確的，玄嵩帝與元德皇后的死有蹊蹺。

但其實這些對於他而言並不是很重要，他更在意的是崔家。

他與趙承北似乎不是一路人了。

他無法違背自己的原則繼續扶持趙承北，可也沒辦法拋卻這些年的情誼去對付趙承北。

他與父親商議過，如今崔家或許只有一條路可以一試——退出黨派之爭。如此，崔家或許還有一線生機。

「公子，殿下的人來了。」西燭走近崔九珩，恭敬道。

崔九珩垂眸半晌未語，許久之後閉了閉眼，似是做了什麼決定，無力地擺了擺手。「讓人回去吧。」

「是。」

不多時，西燭又返回。

「公子，公主殿下的人來了。」

崔九珩眉頭微凝，這回他沈默的時間稍短。「不見。」

他承認，他心中是曾裝下過一個人。

但他也清楚，他們沒有可能，所以一直未曾表露出來，選擇避嫌。

如今，就更沒有必要見面了。

「是。」西燭正要離開，又聽見崔九珩問——

「裴公子他們可有消息？」

「還沒有。」西燭回道。

崔九珩輕輕「嗯」了聲。

現在的他們，沒有消息就是最好的消息了。

隨著二皇子被彈劾開始，京中就彷彿被一層烏雲籠罩住。

沈雲商與裴行昭抗旨被通緝且滿門獲罪一事，出乎了很多人的意料。

裴公子不過一介白身，便是此次功勞甚高，也威脅不到皇家什麼才是。

難不成真是二人居功自傲，抗旨不尊？

官兵挨家挨戶地搜查，前腳一走，百姓就忍不住抱怨了起來。

再怎麼說，這二人也立下了這麼大的功勞，何至於此呢？

捐贈賑災銀救下的人多是邊關將士、平民百姓，也只有他們才是真正發自內心的感謝。

官兵敲開了一家又一家的門，很快便到了小莊園外。

開門的是沈雲商身邊易容後的護衛。

「大人，有何貴——」

護衛的話還沒有說完，官兵就推開他闖了進去，他們手裡拿著沈雲商跟裴行昭的畫像一一比對。

到沈雲商時，她帶著幾分畏懼和不解地問：「大人，是有罪犯逃脫了嗎？」

官兵將她與畫像上的人比對之後，不耐煩地喝道：「多什麼話！」

莊園裡的人全部查完後，官兵將兩張畫像展開在眾人眼前。「見著這兩個人立刻上報，窩藏罪犯與之同罪！」

沈雲商攜著底下的人恭敬應是。

送走官兵，大門關上後，裡頭所有人的臉色皆沈了下來。

玉薇皺眉道：「他們這是要趕盡殺絕，也不知道姑蘇的情況怎麼樣了？」

她話剛落，楚懷鈺便從裡頭走出來，道：「皇帝已經派人去姑蘇了，剛出城，不包括暗衛，共兩百多名精銳。」

楚懷鈺在他們易容時就從暗道離開出去了一趟，剛回來就見官兵搜到了這裡，便隱藏在暗道中沒動。

沈雲商聞言，扯了扯唇。「作賊心虛。」長公主的身分就叫他們如此慎重，若是小舅舅還活著，皇帝豈不是得派出軍隊了？

楚懷鈺一怔，神色略顯複雜地看向她。「沈小姐為何這麼說啊？」

沈雲商自知失言，解釋道：「欲加之罪，何患無辭，自然要快些解決，以免生變。」

楚懷鈺「哦」了聲。

沈雲商的視線不受控地落在他腰間的玉珮上，強自鎮定地道：「門主這枚玉珮很別致。」

楚懷鈺察覺到她的目光，也往腰間看了眼，他今日掛的是兵符。

「嗯，前些日子打的。」楚懷鈺不甚在意地道。

對於重要的東西，表現得越不在意，才越不會被別人注意。

沈雲商雖然知道他說謊，但也沒有拆穿。

現在她離得近，看得很仔細，非常確定這枚玉珮就是她要找的另外半塊兵符。

她與裴行昭曾經推論過，楚懷鈺應該跟趙承北有大仇。

若真是這樣，那麼他就更有可能會是小舅舅。

而且更令人懷疑的是，他在掩飾自己真實的樣貌。

什麼推趙承北入水不能讓他看見真容的說辭，她從來沒信過。

「沈小姐這段日子便安心地住在這裡，若是有什麼缺的儘管吩咐人去置辦。」楚懷鈺走向廳內，吩咐人上茶。

沈雲商跟過去，再次頷首致謝。

待丫鬟將茶端上來，沈雲商起身攔住了丫鬟，親自端起茶盞走向楚懷鈺，認真地道：「這次多謝門主出手相助，便借花獻佛，以茶聊表謝意。」

楚懷鈺直直盯著她看了好一會兒才伸手接茶。「沈小姐不必如此客氣。」

她今日好像很拘謹，與以往很有些不同……他該不會是救錯人了吧？

楚懷鈺很快就否決了這個想法。他的人才給她易容過，若她原本那張臉是假的，不可能發現不了。

沈雲商在楚懷鈺的手碰到茶盞時微微鬆開，茶盞立刻傾斜，大半茶水都灑了出來，將楚懷鈺的衣裳浸濕了很大一片。

「啊，對不起！門主沒事吧？可有燙著？」沈雲商飛快穩住茶盞，面帶內疚地道。

楚懷鈺皺了皺眉，又看了看她，最終擺手說：「無事。」她到底想做什麼？

楚懷鈺的人趕緊上前，擔憂地道：「公子，今日天氣冷，先去換件衣裳，別染了風寒。」

楚懷鈺沒有拒絕，他起身看向沈雲商。「煩勞沈小姐稍等片刻，我去去就回。」

沈雲商自是說好。

待楚懷鈺離開後，她便喚來護衛長，低聲吩咐了幾句。

護衛長聽完後神色很複雜，但還是點頭應下。「是。」

沈雲商看著護衛長離開的背影，微微瞇起眸子。

「妳小舅舅後背確實有一塊胎記。

「在右側腰下，有一塊像月牙的紅色胎記。」

她得先確定他是不是小舅舅，才能決定接下來該怎麼做。

若是，那自然要盡快相認；若不是，她就得想辦法問出那塊玉珮到底是怎麼來的。

楚懷鈺偶爾會在此地留宿，這裡自然也準備了他的衣裳。

他帶著貼身護衛進屋後，門一關上，護衛就輕聲道：「公子，有人跟著我們。」

此時此地，能跟著他的除了自己人，只能是沈雲商的人。

楚懷鈺不解地皺起眉。故意弄濕他的衣裳，又讓人跟著他，沈雲商到底想做什麼？楚懷鈺示意護衛不要聲張，只當作不知。

沈雲商忐忑地等在廳中，一顆心都快提到嗓子眼了。

方才情急之下還未仔細斟酌就出手試探，如今想來，手段格外拙劣了些。

楚懷鈺此人雖然看起來沒什麼心眼，卻不代表他蠢。

這是他的地盤，若是被人跟蹤他都不知道的話，他也不可能創建出極風門。

可開弓沒有回頭箭，眼下只能抱著僥倖的心理等待了。

好在並沒有等多久，護衛長便回來了。

沈雲商忙起身問：「如何？」

護衛長輕輕搖了搖頭。「楚公子沒有換裡衣。」他無法得知楚公子後腰上是不是有一塊胎記。

看來，是那盞茶水不夠多，沒有浸透到他的裡衣。沈雲商輕輕呼出一口氣，問道：「可有被發現？」

護衛長思索片刻後，道：「楚公子身邊那個護衛的功夫難測，屬下並不確定有沒有露出端倪。」

沈雲商點頭「嗯」了聲。「你先下去吧。」

不管有沒有被發現，只要他們沒當場抓到，她就當不知道好了。
可是，還有什麼法子能確定他是不是小舅舅呢？
要是裴行昭在就好了，還能將楚懷鈺騙到房裡，按著強行察看。
沈雲商嘆了口氣，坐了回去。
她若有所思地摸了摸腰間，若是她也亮出她這塊兵符，若他認得……
不行，另外半塊兵符既然在他手上，就難保他不會從旁的地方知道玉珮的秘密，只要他不是小舅舅，她的處境就更加危險了。
玉薇在一旁看著她擰眉苦思，心中也沒有更好的辦法。若她是男子，倒是可以大逆不道地強行察看，但她是女子，自然不能跑去脫楚公子的衣裳。
沈雲商想了半晌也沒有更好的辦法，只能作罷。「對了，可有給榮春他們留信號？」
玉薇點頭。「留了，想必夜裡就會過來。」
沈雲商若有所思地「嗯」了聲。實在不行，找藉口將楚懷鈺留在這裡，讓榮春跟榮秋去檢查？不過轉念一想就覺得這個辦法不可行。
即便榮春跟榮秋在，楚懷鈺的護衛一定也會在……突然，沈雲商眼睛一亮。
對啊，她怎麼把這人給忘了！
榮夏曾經說過，她似乎在街上看到過她的弟弟榮冬，如果楚懷鈺真的是小舅舅，那麼榮冬就很可能是在小舅舅身邊。

她不認得榮冬，但榮夏認得啊！

沈雲商正要開口說什麼時，楚懷鈺便過來了，她下意識地看了眼他身後的護衛。

年紀二十五上下，長得與榮夏也沒有半分相似，此人不會是榮冬。

楚懷鈺注意到了沈雲商那似不經意的一瞥，心中疑惑更深。

沈雲商她……到底想做什麼？

楚懷鈺想不通，沒打算再想，他準備直接問。

只是他還沒來得及開口，便有護衛進來稟報，說是楚家派了人過來，請楚懷鈺立刻回府。

楚懷鈺默了默，深深地看了眼沈雲商，道：「府中應該有事，我明日再過來。」明天再過來問。

沈雲商遂起身相送。「好。」

正好，明日將榮夏留在身邊，讓她在楚懷鈺面前露個臉。

榮夏與榮冬是雙胞胎，模樣相似的機會是很大的。只要榮冬真的在楚懷鈺身邊，那麼他見了榮夏，一定會有反應。

當夜，榮夏聽完沈雲商的計劃後，激動得眼眶發紅，一夜都沒怎麼睡。

她與阿弟確實生得很像，若阿弟站在她的面前，她一定能認出來！

花間酒。

管事領著勁裝打扮的人穿過一個個小院長廊，來到一間精緻的院落中，月亮門前的護衛看了眼管事，頷首放行。

院落正房，白璵守在廊下。

管事上前稟明來意，白璵看了眼他身後的人，折身進屋，朝書案後的人稟報道：「公子，人回來了。」

白燕堂放下筆。「進來。」

管事領著人進屋，先是行了禮，才道：「東家，此人便是屬下派去追尋沈小姐及裴公子下落的人。」

那人得到示意，恭敬稟道：「回東家，沈小姐臨近西城門時放棄出城，與吏部尚書家的嫡幼子楚懷鈺走了。」

白燕堂皺眉。「楚懷鈺？」他倒是聽說過這人，前不久才回的京，雲商妹妹何時與他相識的？且在這麼緊要的關頭，雲商妹妹會跟他走，說明關係很不一般。

「是。」那人繼續道：「屬下跟著他們到了一處莊園，楚公子以易容的方式幫助沈小姐瞞過了前去搜查的官兵。」

白燕堂頗有些意外地挑了挑眉。易容術乃江湖中的一門奇術，會的人並不多，易容高手更是難得一見，看來楚家這位小公子有點意思啊！

「至於裴公子的下落，屬下沒有探到。」

白燕堂有些疑惑。「他們沒有在一處？」

那人回道：「沒有，那輛馬車上只有沈小姐和貼身丫鬟。」

白燕堂若有所思地擰起了眉頭。這兩個人在幹什麼？

管事忙道：「東家，此人是我們花間酒最擅長追蹤的高手，若是連他都沒有尋到裴公子的蹤跡，有沒有可能，裴公子已經不在城中了？」

白燕堂「嗯」了聲，吩咐管家。「找幾個人在那莊園外暗中保護沈小姐。」

「是。」

「先下去吧。」

白璵將管事送出去，確認四下院外皆無人才又進來，擔憂地道：「公子，楚公子能信嗎？」沈小姐的身分不同尋常，難保那楚家不是別有用心。

白燕堂自然也有過這樣的顧慮，但他在沈雲商進京之前就收到了姑姑的信，稱已將身世的秘密告知沈雲商，想來，沈雲商也不會瞞著裴行昭。

趙承北幾次構陷暴露都有他們二人的手筆，所以他想，以這兩個人的聰敏，不會蠢到在原地等趙承北報復，他們一定還有其他的計劃。

「無妨。」白燕堂想通後，道：「既然是雲商妹妹信任的人，應該不會出岔子；且就算楚懷鈺有問題，我們派去的人也能保護雲商妹妹。」

「那公子，我們接下來怎麼做？」白璵問道。

白燕堂勾唇。「趙承北逃過了這一劫，太子此時正火大，等他冷靜下來我再進宮。」

趙承北雖然留在宮中，但他的名聲已經一落千丈，母族也損失慘重，眼下必然是要選擇韜光養晦，不敢再貿然出手。

但，他不能給趙承北東山再起的機會。

原本他沒打算做這些，只是趙承北知道得太多，想要得也太多了。

從裴家莊之事便能明白，不除掉趙承北，他們永無寧日。

而當朝能壓制趙承北且迫切想除掉趙承北的人只有太子，所以他就來走了這一遭，在東宮式微時幫了一把，後又出謀劃策地讓東宮迅速崛起，成功做了太子身邊最受看重的幕僚。

他的目的，就是要取趙承北的性命。

只有趙承北死了，那些秘密才會是秘密，他們才能安穩過日子。

雖然他其實並不想讓太子贏到最後，但如今皇室就這兩個嫡出，若兩個都死了會動搖國本。

白燕堂心中不禁又冒出了那個想法——若是前太子還活著就好了。

如此，他一定會拚盡全力將太子和二皇子都除掉。

「公子，皇帝現在已經知道沈小姐的身分了，那麼太子會不會也……」白璵擔憂道。若太子也知道了，等他坐上那個位置後，肯定不會放過沈家，那麼他們這些日子的努力就白費了。

白燕堂搖頭道：「太子現在不見得知道，畢竟這事對於皇家來說並不是什麼光彩的事，皇帝只恨不得瞞死，越少人知道越好。」不過，太子知道也是早晚的事。

白燕堂頗為頭疼地揉了揉眉心，再次暗道，要是那位還活著就好了，哪裡需要這般周旋，直接推翻現在的皇室，扶持那位上位，就能一勞永逸了。

如今只能走一步、看一步了。

也不知道雲商妹妹他們有什麼計劃？他得找機會去見她一面。

「對了，慕淮衣可出城了？」似是想到了什麼，白燕堂抬頭看向白璵。

「屬下方才送管事出去時，聽他說慕公子並沒有出城，他在發現沈小姐放棄出城後，便也進城來了，身邊只帶了一個護衛。」

白燕堂臉色一沈。「胡鬧！」眼下皇帝的人正在四處搜查，慕淮衣前段時日那般招搖，定然逃不過皇帝的眼線，沈雲商跟裴行昭尚有自保之力，可慕淮衣那點三腳貓的功夫，怕是連一個侍衛都打不過，一旦皇帝的人盯上他，後果不堪設想！「人在哪裡？」

白璵搖頭。「派出去的人都追查沈小姐去了，並不知慕公子在何處落腳。」

白燕堂暗罵了聲慕淮衣，吩咐道：「讓人立刻去找！」

白璵應下後，又問道：「找到後要將慕公子帶來這裡嗎？」公子是花間酒東家的事，慕公子還不知道。

「若是他藏得好，暗中保護就行；若是有暴露的危險，就將人帶來。」

「是。」白璵出門前，偷偷地看了眼自家公子，暗道當年慕公子那堂拜得好啊，能讓他家公子這般護著的人，可沒有幾個。

不久後，白璵便接到消息，說慕淮衣藏身青樓，目前沒有任何危險。

白璵稟報給白燕堂後，白燕堂哼笑了聲。「倒是不蠢。」

白璵心道，慕家的少家主，能蠢嗎？慕公子的心眼也就只比他家公子少那麼一點點而已。

三月初一，大霧散去，陽光明媚，天氣回暖，似乎是個很好的日子。

「因計劃生變，榮夏他們昨夜帶過來的衣裳跟首飾不多，晚些時候奴婢再去買些。」玉薇幫沈雲商選了件殷紅的長裙，配了件同色的薄披風，腰間繫著一塊梅花白玉玉珮。

沈雲商從睜眼開始心跳就有些紊亂，莫名的澎湃激動，怎麼也壓不下去，玉薇和她說話她也只是心不在焉地「嗯」了聲。

玉薇知道她此時心緒難寧，也就沒再開口，換好衣裳，梳好髮髻後，沒問沈雲商的意見，自行替她選了根紅梅簪。

一切準備妥當，用了早飯，又在屋裡小坐了片刻，護衛便在門外稟報楚公子過來了。

沈雲商的心跳又快了一些。

連她自己都不知道為何如此，就好像冥冥之中感受到有些秘密即將揭開，好像下一刻真的能見到想見的人般。

沈雲商閉了閉眼，強行讓自己冷靜了些，才喚來榮夏。

榮夏幾人原本是隱於暗處，平素穿的都是些暗沈的顏色，但今兒榮夏一改常態，穿了件水綠色的裙子。

沈雲商頗有些意外地上下打量了她一眼，隨後問道：「這件裙子可是有什麼典故？」

這件裙子的款式有些老舊不說，與榮夏的年紀也不符合，很像是十來歲小姑娘穿的樣式。

榮夏解釋道：「回小姐，屬下當年與阿弟走散時，穿的便是這樣顏色與款式的裙子。」

這是她後來重新訂做的一件，就想著萬一有朝一日她與阿弟見面不相識，這件裙子或許能起到一點作用。

其實真正能證明身分的，是這條腰封。

裙子是後來做的，腰封卻仍是當年那條，她只是將它加長了些。

沈雲商料想是跟榮冬有關，便點了點頭，道：「妳很適合這種顏色。」

榮夏神色晦澀地垂下頭。曾經她也是家中最受寵愛的嫡小姐，衣裙、首飾自都是按照自己的心意來，日子過得無憂無慮。直到一朝生變，她家破人亡，唯剩阿弟相依為命，再後來，連阿弟也生死未卜。從那以後，她的衣裳幾乎只有黑色。

「楚公子已經過來了，我們走吧。」沈雲商起身道。

「是。」

沈雲商領著榮夏跟玉薇往正廳走去。

楚懷鈺今日過來是為了弄清楚昨日的疑惑。

昨日沈雲商明明是要出城，卻不知為何突然改了主意，之後看他的眼神也不大一樣了。

他想，這其中必然是有他不知道的隱情，所以早早就過來了。

丫鬟剛上好茶，沈雲商便到了正廳，兩廂見過禮，各自落坐。

楚懷鈺坐在左側首位，沈雲商坐在右側首位。

二人各懷心思地抬眸打量對方，卻剛好對上了視線。

沈雲商眼神一閃，輕輕垂首。

楚懷鈺也別開目光，但心中的疑惑更深了。

他正要開口，餘光瞥見沈雲商身後的人，隨口問道：「以往似乎沒有見過這位姑娘？」

玉薇今日留在廳外，此時立在沈雲商身後的是榮夏。

她微微低著頭，楚懷鈺並沒有看清她的臉，只是從她的衣著上看出這並不是丫鬟打扮。

沈雲商就等著他問了。她側首朝榮夏道：「這位是楚公子。」

榮夏會意，繞到廳中央，朝楚懷鈺屈膝見禮。「榮夏見過楚公子。」這回她稍微抬了些頭。

楚懷鈺聽見她的名字時身子便是一僵，正要開口問她是哪兩個字，便見著了她的半張臉，瞳孔驀地一緊，聲音略沈地說：「妳抬頭。」

沈雲商將楚懷鈺的反應盡數看在眼裡，一顆心怦怦直跳。他知道榮夏這個名字！

榮夏依言抬起頭，但她沒直視楚懷鈺，只叫對方能夠看清楚自己的臉。

楚懷鈺面上的神色從驚訝到震驚，再到些許茫然。

這天底下會有兩個人生得如此相似嗎？答案當然是有的。

「妳……叫什麼？」楚懷鈺再一次問道。

天下之大，相似之人何其多，所以模樣相似不足以證明什麼；但若是不僅生得像，連名字都一樣，那顯然就不是巧合了。

榮夏感覺到了楚懷鈺的異常。他知道這個名字，也對自己這張臉感到熟悉，這證明什麼已經不言而喻了。

榮夏的眼眶逐漸泛紅，她聲音微啞地回道：「回公子，是榮華的榮，夏天的夏。」

楚懷鈺眼也不眨地盯著她。他並不比沈雲商及榮夏平靜，他性子是一向溫吞平穩沒錯，但此時心中也難免波濤洶湧。

找了那麼久的人，突然間有了線索，換成誰都無法平靜。

「我還有一個雙胞胎姊姊，跟我生得很像。阿姊本來是和我一樣跟在主子身邊的，但那年我沒有保護好阿姊，跟她走散了。

「我們都不敢用以前的名字，逃亡時皇后娘娘便取了春夏秋冬暫代，阿姊名喚阿夏，私底下，娘娘喚阿姊榮夏。」

楚懷鈺的腦袋空白了幾息，過了好一會兒他才勉強回過神來，盯著榮夏，緩緩站起身。

「妳……」楚懷鈺幾番欲言又止，最後只化為一句。「妳是不是還有個弟弟？」

榮夏再也沒忍住，眼淚潸然而下，哽咽道：「是，他喚作榮冬。」

楚懷鈺的身子都有幾分僵硬了。果然是她！

榮冬是他身邊的暗衛，一向不現於人前，知道這名字的人一隻手都數得過來。

「來人！」楚懷鈺努力平復著心緒，朝外頭喊了聲。

很快地，他的貼身護衛便走了進來。「公子。」

「去，將榮冬叫來。」

護衛聞言一愣，下意識抬頭看向楚懷鈺。榮冬大人是從不出現在外人面前的。

他有意無意地瞥了眼旁邊一襲水綠色衣裙的女子，而後眸光倏地一凝。

這姑娘與榮冬大人好生相像！

護衛雖然並不清楚發生了什麼事，但隱隱感覺到不對，遂連忙領命出去了。

之後，廳內就陷入了一陣沈寂。

楚懷鈺也慢慢地將視線放在沈雲商身上。

榮冬說他與榮夏走散前，榮夏是跟著皇姊的，而今榮夏還活著，那是不是就說明皇姊也活著？且榮夏出現在沈雲商身邊，似乎又是在印證著什麼。

昨日的異樣和試探此時也在腦海中一一閃過，楚懷鈺快速地抓住了其中最重要的點——

「門主這枚玉珮很別致。」

楚懷鈺的手逐漸地握成了拳。

所以，她是在看到他腰間的兵符後，才突然改變了主意，放棄出城，跟他走的。

沈雲商認得兵符。她跟皇姊是什麼關係？

楚懷鈺在審視沈雲商，沈雲商也在打量他。

現在她幾乎可以確定楚懷鈺的身分了。

激動、震撼、歡喜一一躍過心間，到最後眼底慢慢地蓄起了水霧。

二人隔著榮夏久久相望，雖然沒有說一個字，但有些答案似乎已經從對方的神情中得到了，只因為還有那麼一絲的不確定，所以二人誰都沒有先開口，直到榮冬出現。

榮冬一進來就看見了廳內那抹水綠色。

他的腳步頓住，素來穩重的臉上出現了一絲裂痕。

這身裙子他熟悉得不能再熟悉了，這些年來他在無數個午夜夢迴間都見過。

阿姊與他走散時，穿的就是這身！

榮冬的眼神緩緩下移，落在那背影的腰間，看見腰封上繡著一朵突兀的紅色月季時，他一個箭步就衝了過去。「妳是誰?!」

當年，阿姊穿著新裙子到院子時，他正在跟榮秋比武，手中的劍被打落，剛好朝阿姊飛去，他便飛身過去攬著阿姊躲過了劍。

但當時他手上被劃破了一道口子，血沾在阿姊後腰的腰封上，後來沒洗掉，阿姊怕他內疚，就說可以繡一朵花擋住血跡。

絲線的顏色還是他和榮秋選的。

那時候根本不懂什麼搭配，只單純地覺得紅色的線能擋住血跡，結果阿姊也依著他們繡了一朵與裙子顏色並不搭配的紅色月季。

榮夏早就感知到身後有人，也隱約知道來人是誰，但她不敢第一時間回頭，或許是因為害怕不是自己想見的人，又或許是近鄉情怯吧。直到榮冬問她是誰，她才緩緩轉身。

兩道視線相交，榮冬驀地止住了腳步。

方才榮冬還懷疑裡頭的人別有用心，扮作阿姊，可現在見到那張臉後，他的懷疑全部都消散了。

「阿姊……」榮冬下意識地喚了聲。

他感覺自己好像是在作夢，他找了那麼久都沒有阿姊的半點線索，如今人竟然就這麼毫無預兆地出現在眼前，他覺得很不真實。

在榮冬那聲「阿姊」喚出口後，榮夏幾乎是飛奔著過去，一把將他抱住，痛哭不止，久久都說不出一個字。

榮冬感受著懷裡的體溫，勉強回過了神，他第一個反應是打了自己一巴掌。

「啪」的一聲響將榮夏驚得猛地抬頭看他。「阿錚?!」

榮冬的真實名字，喚作榮錚。

臉上火辣辣的疼讓榮冬喉中一哽，兩行淚洶湧而下。

不是在作夢，是真的！

榮冬抬手緊緊抱住榮夏，將下巴搭在她肩上，哭著喚道：「阿姊！」

罕言寡語、穩重堅韌的青年，這一刻彷彿又回到了當年，哭得像個孩子般。

沈雲商別過眼，輕輕擦了擦眼角。這樣的重逢永遠都是感人而美好的。

楚懷鈺也收回視線，再次看向沈雲商。

榮夏的身分確定了，那麼沈雲商，究竟是誰？

他再蠢也能看出來沈雲商今日是特意將榮夏送到他眼前的，所以就證明她知道得比他多。

沈雲商察覺到楚懷鈺的視線，稍作整理後，才回頭迎上他的目光，輕緩道：「我還想確認一件事，才能和楚公子說實話。」

楚懷鈺神色不明。「妳說。」

沈雲商看了眼仍緊緊相擁、喜極而泣的姊弟，示意楚懷鈺到外頭說話。

楚懷鈺沒有拒絕。姊弟經歷萬難再重逢，該給他們留下足夠的空間。

到了廳外，沈雲商讓玉薇喚來榮春。

榮春過來後，沈雲商才又看向楚懷鈺。「我需要證實楚公子身上是否有一塊胎記。」

楚懷鈺眼神微緊。他的身上確實有一塊胎記，而能知道他這般隱私的人，世上沒有幾個。

楚懷鈺的手握緊又放鬆，輕輕點頭。「好。」他便是說有，依她這樣謹慎的性子也不會全信，所以不必浪費口舌。

榮春跟著楚懷鈺進了一間屋子。

沈雲商安靜地等在外頭，明明只有短短半刻不到的時間，她卻好像等了好久好久。

門傳來吱呀聲響，沈雲商緩緩回頭望去。

最先出來的是楚懷鈺，榮春跟在他的身後。

對上沈雲商的視線後，榮春面帶激動之色，紅著眼輕輕點頭。

這一瞬，沈雲商的心徹底落下，眼淚也隨之滑過臉龐。

楚懷鈺立在她面前，眸光複雜，悶不吭聲地看著她。

半晌後，沈雲商抬手輕輕抹去淚水，雙手交疊在腹間，屈膝頷首，鄭重地行了一個禮。

「雲商，見過小舅舅。」

玉薇與榮春也跟著恭敬行禮。

楚懷鈺仍舊看著沈雲商。其實他方才心裡已經有了猜測，但親耳聽到這聲「小舅舅」，他還是萬分觸動，感覺心好似都漏跳了一瞬。

他沒有對皇姊的記憶，所有的親情都是楚家人給的。

後來他知道他並不姓楚，在這天地間他早已沒了至親後，他也曾感到過孤獨、遺憾、迷茫。

他曾幻想過，若是皇姊還在人世，他們相見會是怎樣的情形？

他想，他一定會盛裝打扮，用最好的狀態出現在她面前。

他從來沒有想過，會是在今天，會是在這樣的情形下見到血親。

楚懷鈺沈默良久後，悄悄低頭整理了下衣袖，才上前伸手將沈雲商扶了起來。

「雲商，很好聽的名字。」原來，他早在去歲就已經見到了外甥女，只是相見不相識。

第二十四章

陽光透過院中青松照射在地上，閃爍著斑駁光點。

八角亭中剛上了新茶，散發著香氣，空氣中瀰漫著相逢的喜悅。

沈雲商端起茶盞淺淺飲了一口，似不經意間抬眸看了眼對面一如既往溫淡平靜的人。

從她見到他第一面開始，他就是如此，好像就算天塌下來，他也能在最後一刻嵬然不動。

那並非是不懼，也不是不在意，就好像是他隨時隨地都能安之若素，泰然處之般。

至今為止，她唯一見過他情緒有過起伏的時刻，是在見到榮夏後、與她相認前。

單從這點上看，小舅舅與母親不太像。

母親情緒多變，對父親發脾氣是常有的事，教她和玉薇時會格外的嚴厲，不經意間就會露出上位者凌人的氣勢。偶爾母親也會獨自傷懷，那時候她以為是母親與父親吵了架，現在想想，或許那是母親在思念親人，回憶過往。

那年母親十七歲，什麼都記得，卻因外祖父遺命與現實所迫而無法報仇，只能隱姓埋名嚥下仇恨，守著秘密。雖然她沒有經歷過，無法感同身受，但光是想想都覺得窒息。

小舅舅那年兩歲，還不記事，他不記得仇恨，也不記得親人，又得楚家悉心照料，才會有如今這般澄澈純善的心性。

其實沈雲商不知，此時的楚懷鈺並不平靜，相反地，他有些緊張，這是很少出現在他身上的情緒。

他有很多想問的，而其中最迫切想知道的便是他的皇姊。

雖然他並不記得皇姊，但畢竟是血脈相連的親人，他便是再平和溫淡，也不可能無動於衷。

「我……」

「妳……」

久久的沈默後，二人幾乎同時開口，又同時噤口。

沈雲商語氣恭敬地道：「小舅舅先說。」

楚懷鈺沒拒絕，他「嗯」了聲後，看著沈雲商，問道：「妳的母親，她如何？」他問這話時，那雙清澈的眼神微微閃爍，放在膝上的手也不自覺地攥緊。

沈雲商看不見他的手，但能從他的眼底看出他的緊張和隱隱的激動，她不由得輕輕勾起唇角。原來，他並非心如止水。

沈雲商如實道：「母親過得很好。」末了，又加了句。「母親不相信小舅舅落了崖，曾找過小舅舅，後來怕連累白家，才不敢繼續尋找。」

楚懷鈺眼裡閃過了一道光，似歡喜、似激動、似期待。

半晌後稍微平息下來，他才又開口。「我聽過妳母親……皇姊與姊夫的故事。」姑蘇首富之子猛烈追求金陵首富長女的故事，在江南並不是什麼秘密，至今都還有以此為題的話本在販售。他在江南五年，自然是聽說過，只是那時只當是趣聞，從來沒有想過，那段佳話裡的女主人公就是他想要找的皇姊。

沈雲商聞言笑著點點頭。「原來小舅舅也聽說過啊！父親與母親的感情確實是極好的。」

楚懷鈺微微緊繃的身子逐漸放鬆，眼底也染了笑意。「那就好。」

夜深人靜時，他也曾擔憂過對他來說很陌生的皇姊。

他年幼不記事倒能無憂無慮，哪怕知道真相也只是聽旁人說的，並未親身經歷過；而皇姊卻是清清楚楚記得那些過往的，若是皇姊還在人世，也不知道她這些年是怎麼過來的？

如今知道這些年有個一心一意愛著她的人陪在身邊，他為皇姊感到很高興。

「小舅舅是怎麼到楚家的？」沈雲商問道。

楚懷鈺沒有打算瞞她，如實道：「父親……也就是楚大人，他曾被父皇救過，一直感念著父皇的恩情。當年父親察覺到不對勁後便派人暗中跟隨，可到底還是晚了一步，他的人找過去時，父皇跟母后已經離世了。那時候，我們正被追殺至一個小鎮上。那日是趕集日，鎮上的人很多，加之身後有殺手，慌亂匆忙之下，我與皇姊被人群衝散，父親的人便找準時機將我救下，隨後製造出我落崖的假象。」

當年那場險象環生的逃亡之路，如今也不過是短短幾句話。

「原來如此。」沈雲商按下心中的傷感，又道：「那楚大人是如何將小舅舅的身分瞞得如此嚴實的？」就在鄴京，就在皇帝的眼皮子底下，楚大人就這麼將小舅舅藏在府中當親生子養著，還沒有引起任何疑心，這可不是一件簡單的事。

沈雲商問完，便見楚懷鈺微微垂下頭，似乎有些難過。

她正要岔開話題，卻聽楚懷鈺聲音低沈地道——

「因為父親將他的親兒子送走，換成了我。」

沈雲商心神一震，面上也難掩震撼。

這句話並不難理解，楚大人是將自己的孩子換成了小舅舅，如此才不會有人疑心楚家為何多出了一個孩子，才能瞞天過海。

沈雲商心中一時不知是何滋味，楚大人這份恩情，他們窮極一生也無法償還。

「那真正的楚公子去了何處？」

楚懷鈺輕輕搖頭。「我不知道。我曾問過父親，父親不願意說。」

沈雲商大約能明白楚大人為何要瞞著小舅舅，若小舅舅知道真正的楚公子在何處，肯定會忍不住要去見他，萬一不慎叫人瞧出了什麼，那就是前功盡棄了。

「不過，在我知道真相後曾暗中留意過，母親偶爾會收到江南來的信件。」楚懷鈺又道。「這也是他選擇去江南的原因之一。

沈雲商有些訝異。「真正的楚公子在江南？」

楚懷鈺點頭。「很有可能。」

他曾試著去偷信件，卻被母親發現了，之後父親跟母親每每收到信看過後就會立刻焚毀，所以他除了知道對方在江南外，對其他的皆一無所知。

「既然能互換身分，那麼真正的楚公子應是與小舅舅差不多的年紀？」

楚懷鈺點點頭。「他比我大了兩個月。」

沈雲商輕輕「嗯」了聲。

兩歲的孩子一天一個樣，只要隔個一年半載再抱出去，就沒人會起疑。

之後，二人都沈默了下來。

良久後，沈雲商出聲安慰道：「待將來真相大白，真正的楚公子就能回來了。」

楚懷鈺聞言一怔，抬頭看向沈雲商。「真相大白？」

沈雲商知道他的意思，坦然道：「小舅舅不想報仇嗎？」不待楚懷鈺開口，她又接著道：「小舅舅知道皇帝這次為何要通緝我與裴行昭嗎？」

楚懷鈺下意識搖頭，但隨後似是想到了什麼，面色微變。

「母親的身分已經暴露了。」沈雲商直接道：「是趙承北查到的，原本他想要母親手中的兵符，所以並未告知皇帝。這一次他算是走投無路了，才用這個秘密保住了他的皇子身分。」一旦封王，就徹底與皇位無緣了。

果然是這樣！楚懷鈺坐直了身子，聲音微急。「皇帝的人已經去了姑蘇，皇姊她……」

沈雲商安撫道：「小舅舅無須擔心，我與裴行昭在進京前就已經安排好了退路，母親不會有事的。」

楚懷鈺聞言稍微放心了些，但想了想還是道：「我讓極風門的人也去一趟。」

沈雲商靜默片刻後，點頭。「也好。」

一來如此更穩妥些；二來，這是小舅舅的一片心意，她不能替母親拒絕。

楚懷鈺沒有多等，當即就喚來貼身護衛，吩咐他親自去辦這件事。

楚懷鈺的貼身護衛實則是極風門裡功夫最高的人，自從楚懷鈺與沈雲商、裴行昭那次遇襲後，榮冬就將此人調到楚懷鈺身邊。

那一次，榮冬因為有其他差事，沒有跟在楚懷鈺身邊。

護衛聞言猶豫道：「公子，榮冬大人吩咐過，屬下要寸步不離地跟著公子……」

楚懷鈺認真地跟他解釋。「無妨，你回來前，我再讓榮冬安排一個人就是了。眼下姑蘇那邊才是最緊要的，你務必要保護好皇姊與姊夫。」

楚懷鈺的貼身護衛是知道楚懷鈺身分的，知道主子找到了親人，他心中也很高興，所以就不再拒絕，當即就暗中帶人離開了鄴京。

人離開後，沈雲商看向楚懷鈺，繼續方才的話題。「原本我和裴行昭就很想找到小舅舅，因為只有小舅舅奪回皇位，才能一勞永逸，否則我們將永無寧日。」

事態發展至此，楚懷鈺又何嘗不明白這個道理？

其實比起當皇帝，他更想過閒雲野鶴的生活，可如今到了這般境地，他若退縮，他僅剩的親人也都要保不住了。

「我知道。」楚懷鈺聲音淡淡地道：「我要是說我不願意做皇帝，榮冬大哥能在我耳邊唸死我。」

確實，比起小舅舅，榮冬心中的仇恨更甚，畢竟他是眼睜睜地看著自己的親人死在那場禍亂中的。沈雲商問道：「那小舅舅有什麼計劃嗎？」

楚懷鈺抬眸看向她。「原本的計劃是除掉當朝幾個皇子，再熬死皇帝。」

沈雲商唇角一抽。前面那句還正常，後頭那句聽起來更像是玩笑話。

楚懷鈺確實說的是玩笑話。「等當朝幾個皇子都沒有了，父親便會聯繫好朝中老臣，在合適的時機公布我的身分。」

沈雲商默了默，道：「但是有風險，因為小舅舅沒有證明身分的實證。」

那半塊兵符除了玄軍，幾乎沒人知曉。

楚懷鈺解釋道：「父親說，我與父皇生得有九成像。」

沈雲商頓時了然，原來這就是他掩飾真實容貌的原因。

「不過妳說得對，就算如此也還是不足以說服所有人。」楚懷鈺頓了頓，似有深意般地看著沈雲商，道：「但現在不一樣了。」

沈雲商輕笑。「兩塊兵符合二為一，可以調動外祖父留下的玄軍，玄軍一出，長公主歸朝，小舅舅的身分就確認無疑了。」

「嗯。」楚懷鈺想了想，道：「我今日回去便將實情告知父親。」

沈雲商點頭。「也好。楚大人可以暗中聯絡老臣和外祖父的舊部，提前布好局，靜待時機。」

「什麼時機？」楚懷鈺問道。

「如今東宮尚在，二皇子也還在宮中，就算小舅舅的身分公之於眾，想要奪回皇位也並不容易。」沈雲商緩緩道：「還是得按先前的計劃，先將這兩人除掉。還有……」

「什麼？」

「再等等裴行昭。」沈雲商輕聲道：「光玄軍還不夠。」楚大人解決內憂，裴行昭排除外患，如此裡應外合，才能萬無一失。

要是裴行昭知道小舅舅找到了，往後不必再束手束腳，他一定會很高興。

只可惜她現在不能聯繫他，也聯繫不到他。

楚懷鈺似懂非懂地點了點頭。「好，我會將這些話轉告於父親。」他不太懂，但父親一定懂。

日升中天，陽光灑滿了小院。

徘徊躊躇多日的黑暗裡，突然有了一條光明大道，看著眼前明媚的陽光，沈雲商跟楚懷鈺的心情是前所未有的輕鬆。

東宮。

太子緊皺眉頭盯著棠公公，臉上帶著驚愕和不敢相信。「你說唐卿是誰？」

棠公公神情鄭重地回道：「回殿下，我們的人暗中跟蹤了唐公子多日，確定他是白家的人。」

太子不願信。「白家幾位公子孤都見過。」以唐卿那身氣度，也斷不會是下人。

「回殿下，奴才已經打聽過了，去歲白家族中姑蘇那邊有位公子來了鄴京，名叫白燕堂，年二十一。」

趙承佑微微瞇起眼。白燕堂、唐公子……趙承佑低罵了聲，抬手揉了揉眉心。

若是以前，管他是哪個白家都無關緊要，可現在不行，因沈雲商跟裴行昭抗旨，白家與裴家也受了牽連，此時他的身邊絕對不能有白家人。

「殿下，這人要如何處置？」棠公公試探地問道：「他是沈雲商的嫡親表兄，隱瞞身分接近殿下，也不知道有沒有別的圖謀，要是被陛下知道了，後果不堪設想。」

雖然他們不知道到底發生了什麼事，但依如今的情勢來看，陛下不會輕易放過白、裴兩家，就算緝拿沈雲商跟裴行昭二人歸案，這兩家也不會再有出頭之日了。

若叫陛下知道沈雲商的表兄在太子身邊做幕僚，太子一定會受牽連。

「此人……」趙承佑思索許久後，遲疑地道：「若是我們不說，父皇不會知道。」這人心智超乎常人，是一個很大的助力，他捨不得放棄。

棠公公自然明白太子的意思，想了想道：「可是二皇子那邊已經多次試探，想來是對殿下身邊的人起了疑心，萬一被發現了……」按二皇子的性子，肯定要借此給殿下致命的一擊。

趙承佑聽懂了棠公公的言下之意，頗為頭疼地思量許久，才面露不捨地道：「既然無法再用他，那就留不得了。」萬一白燕堂將事情抖了出去，他一樣要被牽連。「就在東宮，做得乾淨些。」

棠公公立刻頷首。「老奴明白。」

子時，寂靜的夜空突然被一陣嘈雜聲打破，燃起的火把照亮了黑夜。

六公主趙晗玥是被窗戶的輕響聲驚醒的，她睜開眼還沒來得及喊人，脖頸上就貼上了一片冰涼。

這種感覺很熟悉，不久前她才經歷過一次。

趙晗玥輕輕抬眸看了眼那雙熟悉的眼睛，聞著那股熟悉的香氣，似無奈、似抱怨地嘆了聲。「不是跟你說過了，再被追殺不要來我這裡。」

白燕堂沒想到她一眼就認出了他，愣怔片刻後，道：「抱歉。」除了這裡，他現在無處可去。

「你受傷了。」兩廂僵持片刻後，趙晗玥輕聲道。

白燕堂擰眉。「妳怎知道？」寢殿內雖然點了燭火，但也只到能勉強視物的程度，且他穿著夜行衣，就是受了傷也很難看出來。

「血腥味。」趙晗玥如實道。

這時，外頭傳來了動靜，應是追蹤白燕堂來的。

「若來的還是趙將軍，我幫不了你。」趙晗玥輕聲道。

白燕堂收回視線，低眸無聲地望著軟被中的公主，手中的匕首往前抵了抵。

趙晗玥只得解釋道：「趙將軍武功很高，他在屏風後也能聞到血腥味。」不是她不怕死，而是她也沒辦法。

外頭的腳步聲越來越近，白燕堂因受傷，額上已經痛出了一層薄汗。「東宮的人妳可能應付？」趙承佑查到了他的身分，打算對他下死手，若非他輕功不錯，今夜根本出不了東宮。

趙晗玥皺了皺眉。「你又去偷東西了？」

「這次沒偷。」白燕堂道：「我曾為太子做事，現在他要卸磨殺驢。」

趙晗玥眨眨眼。「所以你就是暗中幫助大皇兄的那個人。」

白燕堂一愣。「妳知道什麼？」

「我什麼都不知道，只是有一次無意中聽到二皇兄跟身邊的人說話。二皇兄說，大皇兄突然長腦子了，身邊肯定有什麼高人指點。」

白燕堂靜默了片刻，沒搭話。

趙晗玥便又道：「既然來的不是趙將軍，你先處理傷口吧。」

白燕堂明白了她的意思——只要來的不是殿前將軍，就沒人能進她的寢殿。

「多謝。」白燕堂乾脆俐落地收了匕首，坐到床邊的腳踏上，開始處理傷口。

因常年走南闖北，他有隨身帶傷藥的習慣。

菱荇此時被驚醒，隱約聽到裡間有動靜，嚇得一邊點蠟燭、一邊往裡間走。「公主，您無事吧？」

白燕堂的動作一頓，偏頭看向已經半坐起身的公主。

公主看不真切他，他卻能看清公主。

那雙眼還是記憶中那般清澈，因被吵醒，睏倦中隱隱含著水霧。

「不用進來，我沒事。」趙晗玥率先挪開視線，朝貼身宮女菱荇道：「外頭發生了什麼事，妳去看看。」

「是。」菱荇聞言，止住腳步，領命折身去了殿外。

公主睡眠不好，半夜醒來並不是稀奇事，加上外頭吵鬧，菱荇並沒有起疑。

殿外很快就傳來菱荇與來人的交談聲——

「今日東宮有賊人闖入，往六公主這邊來了，為了六公主的安危，還請六公主行個方便。」東宮統領恭敬地道。

菱荇並沒有像上次一樣回殿內通報，而是淡淡道：「楊統領這是何意？莫非是想在深更半夜搜公主寢殿？」

楊統領拱手先告了聲罪，才道：「事出緊急，還請公主通融一二。」

「大膽！」菱荇臉色立變，斥道：「楊統領當這是什麼地方？公主寢殿豈是你們說搜就能搜的！」

楊統領面色微沈，還要開口，就又聽菱荇道——

「上回宮中來了刺客，陛下身邊的趙將軍親自過來也一樣挨了軍棍，楊統領若是想搜公主寢殿，只管去請聖旨來！」

楊統領壓下火氣，道：「我也是為了公主的安危著想。」他要找的是白家的人，怎敢驚動陛下？

「若楊統領真為公主安危著想，就不該以下犯上！」菱荇冷著臉道：「楊統領想來也清楚，公主患有心疾，若是受了驚，楊統領可擔得起這個責？」

六公主生來患有心疾，性子又軟綿討喜，除了嫡公主外，陛下最疼的就是六公主，真要出了事，拿命賠都是輕的。

楊統領望了眼緊閉的殿門，頗有些不甘。

他手底下的人見此上前，輕聲在楊統領耳邊道：「統領，那賊人也不一定會在這裡，不如我們先撤，再留些人在外頭守著吧？」要是人真在裡頭，早晚都會出來的。

楊統領自然也不敢冒險，朝殿中拱了拱手，便黑著臉離開了。

白燕堂聽到這裡，轉頭看向公主，原來她患有心疾。

「公主，人已經打發走了。」菱荇進來，在屏風外稟報道。

趙晗玥「嗯」了聲，道：「妳今夜去側殿，明日我醒了再喚妳。」

菱荇自是應下。「是。」

待殿門合上，趙晗玥才掀開被子起身，披了件披風坐在他對面，默默地看著他上藥。

白燕堂儘量無視她的視線，快速地處理好手上跟腳上的傷。

傷藥所剩不多，但他背上還有一道傷口。

白燕堂皺著眉抬眸望了眼公主，她這麼直愣愣地看著，他不好脫衣裳。

「你背上還有傷。」趙晗玥似是看穿了他的想法，一對上他的眼神，又解釋道：「我方才下床時，看見你背後的衣裳破了。」

她既然看見了，白燕堂也就沒必要否認。

他正想起身避開公主脫衣裳上藥，卻聽見公主清脆的聲音傳來——

「你脫吧！」

白燕堂猛地看向公主，雖然他蒙著臉，但還是能從那雙眼底看出震驚。

她知不知道她在說什麼？

「你傷在背上，自己能上藥？」趙晗玥眼裡已帶著幾分不耐煩。

白燕堂緊緊擰著眉。背後他確實不好上藥，但總不能讓她……

「我睡覺時聽不得絲毫響動。」趙晗玥在他開口前道：「你快些將衣裳脫了，上好藥自己去外間榻上歇著，若下半夜再吵我，我一定去父皇跟前舉報你。」

「可是……」

白燕堂感受到了公主的怒氣。若他沒猜錯，怒氣來源於他吵到她睡覺了。

不過想想也是，她睡眠本就不好，好不容易安歇了又被吵醒，有怒氣在所難免。

「你要我幫你脫？」

白燕堂沈默了半晌後，慢慢伸手解了腰封。

因為低著頭，便沒看見公主眼底一閃而逝的光。

趙晗玥似乎是怕自己看不清傷口，將那唯一亮著的燭火取來，接過白燕堂手中的傷藥，在他將衣裳褪到腰下後，才往他後背望去。

燭火下，這道背影堪稱完美。

寬肩蜂腰，皮膚細膩白淨，因此那道傷口便顯得礙眼至極。

趙晗玥收回視線，聲音鎮定地道：「我沒有給人包紮過，你教我。」

不會上藥她怎麼還說得如此淡然?!若是平常時候，聽見這話白燕堂肯定直接就走人了，但現在，他沒有別的辦法。

白燕堂深吸一口氣，儘量讓聲音聽起來溫和些。

他怎麼也沒想到，有朝一日他會教一個姑娘怎麼給他上藥。

趙晗玥聽得認真，手也很穩，白燕堂怎麼說，她就怎麼做。

二人出乎意料的有默契。

上完藥後，趙晗玥不知從哪裡扯了塊白色的布將傷口纏繞好，視線在那隱約露出的腰窩上一掃而過，才拿起蠟燭站起身。

白燕堂迅速地穿好了衣裳，站起身拱手朝公主致謝。「多謝。」

趙晗玥頭也不回地往床上走去。「白公子，你今夜最好留在這裡。」

白燕堂眼神一凜，沈聲道：「妳怎知我是誰？」

趙晗玥此時已近床前，聞言回頭看向白燕堂，輕輕勾唇。「我們前幾日才在酒樓見過，白公子記性這麼差？若不知你是誰，我敢將你留在這裡？」

白燕堂的眼神越發暗沈。她那天果然認出了他！

「如今白、裴兩家大難在即，大皇兄一定害怕白公子曾是他幕僚之事被父皇知曉，所以肯定要殺你滅口。」趙晗玥似是沒看見他眼中的殺意，繼續道：「楊統領今日沒進來察看，就一定不會放下疑心，此時我這宮殿外必然藏著東宮的人。你死了不打緊，別連累了我。」

趙晗玥說罷也不等白燕堂開口，逕自掀開紗帳上了床，躺下前她又道：「外間那張楊菱荇剛睡過，那邊櫃子裡有新的被套，你自己換一換。其他的事，等我明日醒來後再說。」
公主說完這話，就再也不管白燕堂了。
白燕堂在原地佇立了許久，才走向公主所指的櫃子。
想他風流浪蕩了多年，這還是第一次被女人牽著鼻子走。
而除了聽她的，他還別無選擇。
這種感覺，不太美妙。

次日公主醒來時，白燕堂已在凳子上坐了小半個時辰，聽見動靜，他下意識回頭望了眼，隔著紗帳，二人的視線相撞一瞬，又各自挪開。
白燕堂默默地背過身去，然等了許久都不見公主再有動靜，白燕堂忍不住再次回頭，便見一隻素白的纖手輕輕撥開紗帳，露出半張白皙的側臉。
趙晗玥輕柔地道：「你能幫我把衣裳遞給我一下嗎？」
白燕堂一愣。他畢竟是個外男，她是真不見外啊！
不過轉念一想，在帳內換總比在外頭換合適些。
如此想著，白燕堂別過視線問：「在何處？」
「你右手邊最裡頭那個櫃子裡。」
白燕堂「嗯」了聲，抬腳往右邊走去。

一打開櫃子，撲面而來的香氣就讓他整個人僵硬了一瞬，鎮定下來後，視線掃過眼前數套衣裳，側首問：「哪一套？」

趙晗玥從紗帳內探出腦袋，聲音清柔地說：「我瞧不見，你選一套吧。」

白燕堂放在衣櫃門上的手一緊，眼底浮現一絲複雜的神色。

他怎麼感覺這位公主好像根本沒把他當外人？選衣裳這種事過於親密了。

「你快些，菱荇該要過來了。」公主催促道。

白燕堂壓下拒絕的話，深吸一口氣，抬眸看向櫃子裡整整齊齊的衣裙。

昨夜宿在此處，已經沒有比這更踰矩的了，選套衣裳而已，順手的事。

白燕堂準備隨手拿最上頭的一套，但手剛伸出去，眼神卻停在下面一層那套疊好的鵝黃色衣裙上，鬼使神差地，他的手轉了個方向。

等捧著衣裙往回走時，他心裡才生出幾分懊惱。

她讓他選說不定只是隨口一句話，他怎真就選上了？

白燕堂走到床前，別過頭將衣裳遞進帳內。

趙晗玥瞧見後輕輕勾了勾唇，伸手去接時，手指不經意間擦過他的手背。

白燕堂身子一僵，飛快轉過頭，卻見公主面色平靜，好似方才只是個意外。

似是察覺到他的視線，趙晗玥抬眸，疑惑不解地看著他。「我要換衣裳了，你還要站在這裡嗎？」

白燕堂收回視線，默默地轉身走到屏風外。
身後傳來的窸窣聲讓白燕堂心中無端升起幾分煩躁。
她即便知道他是誰，可未曾了解過，又怎知他是怎樣的人？如何敢將他留在這裡一夜，還如此坦然，她真的就不怕嗎？
殿內香氣撲鼻，白燕堂突然覺得悶得慌，似乎有些喘不過氣來。
或許，他昨夜不應該留下的。
打定主意後，白燕堂輕輕側過身，道：「公主救命之恩，他日必報，就此別過。」
趙晗玥剛穿好衣裳，便聽到他的聲音傳來，她愣了愣後，柔聲道：「好。」
待白燕堂翻出窗戶，趙晗玥的唇角若有若無地勾起一絲笑意。
隨後她喚了菱荇進來，稱今日不想出門，將早膳送到房裡來。
公主喜靜，常常一個人待在寢殿，不許任何人打擾，菱荇對此早就習以為常，讓門口等候已久的宮女進來伺候公主漱洗後，便都退了出去。
只是在離開前，菱荇瞥了眼外間榻上的青色被套，皺了皺眉。她昨夜用的好像不是這套？
趙晗玥沒讓菱荇給她梳頭，她披散著頭髮坐在梳妝檯前，拿著梳子有一搭、沒一搭地在柔順的髮絲上梳過。
大約過了小半刻，窗戶那邊傳來了熟悉的動靜。

下一刻，熟悉的人出現在她的眼前。

視線相對，一個淡然平靜，一個有幾分心虛。

白燕堂輕咳了聲，不自然地慢慢踱步至梳妝檯旁，他不開口，公主就只是安靜地盯著他。

白燕堂別開眼不去看公主，輕聲道：「東宮的人還在外頭。」該死的趙承佑怎麼突然就長腦子了？還知道在外頭守株待兔。

趙晗玥壓下笑意，淡淡地「哦」了聲。

「我……」白燕堂艱難地開口問：「妳……昨夜的意思是，有辦法？」昨夜趙晗玥說，其他的事等她今日醒來再說。

「你會梳頭嗎？」

白燕堂看了眼公主披散著的頭髮，哪能不明白她的意思？這些年他萬花叢中過，片葉不沾身，對於兒女情長什麼的，那是再熟悉不過了。

饒是他再不願意去深究，此時也無法忽視一個事實——公主在勾搭他。

但是為什麼呢？算上酒樓那次，她不過也才見過他三次。

「妳知不知道男子給女子梳頭意味著什麼？」白燕堂手撐著梳妝檯，微微俯身盯著公主道。

趙晗玥抬頭迎上他的視線。「此時此刻，意味著你能不能化險為夷？」

「……妳在威脅我？」

「不是，我在陳述事實。」趙晗玥眨著她那雙無辜澄澈的眼睛，柔聲道：「你要我幫你，總不能白幫。」

「他日我會報——」

「未來的事都做不得數。」趙晗玥打斷他。「萬一你死了呢？我找誰說理去？」

白燕堂一梗，一時無言以對。

「你幫我梳頭，我幫你度過今日。」趙晗玥又道：「白公子作為金陵首富的少家主，應該明白，這是一筆很划算的買賣。」

白燕堂當然知道這買賣很划算，但他還是對公主的行為很不能理解。「公主不會不知道，如此過於踰矩了。」

「你上次與我躺在一張床上，昨夜又與我宿在一間屋裡，你覺得梳個頭比這些還踰矩？」趙晗玥看著他道。

白燕堂再次啞口無言。他沈默了許久後，盯著公主的眼睛，沈聲問道：「為什麼？」為什麼救他？為什麼不怕他？昨夜為什麼留他？又為何非要他給她梳頭？

趙晗玥明白他有諸多疑問，偏頭輕聲笑了笑，道：「你昨夜也聽到了，我有心疾。太醫說，我可能活不過十八。」

白燕堂撐在梳妝檯上的手指驀地攥緊，眼底閃過一絲錯愕與複雜。

公主說這話時眉眼彎彎，聲音輕柔，平靜得像是在說今日用什麼早膳一樣。

「所以我對生死無懼，就沒有必要怕你。救你……」趙晗玥頓了頓，突然傾身仰頭，拉近與白燕堂的距離。「你就當作我看上你這張臉了。」

白燕堂眼裡的錯愕更甚。他知道自己生得不錯，但這還是頭一次有姑娘如此直接地跟他說，看上他的臉了。

「我雖沒打算成婚，但對成婚還是有些嚮往和好奇的。」趙晗玥盯著白燕堂的眼睛，輕聲道：「我想感受感受讓心儀的男子給我梳頭是什麼感覺，行嗎？」

心儀的男子。白燕堂的喉頭輕微地動了動，不自然地抬眸避開公主的眼神。

趙晗玥看見了他喉間的滾動，不由得抿了一絲笑。

她抬手想用指尖去點，被白燕堂及時按住了。

「妳想做甚？」

公主惋惜地看了眼他喉間，抬眸眼神無辜地問道：「行嗎？」她像是絲毫不知道自己方才的行為有多麼不合規矩。

當然不行！可看著公主那雙透澈的眼眸，拒絕的話到了嘴邊又嚥了下去。

白燕堂強行壓下心中的煩躁。梳個頭而已，似乎也不是不行。

正如她所說，比這更踰矩的都做了，不差這一樁。況且……

「你捏疼我了。」

白燕堂回神，忙鬆開公主的手。

趙晗玥輕輕揉了揉纖細的手指，低頭道：「若是不行就算——」

「好。」白燕堂低沈地道。況且她都活不過十八了，他了卻她一樁心願又如何？白燕堂走到公主身後，接過她手中的梳子，道：「我不會梳女子的髮髻，簡單用簪子綰個髻？」

趙晗玥從鏡中看著他，眉眼彎彎地點了點頭。「好。」

之後二人再無話。

直到白燕堂將簪子插入髮髻，才抬頭看向銅鏡，問：「不知公主芳齡？」

「我今年十六了。」趙晗玥摸了摸腦後的髮髻，似乎很滿意，笑著回頭朝白燕堂道：「謝謝，我很喜歡。」

白燕堂低頭便對上公主的笑顏，他心中沒來由地感到了一陣酸楚。

十六了，那她就只剩兩年了。

這時，菱荇送早飯過來，趙晗玥揚聲喚她進來。

白燕堂正欲躲，被趙晗玥阻止了。

「你昨夜換了被套，她已經起疑了；且你若要留在這裡，瞞不住她。」

白燕堂看了眼握住自己手腕的那隻手，猶豫半晌，到底還是沒有將她甩開。

菱荇一進來，見到陌生男子，嚇得瞪圓了雙眼。

公主在她驚呼之前開口道：「這是我心儀之人，妳莫要驚慌。」

菱荇唇角蠕動著，神情震驚而錯愕。公主何時有心儀之人了？雖然這人長得確實不錯，但……

「他被東宮的人追殺，要在此處藏身。」趙晗玥快速地道：「妳去找阿耘弄一套衣裳過來。」

短短幾息，菱荇面上的神情已幾經變化，最後她皺著眉，朝外間小榻的方向看了眼。所以昨夜，宿在那張榻上的人是他？那豈不是與公主同宿?!

菱荇費了畢生的定力，才勉強能穩住手中的食盒。

她快速看了眼男人後，將食盒放到桌上，屈膝應了公主的吩咐。

菱荇出了殿門，深吸了好幾口氣，才吩咐下去。「公主昨夜被驚擾，沒有休息好，今日你們都不要靠近公主寢殿，以免吵著公主。」

待宮人領命離開，菱荇才神色複雜地回頭看了眼殿內。

若她沒有記錯，屋裡的人應該是上次在酒樓見到的那位白家公子，沈雲商的嫡親表兄。

如今白家處境堪憂，他更是難逃牽連。

可既然他是公主心儀之人，就萬不能叫人發現他在此處。

菱荇離開後，趙晗玥便讓白燕堂打開了食盒。

「你看看合不合你的口味？」

寄人籬下，有的吃就不錯了，哪還敢挑？白燕堂自發地布置好碗筷，朝公主道了謝。

食不言，寢不語。

二人用完飯，菱荇也回來了。

白燕堂看著她手上那套太監的衣裳，瞪大了眼。「妳讓我扮太監?!」

趙晗玥疑惑地看著他。「不然你想扮什麼?公主寢殿內還能留外男不成？」

「我不穿！」白燕堂轉身就走。

菱荇看著他消失在窗戶後，皺眉看向公主。「公主，這……」

趙晗玥波瀾不驚地說：「他會回來的。」

菱荇的面色頓時就古怪了起來。她怎麼感覺公主好像很了解這位白公子？

她作為公主的貼身侍女，公主有什麼事她不知道，但她卻怎麼也想不明白，這白公子到底是什麼時候冒出來的？

果然，不多時，白燕堂又翻了回來。

他無視公主和菱荇的視線，面色難看地拿起那套太監的衣裳去了外間，並在心裡將趙承佑罵了個狗血淋頭！

第二十五章

這日，沈雲商剛用完早飯，楚懷鈺便過來了。

二人沒聊幾句，楚懷鈺便道明來意。「今日早朝後，陛下將白大人、白大公子與裴大人、裴大公子扣在宮裡了。」

沈雲商心中一跳，忙問道：「會不會有危險？」

楚懷鈺搖了搖頭。「父親讓我告訴妳，不要輕舉妄動。陛下現在只是想逼妳和裴行昭現身，所以不會輕易動他們。」

沈雲商面露擔憂地「嗯」了聲。「若是我們一直不現身，那他們……」

「父親會想辦法的，現在就是看誰更能沈得住氣。」說完，楚懷鈺又道：「妳和裴行昭能聯繫上嗎？」

沈雲商明白他的意思，道：「小舅舅放心，他那裡沒有問題的。」他如今就是想救人，怕也是脫不開身。

「那便好。」楚懷鈺也沒追問裴行昭到底在何處，話鋒一轉道：「對了，妳讓我查的事有眉目了，慕公子藏身在青樓，我已經派了幾個極風門的弟子在暗中保護他；至於白公子，目前沒有找到他半點蹤跡。」

沈雲商聞言，心中難免有些擔憂。

出了這麼大的事，表兄應該會找他們才是，可為何遲遲不見蹤影？該不會是出了什麼事吧？

「父親說，讓我們趁著這段時間去趟白鶴當鋪。」楚懷鈺見沈雲商久久不語，又道。

沈雲商也有這個打算。眼下這鄴京看似平靜，實則暗地裡波濤洶湧，他們得趁著這段時間啟用玄軍，隨時做好準備。

次日一早，沈雲商喬裝易容後出了門。

與此同時，楚懷鈺也換了張不顯眼的易容面皮進了白鶴當鋪。

沈雲商在當鋪門口駐足，望著那塊牌匾好半晌才抬腳走進去。

掌櫃正要往裡間走，見她進來先是愣了愣，才客氣地問她。「小姐是當還是贖？」

沈雲商的視線在當鋪中一掃而過。

夥計正在收拾東西，準備關門，空氣中充斥著一股緊繃的氣息。

沈雲商便明白，是小舅舅先到了。

她收回視線，看向掌櫃，緩慢地從懷中取出一塊摺好的黑色手帕遞過去。

一看到那抹黑，掌櫃面上明顯驚愕了一瞬。

「我來當一枚玉珮。」沈雲商道。

掌櫃猛地抬頭看著她，瞳孔不可控地顫了顫。他極力壓下心中的震撼，接過用黑色手帕包裹的玉珮，打開只看了一眼，他的手就抖了抖，連帶著語氣都在發顫。「小姐要當多少？」

沈雲商輕笑著道：「原本該是當二百兩白銀，兩個時辰後贖回，再請掌櫃的給我一處歇腳的地方，休息兩個時辰。」

掌櫃此時看她的眼神已經難掩激動。「那現在呢？」

「現在，還請掌櫃的帶路，見一見另外半塊玉珮的主人。」沈雲商溫聲道：「我跟那位公子約好了今日同來。」

沈雲商的話一落，掌櫃的眼眶便開始泛紅了，但他還是極力忍著。

「為何？」

沈雲商便答道：「兩塊玉珮合二為一，才能做想做之事。」

所有的一切都對上了，掌櫃緊了緊手中的玉珮，抬手恭敬地行了一禮，才道：「小姐隨我來。」

很快地，沈雲商便被帶到一間廂房。

她走近茶案旁的楚懷鈺，屈膝行了一禮，道：「小舅舅何時到的？」

「剛到。」楚懷鈺抬手示意沈雲商坐。

掌櫃聽見那聲「小舅舅」，激動之色更甚，但還是謹慎地要來男子那塊玉珮，將它與女子這塊相合。

一塊是半月鑲嵌著彎月，一塊是半月鑲嵌著圓日，兩塊玉珮完美無縫地貼合在一起。

這一刻，掌櫃的眼中已有淚光閃爍。

他抬頭看向二人，彎腰拱手。「還請二位以真容相見。」

這兩塊玉珮乃是長公主與前太子所有，唯有二人的血脈方可傳承此玉珮，可眼前這兩人樣貌平平，與本身的氣質全然不符，也與玄嵩帝及元德皇后沒有半分相似，顯然不是真容。

沈雲商與楚懷鈺對視一眼後，抬手撕掉了易容面皮。

掌櫃的視線先落在男子臉上，待看清那張與玄嵩帝有九成相似的臉後，他甚至都不必再去看女子的臉了。掌櫃落下一行淚，撲通跪下行了大禮，聲音哽咽。「易鐮見過殿下！」

楚懷鈺起身將他攙扶起來，溫和道：「坐吧。」

「是。」易鐮抬手擦了擦眼淚，卻沒有立刻坐下，而是看向女子。易鐮從方才她喚殿下為小舅舅中猜出了她的身分，且他也隱約能在她臉上看到幾分長公主的影子，遂又恭敬地拱手道：「可是小郡主？」

沈雲商笑了笑。「未有冊封。」

這便是承認了她乃長公主之女。

易鐮激動得唇抖動了半晌，又跪了下去。「易鐮見過小郡主！」

沈雲商起身將他扶起來。「易叔叔快起來。」

聽見那聲「易叔叔」，易鐮再也繃不住，當即淚流滿面，哽咽地道：「該是小郡主的。」

這是回答方才沈雲商說沒有冊封的話。

沈雲商淡笑未語。

待易鐮稍作平復後，三人才坐下來，開始步入正題。

「我在這裡守了十九年，每日都盼著能見到這兩枚玉珮，可又盼著不見。」易鐮抹了抹眼角。「原以為我這輩子見不到了，沒想到，今日竟見到兩塊玉珮合二為一，這定是上天憐憫，是陛下與娘娘保佑。」

沈雲商聽得心中一陣酸楚。上輩子他收到她那枚用白色手絹包裹的殘玉時，不知會是何等傷心。

沈雲商跟楚懷鈺都沈默著。

易鐮又問道：「殿下與小郡主可知道將兩枚玉珮送來意味著什麼？」

「知道。」楚懷鈺答。

見他不繼續說，沈雲商便補充道：「正如易叔叔心中所想，我們想拿回屬於自己的東西。」

易鐮微怔，壓下激動，看向殿下。「可是陛下曾有遺命，不得報仇。」

「那只是外祖父為了保護我們才留下的遺命。」沈雲商淡然道：「況且如果我們還想活，就沒有其他選擇了。」

易鐮一驚。「這是何意？」

沈雲商看向易鐮，道：「還沒告訴易叔叔，我叫沈雲商。」

易鐮瞳孔一震。他對這個名字可不陌生，更準確地來說，這個名字如今在鄴京，乃至整個南鄴都不陌生。

「皇帝下通緝令，是因為已經知道母親的身分了。」沈雲商接著道：「眼下皇帝的兵馬已經往姑蘇城去了，雖然我們早有準備，不會讓母親有事，但是若一味的退讓、逃亡，我們早晚都會沒命。」

身分暴露的情況下，兩塊玉珮能合二為一，已是萬分幸運了，他們沒有別的選擇。

易鐮眼中逐漸升起怒火，他氣憤得一拳砸在桌上，罵道：「趙宗赫這一脈都是無恥之徒！」待再次平復好心緒後，他才看向殿下。「殿下有何打算？」

楚懷鈺便將他們之前商議好的計劃盡數道來。

易鐮聽完後，面上激動之色更甚。「好，如此甚好！只是……」他看向沈雲商，遲疑地道：「裴公子去了何處？我們要等多久？」

沈雲商微微搖頭。「我現在並不十分確定，只是有一個猜測，若猜得不錯，他會在五月中旬回來。」

易鐮點頭，隨後面露喜色道：「有楚大人相助，再有玄軍，此次定然萬無一失！」他終於等到這一天了，到時候一定要向全天下公布趙宗赫這一脈的罪孽。

「我們等到五月中旬，趁著這段時間先好生部署。」沈雲商說罷，微微蹙眉道：「只是不知，白、裴兩家等不等得起？」她怕萬一皇帝一怒之下，對這兩家下了殺手。

「無妨。」易鏞冷笑道：「就算皇帝要對這兩家動手，依著他們無恥的手段，定然是會選擇栽贓嫁禍。只要是明面上的動作，我們就有能力暗中保下這兩家人。」只要留得性命在，待殿下登基後，自然就能為他們洗清冤屈，重入朝堂。

「父親也是這麼說的。」楚懷鈺道：「如今眾所周知，皇帝將兩家家主及嫡長子扣在宮中，肯定不會不明不白地將人殺了；況且皇帝還想利用他們引出妳和裴行昭，就必然會將人放出宮。」

「嗯，只要是在宮外，我們就能救下他們。」易鏞也道。

沈雲商聽他們如此說，心中安定了不少。

三人又商議好了細節，約定見面的暗號後，沈雲商跟楚懷鈺才又戴上易容面皮，各自回府。

之後的事情與他們意料中一致，白、裴兩家被安上一個貪污，一個被安上受賄的罪名，還都揹上了人命，兩家家主雙雙入獄，甚至沒等到秋後，皇帝就下令四月初二問斬。

男丁斬首，女眷全部流放。

因兩家同日行刑，一時間刑臺上跪滿了人。

沈雲商隱匿在暗處，視線在他們身上一一掃過，他們幾乎每個人身上都帶著傷。

她的視線最後落在裴司洲身上。少年身上的血痕格外多，但他儘量挺直背脊，傲骨嶙峋，眼神剛毅，一身的不服與倔強。

沈雲商的指尖緊緊扣在手心，牙關緊咬，他們本不該受這些罪的。

她往四周掃了眼，同埋伏在暗處的人交換了信號。

今日來的是極風門最頂尖的高手和玄軍中身手最好的人。

刑臺上的兩家人，一個都不能少！

與此同時，另一邊，幾輛囚車緩緩朝城門口駛去，裡頭關押的是白、裴兩家的女眷。

慕淮衣換了身不起眼的衣裳，隱藏在人群中，他是來救白芷萱的。

幾乎不費什麼工夫，他就找到了白芷萱所在的囚車。

她一身囚衣，不復先前的矜貴，靠在囚車上，面色隱隱發白，唇上毫無血色，顯然狀況很不佳。

慕淮衣捏緊拳，強忍住衝出去的念頭。他朝周圍望了眼，確定同伴的位置。

今日明顯是一個局，一個引出沈雲商和裴行昭的局，他自然不會蠢到一個人來。

前一日，他就跟沈雲商商量好了計劃。

「公子，周圍藏了不少官兵，您待會兒不要出去。」慕淮衣的貼身護衛一邊觀察著周圍動靜，一邊輕聲道。以慕淮衣的武功，出去了只是送死。

慕淮衣忍了又忍，才不情願地點頭。

他自知他在今日沒什麼用處，也不願意給救人的人添麻煩。

所以在計劃中他是最後一環，負責接應和安置救下來的女眷。

囚車緩緩前行，慕淮衣默默地跟隨著人群往前。

直到囚車駛入一個岔路，位置相對寬闊時，一支信號彈突然射向上空。

緊接著，蒙面人從四處湧現，直奔囚車。

慕淮衣擔憂地看了眼似是昏迷過去的白芷萱，才折身往早已備好的馬車走去。

戰鬥一觸即發，人群因受驚而四下逃竄，很快地，這裡就只剩下官兵和蒙面人兩撥人。

與此同時，法場下的人看見了空中的信號彈，立刻便動手了。

沈雲商迅速折身，前往備好的馬車方向。

皇帝預料到今日會有人劫法場，暗中埋伏了不少人手，一場惡戰就此拉開了序幕。

直到餘暉將至，幾輛馬車在極風門和玄軍的掩護下才成功逃離，駛向城外早已備好的莊子，而出城之後，便有數量馬車分別駛向幾個方向，掩護蹤跡。

至於未來得及關上的城門，自然是楚大人暗中做了手腳。

慕淮衣的馬車上只有白芷萱一人。他一邊觀察著白芷萱的情況，一邊吩咐護衛再快些。

「白小姐怕是發起了高燒，耽誤不得了！」

護衛感覺將馬鞭都甩出了火花，裡頭的人卻還覺得不夠，護衛不由得在心中腹誹，他家公子這回是真的栽了。

另一輛馬車上，裴司洲皺著眉，盯著沈雲商，無聲地等她給出一個解釋。

「此事事關重大，我們不能拿你們的性命冒險，所以才決定事先不對你們透露，否則萬一露出了端倪，便救不了你們了。」沈雲商快速地解釋道：「接下來你們便安心住在莊子上，你放心，我們很快就會洗清你們的冤屈。」

裴司洲心中的疑惑不是這三言兩語就能解釋清楚的，但今日能活下來，確實在他的意料之外。

能活著，誰也不想死。

劫後餘生，他也就沒再多問，閉著眼往後靠在車壁上。

沈雲商眸光暗沈地看了眼他身上的傷，吩咐車伕再快些。

莊子裡有他們提前備好的極風門的大夫和傷藥。

餘暉落下，這場惡戰慢慢地落下了帷幕。

今日參與行動的都是頂尖高手，並未損失一人，但受傷在所難免，有幾個重傷昏迷的被同伴帶出了城，沒有來得及出城的，都去了楚懷鈺那間莊園，那裡也備好了大夫和傷藥。

白、裴兩家的人一個未少。

雙方籌謀了多日的第一戰，沈雲商一方贏得很徹底。

「大夫，怎麼樣了？」慕淮衣焦急地等在門外，見大夫出來，趕緊迎上去問道。

大夫出自極風門，四十出頭的年紀，清瘦也清冷，淡淡地道：「你按這個藥方去煎藥，今夜燒退了就沒事了。」

慕淮衣連忙接過來，朝他致謝。「多謝！」

大夫瞥了他一眼，多說了句。「若是今夜有人守著，輔以水敷降溫便是最好。」

「好的，我明白了，多謝大夫！」慕淮衣拱手，再次客氣地道了謝。

大夫沒再停留，腳步一轉，去看別的病人、傷者了。

今日莊子裡沒有多少下人，加上傷者、病患多，根本忙不過來，慕淮衣便親自去煎藥。可憐嬌生慣養了十幾年的慕少家主，頭一回做這種事，弄得滿臉煙灰不說，還差點將廚房給燒了。

最後是沈雲商的護衛發現，及時趕過來，幫著他生火、煎好藥。

藥一煎好，慕淮衣甚至都沒來得及洗把臉，就端著湯藥往白芷萱房裡去了，那張原本白皙漂亮的臉只剩一雙大眼還明亮著。

另一邊，沈雲商帶著玉薇給大夫打下手，幫忙包紮、上藥，一直忙碌到夜半，才終於得以休息片刻。

沈雲商見完裴家長輩後本想去看看裴司洲，但聽護衛說人已昏睡，她便沒進去打擾，轉而去拜見白家長輩。

白家幾位公子傷得要輕些，沈雲商去時都聚集在一處。

白、裴兩家都心知肚明，此難是受沈雲商跟裴行昭連累，要說半點怨言都沒有自是假的，但面對沈雲商，他們倒也還算客氣。

「此次諸位是被我牽連，我在此向諸位致歉。」沈雲商微微屈膝道。

白家主與白夫人對視了一眼，白家主才道：「快些起來，無須如此。」

到底都是一家人，且此事並非沈雲商跟裴行昭的錯，他們不是不講道理的人；再說，沈雲商也救了他們，留得青山在，不愁沒柴燒，沒必要再去責怪誰。

「是啊，這事也並非你們的錯，快坐吧。」白夫人溫聲道。

沈雲商輕輕頷首後，正要在白庭宣下首落坐，卻見白庭宣飛快起身，將位子讓出來。

「長幼有序，表姊坐我這裡。」

沈雲商看著白庭宣已經在下首位子坐下，便沒再推辭。

這時，白大公子白瑾宣看向沈雲商，開口道：「表妹，此事可另有內情？」

裴行昭抗旨，不過是那一次在朝堂上拒絕為官，但嚴格上來說，那也並不算抗旨，且後來未曾聽皇帝下過什麼旨意，這突然冒出來的抗旨之罪，太過蹊蹺。

沈雲商知道今日過來，白家人必然會問起緣由，事情到了這個地步，她也沒打算瞞著他們，遂朝玉薇使了個眼色。

玉薇便去門口守著。

白家人見她如此謹慎，心中便都明白，應該不是小事。

沈雲商開門見山道：「不知諸位可還記得玄嵩帝后？」

這話一出，震驚四座。

白庭宣最先回神，他點頭如搗蒜，滿眼發光。「記得記得，那可是我最敬佩的兩位英雄！」雖然他沒有見過玄嵩帝與元德皇后，但他聽過玄嵩帝后的光輝事蹟，佩服得很。

白家主瞥了眼白庭宣。

白庭宣忙噤口坐好。

白家主這才道：「此話何意？」

在白家眾人的注視下，沈雲商緩緩道：「玄嵩帝並非自願退位，是中了先皇的陷阱，最後也死在先皇手中。」

這話對白家人來說，不外乎空降天雷。

空氣中足足安靜了十餘息，白家主才勉強緩過神，道：「妳……如何知道？」

「因為我的母親是玄嵩帝的長女。」沈雲商直接道。說完這話，她便沈默了下來，因為她知道這對於白家人來說太過震撼，一時半刻難以接受，所以她得給他們時間平復。

的確，白家所有人面上幾乎都是一個表情——震驚、錯愕、不敢相信。

就連話最多的白庭宣，此時也只是瞪圓一雙眼，久久吐不出一個字。

「可……可是妳的母親不是姑姑嗎？」不知過了多久，白庭宣才找回自己的聲音。

沈雲商便解釋道：「白家真正的長女，在十五歲就已經病故了。」

接著，她將多年前那樁往事事無鉅細地道來。

白家主強行讓自己盡快地消化這一切，待沈雲商說完，他便問出了關鍵。「所以，妳和裴行昭此次被通緝，與妳的身分有關？」

「是。」白家主的接受能力超出了沈雲商的預料，她便又將二皇子在姑蘇做的那些事一一道來，還有她到鄴京後，揭露二皇子陰謀等幾樁事也都如實說了。「邊關戰亂，封將軍守城，二皇子眼看就要就藩，他便將這件事告知皇帝，換他繼續留在宮中。皇帝對母親多有忌憚，自然不敢留我們，便以抗旨一罪通緝我們。」

白家主皺眉思索片刻後，道：「妳說的可是玄軍？」光長公主一人，不足以讓陛下忌憚至此。

「正是。」沈雲商點頭，看向白家主。「我們已經重啟玄軍了。」

白家主一怔，重啟玄軍，那就代表著……他眼底難掩震驚。「可是除了這一脈，皇室已經沒人了，就算……」不對！白家主話語一頓，猛地看向沈雲商。「難道，前太子還活著?!」

只有這樣，重啟玄軍才有意義，否則就算贏了，繼承皇位的也仍是先皇一脈，那麼這樣的事就還會發生，解決不了根本問題。

一語驚起千層浪，白瑾宣快速轉頭看著沈雲商，眼裡隱有激動。

若真是這樣，那他們白家就還有機會！

在這之前他自是沒有二心的，可白家如今被皇帝這樣對待，要說心裡沒反意，那是不可能的。

沈雲商再次點頭。「是，小舅舅還活著，且我們已經相認了。」

白瑾宣喉頭微動，握緊了雙拳，眼底隱有光芒閃過。

這簡直是山重水盡疑無路，柳暗花明又一村！

「父親。」白瑾宣轉頭看向白家主，輕喚了聲。

白家主自然知道長子的意思，可是他一生忠……

「太好了！」突然，白庭宣猛地站起身，重重撫掌。「有前太子在，那我們就能將這個不分是非的皇帝拉下來，扶持前太子上位，如此白家有了生機，也能給玄嵩帝后報仇！」

白家主盯著幼子，幾番想訓斥都沒能說出口，最後只道：「坐下。」

白庭宣「哦」了聲，聽話地坐下，但眼睛一直在沈雲商身上打轉。

白家主沈思良久後，看向沈雲商。「光有玄軍恐怕不夠。」眼下他們雖然都活下來了，但他很清楚，想要保住白家，只有這一個選擇。

沈雲商見此，便也如實道：「此次我們能逃出城，乃楚大人相助。」

白家主眼底閃過一絲錯愕，隨之而來的是驚喜。「吏部尚書楚大人？」若是有他的相助，再加上玄軍，勝算就大了很多。

「是。小舅舅如今的身分，是楚大人的嫡幼子。」

「楚懷鈺?!」白庭宣瞪大眼道。那個常年不見人，跑去闖江湖的楚懷鈺？

沈雲商輕輕點頭。

之後，屋內陷入了長久的沈寂。

誰也沒想到最終事態會發展到這一步。

若在以往來說，這無疑於是驚天大事，可不知為何，此情此境他們竟然都沒有那麼難以接受，或許，是經歷了這次生死之危的緣故吧？

「準備何時動手？」許久後，白家主問道。

沈雲商回道：「五月中旬。」

「為何是這個時候？」白家主不解地問道。

「朝中老臣還需要拉攏，我們得給楚大人部署的時間；再者……」沈雲商頓了頓，又道：「光玄軍還不夠，朝廷如今有幾十萬兵力，玄軍只有不到五萬，若硬碰硬，勝負難定。」

白瑾宣似是突然想到了什麼，看向沈雲商。「莫非，是在等縈家軍？」

榮家乃元德皇后的母族，如今前太子還活著，榮家自然不會放任不管。

沈雲商點頭。「對。如今戰事未平，我們需要等戰事結束，榮家軍歸朝，如此裡應外合，才更有勝算。」

「所以，裴行昭去了邊境找榮遲？」白家主道。

沈雲商眼神微閃，遲疑了片刻才點頭。其實她猜測，裴行昭不會去找榮家舅舅。因為榮家舅舅根本無須拉攏，都會盡全力幫他們。

白瑾宣眼底閃過一絲光芒，沈聲道：「那我們就等。」

榮家軍凱旋時，就是白家翻身的機會！

「裴家那邊，因為裴家長子重傷，裴大人與夫人愛子心切，此時沒有精力商議，待過兩日，還請舅舅助我跟裴家通個氣。」裴行昭不在，她擔心她的話裴家不會盡信。

白家主眼神複雜地看著沈雲商。若現在的白蕤是長公主，那麼沈雲商便不該喚他舅舅。不過眼下，白家主也沒多說什麼，只頷首道：「好。」

過了幾日，待裴司洲身子恢復了些，沈雲商便與白家主一同去找裴家。

與白家一樣，裴家在聽他們說完後也是震驚非常。

裴司洲更是盯著沈雲商，久久未語。

他想過很多種可能，卻怎麼都沒想到此次的殺身之禍竟是因為她是玄嵩帝的血脈。

但不管他們有多震驚，也都明白這個走向是目前來說最好的，所以他們沒花太多的時間便消化了這個巨大的秘密，開始籌謀部署五月中旬的大戰。

沈雲商他們柳暗花明，皇帝卻是震怒至極。

丟了白、裴兩家的人質，姑蘇又撲了空，皇帝生生給氣病了過去。

這些日子，城外城內每日都有大量官兵搜查，而朝堂暗流湧動，勢力混雜，鄴京上空恍若籠罩著一層烏雲。

有些心思敏銳的隱約察覺到鄴京要變天了，紛紛開始收斂鋒芒，籌備後路。

日子就這麼一天天過去，期間，二皇子重新得勢，太子沒了白燕堂的輔助，接連栽了幾個跟頭，在五月初，太子失手殺了皇帝寵妃，皇帝從病中坐起，將太子廢黜發配去守皇陵。

太子趙承佑最終還是走向了前世的結局。

按理說，東宮沒了，白燕堂也就沒了威脅，但他卻仍然藏身公主寢殿，隻字不提要離開。

白燕堂雖至今未曾與沈雲商聯繫上，但從白、裴兩家獲救且消失無蹤來看，他便知道沈雲商與裴行昭有能力應付，所以他留在皇宮是最好的選擇。

關鍵時候，他還能接應他們。

公主猜不透他的心思，也沒打算去猜，他要留，她又不是養不起。
於是，二人心照不宣，誰也不提離別的話。
皇帝本就病倒，又被太子傷了心，病情越發嚴重，二皇子乘機把控了朝政，一時間權勢滔天。
崔家悄然退了下來，不再參與任何爭鬥，一心專注眼前事。
崔九珩也仍然避著趙承北兄妹，哪怕是在宮中被堵住，他也一副客氣疏離的態度。
一來二去的，趙承北也就不再強行宣見了，反正餘生還長，總有機會獲得他的原諒。
他看得出來崔九珩喜歡過妹妹，大不了待他登基後，便給二人賜婚。
這一個月，除了太子一黨消沈下去，其他暗中的勢力好似達成了一股平衡，各自為營，相安無事。
直到五月十三，邊關傳來捷報。
榮大將軍與封將軍聯手退敵，再立大功。
而在送到京城的功臣名錄裡，有一位喚作朝明的小將，戰績赫赫，英勇無雙。
趙承北已經打算棄用榮家，自然要另外培養心腹，封家便是他的不二選擇。
聽封磬說，朝明此人是他的外姪，趙承北當即就命人去查，確認無誤後，連著下了幾道聖旨，其中一道是封這位小將為威武將軍的旨意。

旨意一出，滿城皆知封家出了一位了不得的後生。

消息傳到沈雲商耳中時，她正與楚懷鈺及白、裴兩家在廳內商討戰略。

楚懷鈺是半月前到的莊子，白、裴兩家家主見了他的真容後，絲毫不曾質疑他的身分，當即就表了忠心。因為父子倆太像了，恍若是一個模子裡刻出來的。

「朝明？」白家主皺了皺眉。「這是何人？以前從未聽過封家有一位這樣出色的姪子。」

裴家主搖頭。「我也未曾聽聞。」

滿屋子的人都在想著這位突然冒出來的少年英雄是誰，只有沈雲商鎮定如初。

倒也不算鎮定，只是心中的猜測得到證實，她的心終於徹底落了下來。

白瑾宣最先注意到沈雲商面上的笑意，他怔了怔後，問：「表妹知道他是誰？」

這話一出，廳內所有人都朝她看去。

只見沈雲商淺笑盈盈地道：「他便是我的未婚夫，裴行昭。」

朝明，前世裴昭昭的字。

沈雲商臉上笑意不減，怪不得他曾說她會知道他的消息。

他前世的字，只有她知道。

未婚夫，裴行昭。這樣的介紹讓廳內眾人眼底都不由得浮現出幾分趣味，他們不難聽出沈雲商語氣中的驕傲。

「不對啊！上次不是說裴公子去找榮大將軍了？」白庭宣問道。

其他人也都面露詫異地看著沈雲商。

沈雲商便解釋道：「榮家舅舅自然會幫助我們，無須拉攏。趙承北不會重用榮家，自然要另擇心腹將領，此次打了勝仗的封家便是他的不二之選。若是我們能在他之前拉攏封家，就能堵死趙承北的後路。

「況且……」沈雲商看向楚懷鈺。「我和裴行昭沒有落網，趙承北疑心又甚重，他恐怕不敢讓榮家軍進城。」

楚懷鈺點頭。「父親與我說過了，原本不知裴行昭拉攏了封家，準備用玄軍強行破城門，迎榮家軍入城。」現在便不用冒這個險了。

封將軍能坐實裴行昭的身分，就說明他已經選擇了楚懷鈺。

「原來你們在那麼早之前就在布局了。」裴司洲突然道：「救封如鳶，就是你們說服封將軍的籌碼。」

沈雲商思索片刻後，道：「不全是，我們也是真心想救她。」

廳內靜默幾息後，裴家主看向楚懷鈺，恭敬道：「殿下，接下來我們該如何做？」

楚懷鈺道：「大軍入城後，宮中要為將士們辦慶功宴，屆時文武百官都要赴宴，在慶功宴上動手，是最好的時機。」

白家主點了點頭。「確實，文武百官都在，也好讓他們知道當年玄嵩帝禪位的真相。不過……當年殿下年幼，朝上老臣都不認得，就怕有人出來攪局。」即便楚懷鈺再像玄嵩帝，也肯定會惹來非議。

「舅舅放心，母親這兩日便能到鄴京了。」沈雲商道。

眾人聞言，徹底放了心。當年長公主已經十七歲，除了後來的年輕新貴，朝堂上的人都見過她。

長公主歸朝，玄軍一出，再由長公主說出當年的真相，沒人能質疑。

「屆時，我們想辦法帶些玄軍混進宮中，宮外則有封軍把控，隨時可以打開城門放榮家軍進城。」沈雲商道。

「嗯。」裴家主若有所思地道：「若是宮內也有人接應就好了。」

他們的人現在除了楚大人外，沒人能將手伸到宮中去。

眾人正陷入沈思時，玉薇突然帶著一封信走進來。「小姐，白大公子的信。」

鄴京的白大公子端坐在這裡，那麼玉薇口中的白大公子自然只能是白燕堂。

沈雲商面上一喜，忙接過信。

這些日子她一直暗中尋找表哥，可卻始終沒有任何消息，她不免擔憂他會不會出了事，此時收到信，她心中安穩了大半。

然而，待看完信後，沈雲商的面色變得無比複雜。

白瑾宣問道：「怎麼了？」

沈雲商收好信，神色古怪地抬頭看向眾人，語氣晦澀。「表哥說，他早已進宮潛伏，若需要幫忙可以跟他聯繫。」信上說的是，他在六公主寢殿住了兩個月，但這話她沒和眾人說，這畢竟關乎公主的清譽。只是……沈雲商想破腦子都想不到白燕堂是何時跟六公主相識，又怎麼會在六公主寢殿住這麼久？

「如此甚好！」白家主難掩喜色地道：「有他與楚大人在宮內接應，事情會順利得多。」

其餘人也都點頭。

「好，我這就與表哥聯繫。」沈雲商道。白燕堂在信上留了跟他聯繫的方法。

「那這兩日諸位便好生歇息，養足精神。」楚懷鈺起身道：「大軍已經在回京的路上，慶功宴應該不遠了。」

其餘人紛紛起身應是。

沈雲商一回屋便給白燕堂回了信，讓玉薇照著上面的方式送信。

忙完一切，天色已經很暗了。

沈雲商起身準備去裡間漱洗，卻在剛穿過屏風時頓住了腳步。

她眉頭微蹙，手捏銀針，不動聲色地朝窗戶的方向望了眼。

下一刻，窗戶被人從外撬開，鑽進來一個風塵僕僕的男人。

第二十六章

沈雲商的眼底閃過一絲錯愕與驚喜，悄然將銀針收回去，快步迎過去。「裴昭昭！」

裴行昭也在落地的一瞬就看見了沈雲商，他咧嘴一笑，正要說話，就見沈雲商朝他撲了過來，遂也抬腳朝她大步走去。「沈商商，我回來了！」

少年的膚色比幾個月前深了些，輪廓更加分明，但那雙桃花眼笑起來時仍是分外驚豔勾人。

他緊緊抱著懷中日思夜想的人，將下巴搭在她的肩上，貪婪地汲取屬於她的氣息。

他手臂上的力道更甚從前，圈著細軟的腰身時，讓沈雲商感覺到幾分窒息，但她並沒有掙扎，反而將他抱得更緊。

除去前世，這是他們十幾年來第一次分開得如此久。

千言萬語好似都化作一個結結實實的擁抱，誰也捨不得鬆開。

突然，裴行昭彎下腰，攔腰抱起沈雲商朝裡走去。

大約是在軍營歷練了一段時日，他的步伐更加穩健，身上彷彿還帶著戰場上的肅殺之氣。

沈雲商摟著他的脖頸，眼也不眨地盯著他看。

「好看嗎？」裴行昭坐在床邊，讓沈雲商坐到他的雙腿上，雙手摟著她的腰，偏頭湊近問道。

「好看。」她的裴昭昭越來越好看了。

裴行昭笑著親了她一下，很大方地道：「那妳好好看，分別這麼久，可有想我？」

沈雲商輕輕靠在他的懷裡，低聲道：「想，每天都想。」

裴行昭臉上的笑意更甚。「我也想妳，日也想，夜也想，每時每刻都在想。」

沈雲商眼底的笑意都快要溢出來了。

二人就著這個姿勢相擁了許久後，沈雲商才問他。「你是怎麼找到這裡的？」

裴行昭挑眉。「我當然是自有辦法。」

沈雲商伸手戳了戳他的下巴。

裴行昭捏住她的手，如實說道：「我的護衛不是留在妳身邊了？」所以她的消息，他一直都知道。

沈雲商愣了愣，從他懷裡抬起頭，道：「那你也知道小舅舅了？」

這回輪到裴行昭愣住了。「什麼小舅舅？」

這便是不知曉了。沈雲商學著他的樣子，挑眉道：「看來你的消息還不是很靈通嘛！」

裴行昭盯著她半晌，才似反應過來，面上隱有激動。「妳是說前太子？有他的消息了？」

「那可不！」沈雲商圈著他的脖頸，微抬著下巴，得意地道：「不僅有小舅舅的消息，我還找到他了。」

裴行昭難掩震驚和歡喜，忙問道：「他是誰？在何處？」不待沈雲商回答，他又低頭在她臉上親了起來。「我的沈商商真厲害！」

沈雲商被他的鬍子扎得又癢又疼，邊推他邊躲。「你矜持一點！」

「我才不！」裴行昭最後在她唇上吻了吻，才隱忍又克制地道：「我恨不得今夜就成婚！」

沈雲商瞋了他一眼，佯怒道：「你還想不想知道小舅舅的消息了？」

「想啊！」裴行昭又在她脖頸上拱了拱。「快告訴我。」

「你先猜一猜。」沈雲商用手蓋住他的臉，強行將他推開。

裴行昭這回沒再鬧她，若有所思地道：「妳這麼說，代表我認識他？」

「嗯。」沈雲商點頭。

裴行昭在腦海裡將他所有認識的人都過了一遍，但沒有頭緒。「妳給個線索。」

沈雲商想了想，道：「他不只一個身分。」

不只一個身分？裴行昭皺著眉，繼續思索著。

「我們給了他很多錢。」

裴行昭眼神微變，似乎隱約有了頭緒。

「他是除夕的生辰。」

裴行昭萬分錯愕地唸出了一個名字。「楚懷鈺?!」竟然是他?!

沈雲商不滿地戳了戳他的額頭。「不可直呼小舅舅姓名。」

「哦。」裴行昭還處於震驚中，好半晌才勉強接受了這個事實，問道：「妳怎麼認出來的？」

「兵符。」沈雲商道。

裴行昭了然。「那半塊兵符果真在楚……小舅舅身上。」不知怎的，知道小舅舅就是楚懷鈺，這聲「小舅舅」好像有些難以喊出口。

「嗯。」沈雲商便將與楚懷鈺相認的經過細細說了一遍。

裴行昭聽完不由得感嘆道：「真是踏破鐵鞋無覓處，得來全不費工夫。」

「誰說不是呢？我當時也好驚訝。」

「妳說，真正的楚大公子在江南？」裴行昭消化完這個消息後，才問道。

「據小舅舅所說，應當是的。」二十一歲，在江南。這無異於大海撈針。「待真相揭露，真正的楚大公子會回來的。」沈雲商道。

裴行昭想想也是，遂又問了其他的部署。

沈雲商都如實跟他說了。

裴行昭聽完，眼底似乎閃爍著星光。「幾日後的慶功宴，就是他們的死期。」前世今生的仇，終於可以報了。「不過，白燕堂是怎麼跟六公主搭上關係的？」裴行昭疑惑道。

沈雲商搖頭。「我也不知道。據我所知，他們唯一一次有交集，是那次在酒樓，六公主讓他抬頭，然後說認錯人了。」

裴行昭意味深長地道：「所以其實那一次六公主並沒有認錯人，他們早就相識了。」想到白燕堂的德行，裴行昭神色複雜地道：「他不會把公主哄騙了吧？」如今幾個皇子、公主中，唯有這位六公主生性純善，不論是前世還是今生，跟他們都沒有仇，且……「妳還記得六公主在前世的結局嗎？」

沈雲商也想到了這裡，微微蹙起眉頭。「記得。明年四月戰事又起，皇帝送她去和親，死在半年後。但這一次，榮家舅舅不會在今年解甲歸田，敵國不敢貿然來犯，自然也不會再有和親之事。」沈雲商頓了頓，繼續道：「若表哥真的……招惹了公主，也是一樁良緣。」

裴行昭若有所思地看著她，片刻後笑了笑。「是妳心善，想救她吧？」

趙宗赫設計玄嵩帝禪位，又害死帝后，一旦真相公布，如今的皇子、公主一個也逃不掉，但若六公主能嫁給白燕堂，自然就能脫身。

沈雲商被說中心事，也不否認，只道：「我還挺希望表哥真的喜歡她。」表哥是愛拈花惹草，卻也只是嘴賤了一點，並不會真的做什麼。按著他的性子，若是他不喜歡，沒道理在六公主寢殿住這麼久。「對了，你知道六公主的母妃是怎麼死的嗎？」沈雲商似是突然想到了什麼，問道。

裴行昭眼神微沈，良久後點頭。「我還真知道。」原本是不知道的，是為趙承北做事後，無意中得知的。「被皇后害死的。」

沈雲商若有所思地道：「所以六公主和趙承北也有仇。」這樣，就算表哥日後幫他們對付趙承北，也不會成為六公主與表哥之間的隔閡。「她與皇帝感情深嗎？」

裴行昭搖搖頭。「這我便不清楚了，不過，據前世我所知的，皇帝一直都知曉是皇后害死了六公主的生母，但卻選擇將此事壓了下來，後來六公主和親，臨走前夜稱病沒見皇帝。」

沈雲商一時也不知道該慶幸，還是該為這位公主難過。都道皇帝寵愛六公主，卻不知背後還有這樣殘忍的真相。

「妳是怕她會因為慶功宴後的事而跟白家表哥離心？」裴行昭見沈雲商面露憂色，問道。

沈雲商剛要點頭，卻抬眸瞪向他。「什麼離心？現在還不清楚她和表哥到底是怎麼回事，可莫要胡說，損了公主清譽！」

「好好好，我知道了。不過，我還知道一些隱秘，妳想不想聽？」

沈雲商又瞪他。「還不快說！」

「據前世聽來的消息，六公主的生母並不是自願入宮。」裴行昭也不再賣關子，低聲道：「我聽說，是皇帝在一次宮宴上看中了她，次日便一道聖旨下去。其實那時候她已有心上人，但家族式微又不敢抗旨，只能將人送進宮。」

「竟還有這樣的事。」沈雲商皺眉道，難怪皇后容不下她。

「所以，妳擔憂的事可能並不會發生。」裴行昭說罷，捏著沈雲商的腰身，將她按向自己。「好了，我們好不容易見面，就不提其他的了。」

沈雲商看見他眼底的幽深，俏臉一紅，忙伸手將他推開。「你都臭了，快去洗澡。」她現在住的屋子可不是以前的獨院，白芷萱跟裴思瑜都在這個院子裡，容不得他亂來。

裴行昭低頭聞了聞自己，發出質疑。「臭了嗎？我怎麼聞不到？」

「臭了臭了！」沈雲商點頭如搗蒜。洗個澡冷靜冷靜，免得拉著她胡來，被人聽到什麼動靜。

「那行吧。」裴行昭不情不願地將沈雲商放下來，逕自出了門。

沈雲商看著他出門後，有些不放心，正要跟出去，便聽見外面傳來一聲驚叫。沈雲商一驚，趕緊起身小跑著出去，人還沒到外頭，就已經聽到熟悉的、怒氣沖沖的質問聲——

「你是誰？你怎麼在這裡？」

沈雲商頓覺迷惑，慕淮衣怎會在這裡？

果然，她一出門就見到對面廊下的慕淮衣正凶神惡煞地瞪著站在她門口的裴行昭，隨後見沈雲商出來，他滿臉的不敢相信，更怒了。

「沈雲商妳瘋了！這個男人是誰？妳這樣做對得起裴阿昭嗎？」

被抓包的裴行昭無語極了。

沈雲商憋著笑看向旁邊的裴行昭。他站的位置有些暗，以慕淮衣的視線範圍只能看見身影，看不清臉。

慕淮衣已經大步衝了過來。「沈商商妳讓開，老子今天要弄死他！」

沈雲商強忍著笑問道：「你會告訴裴昭昭嗎？」

慕淮衣腳步未停，臉上的神情卻已經幾經變化，他掙扎半晌後道：「妳讓我弄死他，這事我就當沒看見。」

這一碗水端得倒是平。

就在慕淮衣踏上臺階時，裴行昭從暗處走出來，語氣涼涼地道：「你要弄死誰？」

慕淮衣聽見熟悉的聲音，看著那張熟悉的臉，驀地就怔住了，過了好久，他才反應過來，長呼一口氣並拍了拍胸脯。「原來是你啊！我的天，嚇死我了！」慕淮衣幾步跑到裴行昭跟前，一拳砸在他肩上。「你回來了怎麼不跟我們說？害我以為是什麼野男人！」

沈雲商氣呼呼，看在他方才還算維護她的分上，忍下了揍人的衝動。

「你什麼時候回來的？你去了哪裡？怎麼現在才回來？」

一連串的問題砸過來，裴行昭頭疼得揉了揉眉心，然後似是想到了什麼，瞇眼看向慕淮衣。「這個時候你怎麼在這裡？」

慕淮衣頓時啞了。他心虛地左看看、右看看，又摸了摸鼻子。「我……我走錯路了。」

裴行昭抱臂，好整以暇地看著他，好似在說：你看我信不信！

慕淮衣輕咳了兩聲，眼珠子一轉，道：「那什麼，你們好不容易才見面，我就不打擾了，我先回去了。」

看著他逃竄的背影，裴行昭問沈雲商。「那邊住了誰？」

「白家大——」

沈雲商話還未說完，慕淮衣就飛速竄了回來，壓低聲音道：「妳閉嘴！我是來給她送藥的，你們別亂想，也別胡說！」

「哦，原來是送藥的啊！」裴行昭挑眉回敬他。「我還以為是什麼野男人呢！」

慕淮衣沒好氣地指著裴行昭，威脅道：「不許告訴別人啊！損了她清譽，我跟你翻臉！」

沈雲商朝那邊的廂房看了眼，微微皺眉。「她生病了？」

慕淮衣的氣焰頓時就消了下去，低聲道：「嗯，那次高燒後，她的身子就一直很虛弱，昨日不慎吹了風又著涼了。她不想麻煩人，也不想家裡人擔憂，便自己去煎藥，我看到後就讓她先回來。」他才煎好藥給她送過去，過來就看到了裴行昭。「我沒進她屋子，從窗戶遞進去的。」慕淮衣又加了句，好似生怕他們誤會什麼。

白、裴兩家原來的下人在事發前就都打發出去了，怕皇帝的人盯著，也不敢再將他們找回來。楚懷鈺倒是送了幾個丫鬟、婆子過來照顧幾位夫人、小姐起居，但畢竟不是自己的人，白芷萱不願意太麻煩她們，所以才會自己去煎藥。

沈雲商見他這般維護白芷萱，忍不住笑道：「知道了，放心，不會跟別人說的。」

慕淮衣又看向裴行昭。

裴行昭無奈。「……要我發誓嗎？」

慕淮衣哼了聲，收回視線轉身就離開，可走出幾步他又回來了，一把拽著裴行昭。「你去我那屋睡！」

裴行昭正要反抗，就聽他道——

「白小姐跟裴小姐都住在這個院子裡，你一個大男人在這裡像什麼話！」

裴行昭一聽好像有道理，便停止了掙扎，只是回頭可憐兮兮又委屈兮兮地望著沈雲商。

沈雲商抿唇笑著朝他揮了揮手。

裴行昭更委屈了，沒好氣地瞪著慕淮衣。

為了表示自己心中的憤怒，裴行昭沐浴後穿了慕淮衣新做的衣裳，並占了他的床，還順便順走了十幾串玉珠珠。

次日。

裴行昭漱洗完，從慕淮衣房裡出來，準備去見裴家主。

白庭宣從茅房回來時，就看見一道身影出了院子，他感到萬分訝異。今日太陽從西邊出來了？慕淮衣居然起這麼早？他擰著眉頭在原地掙扎。

慕淮衣起這麼早大約是要去姊姊那裡獻殷勤，自己又沒有姑娘要追，無須早起。成功說服自己後，白庭宣又回屋繼續睡覺了。

裴行昭出了院子後，往前院走去，剛穿過長廊，便聽見身後傳來女子細弱的聲音——

「慕公子。」

裴行昭一愣。他起身時慕淮衣還沒有醒，怎會這麼快就追上他了？裴行昭還沒來得及轉身，就又聽見身後的人道——

「昨夜多謝慕公子送的藥。」

裴行昭正要轉身，餘光瞥見了自己腰間的玉珠珠，電光石火間才猛地反應過來，他今日穿的是慕淮衣的衣裳，他與慕淮衣的身形又差不多，所以他這會兒應該是被錯認成慕淮衣了。

「我有件東西想送給慕公子，聊表謝意。」

裴行昭頓時面露苦色。

雖然他並不能從聲音上分辨身後的人是誰，但卻知道慕淮衣昨夜給誰送了藥。

早知道他就該在最開始轉身的，也不必聽到接下來的話，此時若再轉過身去告訴人家姑娘她認錯人了，難免會叫姑娘無地自容。

深夜送藥，回贈禮物，這些事自然不便為外人知曉。

「慕公子？」白芷萱見人遲遲不應聲，心中略感疑惑。

裴行昭深吸一口氣，然後一手捂著肚子，一手朝身後揮了揮，腳底抹油般溜得飛快。

白芷萱盯著他消失的方向，微微愣神。他是不舒服嗎？

她躊躇片刻後，將香囊收進袖中。

裴行昭無法再穿著這身去前院了，不然白芷萱早晚會知道她今日認錯了人，因此他只能折身，快速回了慕淮衣的屋子。

睡得正酣的人根本不知道自己錯過了什麼。

裴行昭上前，乾脆俐落地將他的被子掀開，把人揪了起來。

慕淮衣被嚇醒，驚魂未定地看著裴行昭。「裴阿昭你幹什麼！」

裴行昭鬆開他，邊解腰封邊道：「我時間不多，只說一遍，你聽清楚了！我穿你這身衣裳出去時被白芷萱誤認成你，她為了感謝你昨夜送藥之恩，要贈你一件禮物，我怕她難為情，沒有轉身，裝作肚子疼離開了，你現在趕緊換上我身上這套衣裳去找白芷萱。」

慕淮衣頂著一張迷茫的臉望著他。

裴行昭怕他沒聽清，補充道：「方才白芷萱見到的人是你，能聽懂嗎？」

慕淮衣僵硬地點點頭。

裴行昭這才轉身去他衣櫃裡重新挑了件慕淮衣沒有穿過的衣裳，怕白芷萱生疑，這回連玉串串也不敢戴了。

待裴行昭換好衣裳，慕淮衣才終於反應過來，他從床上一躍而起，拽住裴行昭的衣袖。

「你說，她要送我禮物？」

裴行昭扒開他的手。「是，別問我送的什麼，我不知道。現在我有要事且須盡快返回軍隊，你不許再說話。」

慕淮衣配合地捂住自己的嘴，雙眼亮晶晶地點頭。

目送裴行昭出門後，慕淮衣歡呼了聲，手腳麻利地換上裴行昭方才穿過的衣裳，快速漱洗完就匆匆出門了。

他剛要關房門，對面的門便打開了。

白庭宣望著慕淮衣，面露不解。「你方才不是已經出去了？」他回去想了想，還是決定先起身，畢竟這幾日大家都忙得腳不沾地的，就連慕淮衣都早起了，他繼續賴床睡覺不太好。他雖然沒什麼用處，但可以跟慕淮衣一樣，去當個吉祥物。

慕淮衣眨眨眼，面不改色地道：「我回來拿個東西。」

白庭宣不疑有他，「哦」了聲便道：「要去前院用早飯嗎？」

「對啊！一起？」

「好啊！」

等二人走到前院飯廳，裴行昭已經跟眾人打過照面，並先一步離開了。

對於這二人的出現，所有人都感到非常意外。

裴司洲忍不住刺了句。「今天太陽打西邊出來了？」以往這兩個人不到午時是不會起床的。

不過兩人臉皮都厚，根本不在意裴司洲的諷刺，還笑著跟人打了個招呼，才各自落坐。

用完早飯，眾人各自散去。

慕淮衣眼巴巴地等在院外月亮門前，望眼欲穿。

等白芷萱從另一個飯廳出來，他才迫不及待地迎上去。

白芷萱看見他，短暫地愣了愣後，也朝他走過去。

二人走到院中，白芷萱率先開口。「你可好些了？」

「啊？」慕淮衣微怔，隨後他就想起裴行昭的話，忙道：「好些了，方才肚子突然有些疼。」

白芷萱見他確實不像生病的樣子，便沒再多問。

「白小姐，方才要送我什麼呢？」慕淮衣眼中的雀躍都要跳出來了，少年的期待毫不掩飾。

白芷萱的唇角不由得抿了絲笑意，原本的羞赧也淡去了些。她取出袖中香囊遞過去，溫聲道：「多謝慕公子這些日子的照顧，我現在無以為報，只能繡這些小物件，不知慕公子可喜歡？」

在慕淮衣看到白芷萱拿出香囊時，整個人都呆住了。

他驚疑又驚喜地抬眸看著白芷萱，她知不知道送男子香囊代表著什麼？

白芷萱本就是鼓足勇氣送出的禮物，見他這般盯著她，臉頰不由得微微泛紅。「若是慕公子不喜歡，那就——」

「喜歡！」慕淮衣在她收回去之前，飛快地將香囊接過來，臉都快要笑成了一朵花兒。「我很喜歡，謝謝！」

白芷萱輕輕抬眸看向慕淮衣。

此時太陽已經升起，晨曦灑落在少年身上，彷彿為他染上一層光。

自她及笄後，追求她的人便絡繹不絕，可未曾有一人如此熱烈而直接，除了他也沒有人在她遭難時不顧違抗皇命地來救她。

那日在囚車上，她雖高燒昏迷，但因吵鬧和打鬥聲而短暫地清醒過，她睜開眼時少年正彎腰將她從囚車裡抱出來，雖然她不甚清明，卻也能感受到他的小心翼翼。

那一夜她昏昏沈沈，卻也知道他一直在她身邊照顧著她，給她降溫、煎藥、餵藥，事無鉅細。

雖然他從未跟她說過，但她知曉這一月來她所有的衣裳、鞋襪、首飾都是他置辦的，為了避免她受人非議，他以長兄和裴家大公子的名義，給這裡所有的女眷都置辦了。

嬌生慣養長大的慕少家主不辭辛勞地為她煎藥、熬湯，若說從未動容那自是騙人的。

且這些日子她但凡有個不適，他總是第一個發現的，然後便會默默地為她請大夫、煎藥，而不管他做了什麼，都從不在她面前邀功，甚至也儘量隱藏自己做過的事，不讓其他人察覺，怕有損她的名聲。

他就像一顆小太陽一直圍繞著她，竟不知不覺沖淡了她家中失勢成為逃犯的悲涼。

少年低頭看著香囊，笑彎了眼睛，讓那張本就很漂亮的臉更添光彩。

白芷萱的心跳好似漏跳了一瞬，雙眼也跟著他彎了起來。

細細看來，慕家公子的外形便是放在許多世家公子中，也是極其惹眼的。

慕淮衣終於看夠了手中香囊，抬頭認真地向白芷萱保證道：「妳放心，我一定將它藏得好好的，不讓任何人看見。」他知道京中貴女規矩多，尤其注重父母之命、媒妁之言，且與論對女子相對苛刻，他不願意讓她被說什麼閒話。

聞言，白芷萱心中又是一軟。她哪能不明白他這是在保護她的名聲？即便她成為逃犯，他也從未看輕過她。

「好。」

慕淮衣握著香囊，遲疑了半晌後，輕聲道：「等這一切結束，等妳再做回白大小姐，妳若還願意贈我一只香囊，我便請母親去妳家提親。」

如今她落魄受他照顧，他怕她贈香囊只是因為感激。畢竟商賈與官宦隔著一道難以跨越的鴻溝，他不想她後悔，也不想她因為感激之情而委屈自己。

白芷萱聽出了他的言外之意。

如今她沒得選，可等白家洗清冤屈、重新得勢，她便有很多選擇。

他說這話一則怕她送香囊是因為感激，二則是不想她之後變了心思，心懷愧疚。

白芷萱眼底隱隱泛起水霧，她低低笑了聲，嗔道：「傻子。」

換作別人還不得趕緊抓住這個機會，他倒是大方寬厚得很。

可如此澄澈的少年心性，誰又不喜歡呢？

慕淮衣眨眨眼。傻子？是說他嗎？

白芷萱沒給他詢問的機會，說完就轉身離開了。

慕淮衣迷茫了片刻，又垂首盯著香囊，高興地笑了起來。

白庭宣遠遠地看見慕淮衣一個人立在院子裡傻笑，不用想就知道肯定是因為他阿姊。

白庭宣打了個冷顫，他突然就不想喜歡姑娘，也不想成親了，看起來好傻、好呆、好可怕！

五月十六，大軍凱旋，抵達鄴京。

朝中派官員於城門口相迎，百姓早早就站滿了主街兩旁，臨街茶樓亦是萬頭攢動，都為迎接英雄凱旋。

而這其中，有不少人是為了一睹立下大功的少年將軍風采。

沈雲商帶著玉薇，易容混在人群中，她也是為少年將軍來的。

在所有人的翹首盼望中，街頭終於傳來動靜。

兩匹馬幾乎並肩，緩緩前行。

左邊是大將軍榮遲，右邊的則是封將軍封磬。

榮遲這些年立下不少大功，南鄴百姓對這個名字都不陌生，見過他的人更是不少，他一出現，便響起了一陣歡呼聲。

榮遲剛硬的面上難得浮現幾絲柔和，揮手回應百姓。

封磬的聲望雖然比不上武將世家榮家，但也算是頗有盛名，加上趙承北有意棄用榮遲，暗中安排人手，因此很快地，封磬的歡呼聲就蓋過了榮遲。

榮遲對此似乎毫不在意，只在不經意間朝封磬投去冰冷一瞥。

封磬注意到他的視線，勾唇挑眉，回以一笑。

挑釁之意並不明顯，但卻能落入有心人眼中。

而在二人身後，緩緩出現一匹大紅馬，馬背上坐著一位身形挺拔的少年，他身著鎧甲，高束馬尾，戴著銀色面具，一出現就給人一種神秘感。

周遭的歡呼聲短暫的停止了。

有人好奇地問：「這是誰？怎麼走在二位將軍身後？」

「我猜這應該就是陛下剛封的威武將軍。」有人答道。

「就是封將軍的外姪，喚作朝明的少年英雄？」

「是啊，聽說朝將軍在此戰中立下了奇功，除了他，還有誰能走在這個位置？」

「也是，不過封家軍哪家外姪姓朝啊？以前怎麼沒聽說過？」

「不知道啊……」

短暫的議論聲後，緊接著又響起了一陣歡呼聲。

這回喊的是少年將軍。

沈雲商透過人群，望向馬背上耀眼的少年，聽著百姓歡呼著他的名字，驕傲並歡喜著。

前世，世人只知趙承北，不知裴朝明。

他死在及冠後，死得轟動也悲哀。

無人知曉他的賑災銀救了無數百姓，只知道他是趙承北手中的一把利刃，他們只聞其惡名。

而這一次，他成了百姓心中的英雄。

不論是裴行昭還是將軍朝明，都是南鄴的英雄。

沈雲商的眼眶逐漸蓄起水光，是喜極而泣，也是揚眉吐氣。

裴行昭的視線穿過人群，落在沈雲商身上。

雖然沈雲商易了容，但她身上這身衣裳他認得。

一個戴著面具，一個未露真容，隔著萬千人海相望，他們此時此刻的心情只有彼此才懂。

短短幾瞬，裴行昭就挪開了目光。今日趙承北的人在，他不能露出任何異常。

歡呼雀躍的喊聲久久不停，三個人的名字在耳邊來回迴盪，後來不知從什麼時候開始，歡呼聲分成了兩個陣營——榮家軍與封軍。

裴行昭面具底下的唇嘲諷地彎起，這是趙承北一貫的路數罷了。

挑起兩軍鬥爭，他再坐收漁翁之利。

只可惜，這回他的算盤要落空了。

趙承北只讓榮家舅舅帶了幾十人進城，以為如此便無法形成威脅，卻不知他親自放進來的兩千封軍，也早就倒戈。

他謀害封家嫡女，雖未成，但卻是不爭的事實，也不知道他怎麼會認為封家還會扶持他？他到底還是不了解封磬。

封磬愛女如命，怎麼可能會因為南鄴第一將軍的榮耀而前嫌盡釋。

不過只放兩千人進城，他到底還是留了一手。宮中幾萬禁軍，就算封磬不為他所用，兩千人也掀不起什麼風浪。

但他不知，玄軍早已盡數集結在這座城中。

裴行昭的背影消失在人海後，沈雲商便收回視線，朝玉薇道：「回吧。」

今夜就是慶功宴，她們得去做準備了。

宮門口。

榮遲與封磬先後下馬，沒了百姓的注視，二人似乎是連裝都懶得裝了，一人立在一側，目不斜視，絕不看對方一眼。

有禮官將二人的暗湧收進眼底，唇角若有若無地彎起一個弧度。

裴行昭下馬走到封磬身後，恭敬地喚了聲叔叔。

封磬背著手，抬著下巴，揚聲道：「在外面要喚我將軍！」說完還別有深意地看了眼榮遲，神態及語氣中難掩驕傲，炫耀之意甚是明顯。

裴行昭也跟著看了眼榮遲，而後默默垂首應道：「是。」

「對了，怎麼不見榮家幾位公子啊？」封磬裝模作樣地朝榮遲身後看了眼，不待榮遲給反應，他又恍然地「哦」了聲。「我想起來了，是因為榮家幾位公子要麼沒立下大功，要麼傷了、病了，不像我家這個，皮實！」

榮遲帶著怒意，側目瞥他一眼，似懶得與他說話，重重哼了聲就抬腳朝宮門走去。到底誰家的？這老傢伙別演著演著還當真了！

封磬見他先走一步，趕緊帶著裴行昭追上去。「咱們不能落在他後面，免得被他搶了風頭！」

裴行昭唇角一抽。「是。」以前倒是不知，這兩位的戲如此足。

與此同時。

沈雲商跟玉薇皆扮作楚家的丫鬟，跟隨楚家的姑娘前往宮中。

除此以外，楚家所有主子身邊的隨行丫鬟及小廝，都換成了高手。

不只楚家，朝中不少老臣皆帶了極風門和玄軍的人入宮。

甚至連守宮門的和宮中的侍衛，也已經混進玄軍和極風門的人。

因這種場合，主子身邊最多只能帶一個下人，能進去的人並不多，所以剩餘的人全部在宮門與城門外潛伏待命，包括白、裴兩家身手不錯的公子。

至於裴司洲，他武功不行但嘴皮子索利，所以他也混進楚家的下人中進了宮。

沈雲商跟在楚家三小姐身側，在宮門見到了恰好剛下馬車的崔九珩。

崔九珩不如初次所見的柔和，他的身上不知何時多了些冷硬。

趙承北給他的打擊，不可謂不重。

沈雲商只看了一眼就收回了視線。

也不知道他今夜是否還能堅持原則，對趙承北兄妹無動於衷？

六公主寢殿。

白燕堂立在窗戶邊，負手望向觀月臺的方向。

明明一身太監的衣裳，卻被他穿出了別樣的味道。

寬肩窄腰含情眼，一如既往的勾人。

趙晗玥斜躺在貴妃榻上欣賞著眼前美景，等看滿意了，才出聲道：「你想去嗎？」

白燕堂回頭，不解地看著她。

「觀月臺啊，今夜舉辦慶功宴的地方。」

趙晗玥偏了偏頭，眼神一如既往的透澈明亮。

白燕堂負在身後的手指顫了顫，卻面色淡然地道：「又不是給我辦慶功宴，我為何要去？」

「你若要去，我便帶你；你若不去，那你就留在這裡唄！」趙晗玥起身走向裡間，欲喚菱荇給她換衣。

白燕堂眼神複雜地看著趙晗玥纖瘦的身影，心頭閃過一絲不忍。鬼使神差的，他叫住了她。「妳，願意嫁給我嗎？」當今律法，禍不及出嫁女，在皇家也一樣適用。只要她說一句「願意」，他就能想辦法保住她，否則她今日絕對脫不了身。

趙晗玥的身形一僵，過了好半晌才緩緩轉身看向白燕堂，眼底還帶著明顯的震驚、詫異。

白燕堂被她這麼直愣愣盯著，眼神微微閃爍。「妳……妳不是說心中也好奇成婚後的生活，何不真正體驗一回？當然，妳放心，便是妳答應了，我也會尊重妳的意願，妳只管體驗自己想體驗的便可。」

趙晗玥看白燕堂的目光越來越複雜，許久後才問：「為什麼？」她看得分明，他或許對她有縱容，也並非沒有半點心動，但他絕沒有要娶她的意思，為何會在今日突然做出這個決定？

白燕堂此時無法跟她說實話。雲商表妹在給他的信上說過，六公主與趙承北他們有仇，對皇帝也並非是外界認為的父女情深，但此事太過重大，他不敢賭。

「因為我……」想救妳。「想娶妳。」

趙晗玥的眼睫輕輕顫了顫，交疊在腹間的纖手緊緊攥在一起。

一方面，眼前的誘惑太大；但另一方面，她清楚地知道，他說的不是真的。

他娶她一定是另有緣由。

白燕堂跟公主朝夕相處了兩個月，自然能看出公主此時並不信他。他沈默了幾息後，抬腳靠近她，俯視著只到他肩膀的公主，道：「若我需要駙馬這個身分保命，妳願意救我嗎？」

原來如此。趙晗玥視線微垂。

接下來很長一段時間，二人誰都沒再開口，就這麼無聲地僵持著。

就在白燕堂以為公主會拒絕時，卻聽她道——

「好啊！」趙晗玥抬眸迎上他的視線，眉眼彎彎。「我願意救你。」

這一瞬，白燕堂的心跳驟然加快。他還沒來得及感受那股觸動，就見公主靠近她，仰著頭問他。

「你方才說的，我不想體驗的，是說洞房嗎？那如果我也想體驗呢？」

天色微暗，燈火漸亮。

殿內還未點燭火，燈籠的光從窗戶透進來，灑在他的身後，他整個人都好像在發光。

於公主而言，眼前的人就像這束光，照亮了她某一處黑暗的角落。

她想將這點光留在身邊，哪怕他並不為照亮她而來。

公主毫不掩飾地直勾勾地看著白燕堂，燈火映在公主臉上，恍若染了層紅霞。因她那句驚世駭俗的話，讓白燕堂很長時間都沒能找到合適的話語回應。

白燕堂自認算是了解公主，她溫和綿軟、矜貴嬌氣，但骨子裡卻有著不容忽視的叛逆，說不定什麼時候就會冒出來，讓人招架不住。

就像此時，明明他只是因想保她而提出成婚，結果心跳紊亂、手足無措的卻成了自己。

這是他風流生涯中唯一一次敗陣。

「你為什麼不說話？」長久的寂靜後，公主疑惑地問他。

白燕堂頗感無力。她那句話讓他怎麼接？可公主直直地盯著他，等著他的回答，他避不過去。在救她和放棄求婚中，他選擇了——

「公主歡喜便好。」

一聽見他的答案，公主的眼底浮現了肉眼可見的喜悅。

她勾唇道：「我現在很歡喜。」

白燕堂強行壓下心中不明的悸動，移開視線，輕微點了點頭。「嗯。」

「那什麼時候成婚？」趙晗玥語氣柔柔地追問道：「你什麼時候需要駙馬的身分保命？」

今夜。這兩個字在白燕堂喉間轉了轉，又被他壓了下去。他莫名地覺得他要是這麼回答，公主一定會問他，今夜洞房嗎？

「婚姻大事本該是父母之命、媒妁之言，但如今情勢所逼，只能先委屈公主了。」白燕堂從懷裡取出一塊玉珮，遞給公主。「這塊玉珮從我記事起就在我身邊，今日便先以它向公主求親。」

趙晗玥未做猶豫地接了過來，仔細端詳。「這麼說，它是你最重要的物件？」

白燕堂點頭。「是。」

從他記事起，母親就一直跟他說，一定要保存好這塊玉珮，因為它有著非常重要的意義。雖然他至今還不明白它到底有什麼不同之處，但它確實是他最看重的物件。

「好，我答應了。」趙晗玥收好玉珮，想了想，道：「那我也應該回贈你一件東西。」

白燕堂沒有拒絕，而是道：「我可以自己選嗎？」

趙晗玥往旁邊挪了一小步，語氣隨意大方。「我寢殿裡的東西你都可以挑。」

公主對他不設防這事，他早就知曉，如今似乎已是習以為常，聽了這話也不覺得有踰矩之處了。但他並沒有動，而是道：「公主可否贈我一只香囊或是繡帕？」

這兩樣東西能夠代表他與公主之間暗生情愫，也不至於太過。

趙晗玥也不知道有沒有猜透他的心思，毫不猶豫地答應了。「好啊！」

「我要公主親手繡的。」白燕堂補充道。

趙晗玥腳步一滯，略顯為難。

「不方便嗎？」

「不是。」趙晗玥道：「我親手繡的香囊和繡帕都是姑娘家用的，你若要，我得重新做。」

白燕堂眼神深邃。「那就現在做，我要香囊。」香囊似乎比繡帕要更費時間。

趙晗玥疑惑不解地看向他。「這麼急？」

「對，很急。」今夜的觀月臺不會平靜，她有心疾不適合前往，萬一被驚著了，又得折騰好一段時間。他想要她活得更久些……想到這裡，白燕堂的心尖恍若被針扎了一下，傳來一陣刺痛感，但很快地這種感覺就被他壓了下去。

「可是我現在要去觀月臺。」趙晗玥微微擰眉。「你不能等等嗎？」為邊關將士舉辦的慶功宴，她作為公主，不能不去。

「不能。」白燕堂擲地有聲地回答。見公主眉頭越皺越深，他朝她靠近一小步，微微垂首，溫聲道：「我現在就想要一個公主親手繡的香囊，可以嗎？」他知道自己容貌過人，也知道如何讓姑娘展顏，只是沒想到，有朝一日他竟然也會用美色去勾人。

桃花眼中盛著的溫柔，讓公主微微怔了怔。

她乾脆俐落地點頭。「好。」雖然他肯定別有用心，但他都不惜用美色來勾引她了，那她稱了他的心又何妨？「菱荇，取針線來。」趙晗玥轉身朝裡間走去，腳步透著輕快。「你想要繡什麼樣式？」

白燕堂看著公主歡喜的身影，輕輕呼出一口氣，跟上她。「公主決定就好。」以前從不擔心失手，方才竟然會因為怕她不上鈎而緊張，這種感覺似乎不太妙。

公主讓菱荇拿了幾個樣式過來，選擇了最複雜的一種。「那就繡這個吧！你喜歡嗎？」他阻止她去觀月臺，說明今夜那裡肯定不平靜，那她不去便是了。

白燕堂看了眼，點頭。「喜歡。」看起來很複雜，應該足夠拖到一切結束。

菱荇神色複雜地看了眼白燕堂，幾番欲言又止。

公主方才明明喚了她伺候更衣，準備去觀月臺的，可這才多大會兒工夫，就改變主意要在這裡給白公子繡香囊了。那傳說中魅惑人心的狐狸精，也不過如此吧？

但見公主高興，菱荇不打算破壞公主的興致，毫無聲息地退了下去。

出去前，她見白燕堂搬了張矮凳坐在公主旁邊，公主臉上的笑容就越發深了。

菱荇心下暗道，這男人還是一隻道行很深的狐狸精啊！

第二十七章

趙承北聽完禮官的稟報後，眼底的光更甚。

沈雲商跟裴行昭這二人就像是人間蒸發了一樣，幾個月了，都尋不到他們半分蹤跡，這種情況下，他絕容不下榮家。若是能用沈雲商換榮遲解甲歸田，倒是一筆不錯的買賣。

「殿下，您當真要重用封將軍？」禮官走後，常總管問道。

趙承北冷嗤了聲，道：「我與封磬有舊怨，只能用一時，待將來培養出另一個出色的武將後，自然不會留這樣一個後患。」只是眼下他需要封磬與榮遲對抗。他不過拋去一個誘餌，封磬便咬住了，果然，即便愛女如命，也還是抵抗不了權勢的誘惑。

常總管稍作深思後，道：「殿下是說那位威武將軍？」

趙承北沒有否認。

常總管略有些擔憂地道：「可是，他畢竟是封將軍的外姪，不一定會背叛封將軍。」

「說是外姪，實則沒多大關係。」趙承北漫不經心地道：「他的威武將軍是我給他的，但凡他還想往上爬，便只有這一條路。」

常總管神色微鬆，笑著道：「殿下英明。人到齊了，殿下現在過去嗎？」

趙承北聞言，起身往外走，臨到殿門口又問道：「父皇今日身體如何？」

常總管恭敬地回道：「陛下今日精神好些了，午後還起身走了會兒。」
「那便好。」趙承北道：「母后也在？」
「是。」常總管應道：「待陛下安歇了，娘娘會去觀月臺。」
「嗯。」趙承北又問：「承歡呢？」
常總管面上浮現幾絲複雜，待趙承北看過來，他才道：「公主殿下昨夜又出宮了。」
出宮去了哪裡，無須多言。
趙承北皺了皺眉。「她還不死心？」崔九珩如今與他們形同陌路，又豈會再去尋她？
最開始他不是沒有給九珩遞過口諭，但他只是遣人去花街柳巷走了個過場，甚至去的人都不是他最看重的西燭。
這足以說明他打定主意要跟他們劃清界線了。
「崔公子如今只是還沒解氣，待他日定然會理解殿下的。」常總管寬慰道。
趙承北面色淡淡地「嗯」了聲。雖然他的心中也是這麼認為的，但不知為何，近日他越發感到不安，總有種風雨欲來的感覺。
「待父皇身子好些了，我便去請父皇賜婚。」趙承北沈聲道。
九珩與承歡本就是互相喜歡，如今太子失勢，他已經沒了威脅，何不成全他們？
常總管早就猜到了趙承北的心思，聞言面露喜色。「要是公主知道了，一定很歡喜。」
「先別向承歡透露，免得傳到崔家去，橫生枝節。」趙承北吩咐道。

九珩如今還在跟他們鬧脾氣，肯定不會答應婚事，還不如直接一道賜婚聖旨下去，他不應也得應。待婚事成，時間一久，那些不愉快的往事自然也就淡忘了。

「是，老奴明白。」

觀月臺。

榮遲與封磬各坐一邊首位，後頭是此次立功的兵士們，而他們下首坐的則是兩方陣營立下大功的將才。

裴行昭坐在封磬的下首。

趙承北進來後，目光先從榮遲和封磬面上掃過，見二人臉色都不怎麼好，顯然是有些不對盤，他勾了勾唇，又將視線落到朝明身上，看見對方臉上的面具時，他微微皺了皺眉。

今日這種場合，他竟戴著面具？

這時，行禮的聲音傳來，趙承北便壓下了那點不快，面帶溫和笑意走向高位，路過朝明時，他的腳步略有停留，還微微側目。

裴行昭只當不知。他並不擔心趙承北認出了他，因為若趙承北對他起了疑，必定不會放他入宮，此時的打量多半是另有什麼詭計。

趙承北落坐後，免了眾人的禮，溫和地道：「今日乃是為將士們舉辦的慶功宴，諸位無須拘著禮數，都坐吧。」

眾人謝恩後依次落坐。

隨後，趙承北舉杯，客套地嘉獎了一番後，眾臣子也紛紛舉杯，宴席正式開始。

今日的主角是邊關將士，朝臣們的位子就稍微往後挪了些，但楚家主作為吏部尚書，位子仍然靠得很前面，就在榮遲一側的第三個位子。

沈雲商立在楚家三小姐身後，正好可以看見斜對面坐著的裴行昭。

她看著他面前圍滿一個又一個前去敬酒的人，心中越發滾燙。

她心中的少年，越來越耀眼了。

裴行昭察覺到了沈雲商的視線，但他並沒有回應，因為他同時也感覺到了趙承北在打量他。趙承北看不見沈商商的位置，但能將他的一舉一動盡收眼底。

果然，沒過多久，就聽見趙承北開口了。

「朝小將軍年紀輕輕就立下大功，實乃少年英雄，不少人都等著瞻仰將軍英姿，卻不知朝小將軍今日怎戴著面具？」

趙承北一開口，底下很快就安靜了下來，不約而同地望向威武將軍朝明。

其實他們也很好奇這位少年將軍長什麼模樣，只是方才都不敢唐突去問。

畢竟戰場之上刀劍無眼，萬一戳到人家的痛處就不好了。

在眾人的注視下，裴行昭緩緩站起身，面向趙承北拱手道：「稟殿下，臣的臉在戰場上受傷留了疤痕，怕驚著殿下與同僚，這才戴了面具。」

眾人一聽，暗道果然如此，幸虧他們方才沒貿然去問。

「原來如此。」趙承北笑著道：「不過朝將軍多慮了，你這疤痕是在戰場上受的，該以此為榮耀才是。本殿下倒要看看，今日會嚇著誰？」

這話明著是為小將軍撐腰，實際上卻是要他揭下面具。

扮作小廝立在後方的裴司洲見此略有些擔憂，不由得抬頭輕輕看了眼沈雲商，卻見後者面色淡然，似乎絲毫不擔心裴行昭會因此暴露。

想來他們早有準備，裴司洲便稍微鬆了口氣。

沈雲商確實不擔心裴行昭會因揭下面具而暴露，因為他比她更知曉趙承北多疑，斷不會毫無準備。

此時宴會上一片寂靜，所有人的目光都落在戴著面具的少年將軍身上。

封磬左右看了眼後，微微側身和他道：「既然二皇子殿下都這麼說了，你便取下來吧，誰若敢笑話你，我第一個不同意。」

裴行昭躊躇再三，終於還是答應了。他緩緩伸手取下面具，但卻似因自卑而不敢抬頭，然即便如此，也叫很多人看清楚他的臉了。

少年長得還算俊朗，只是有一道刀疤幾乎從上至下貫穿了左臉，看起來確實有些可怖。

不過眼下，沒人敢明目張膽的露出嫌惡，頂多快速移開視線，不再去看。

趙承北倒是盯著看得仔細，確認沒有疑點後才溫和地道：「這道疤並非你所說的那般可怖，你無須為此感到不自在，坐吧。」

裴行昭頗為感激地拱手。「是，謝殿下。」

接下來，又是好一輪傳杯換盞，和樂融融。

酒過三巡，眼看慶功宴接近尾聲，外頭煙花衝破黑夜，炸響在夜空，這時，朝中一位老臣突然出列，朝趙承北拱手道：「殿下，臣有事啟奏。」

趙承北看見他頓覺頭疼，不只他，朝中那幾位老臣他都見不得。他們重規矩，口口聲聲嫡長為尊，從不曾支持過他，現在突然站出來，必定不是什麼好事。

「今日是為將士們舉辦的慶功宴，不談正事，林大人有事，不如明日早朝再議。」這幾個老臣都將到致仕的年紀了，無須出手處置他們，以免平白惹得一身腥，且再多忍一段時日就是。

林大人目光灼灼，語氣堅定地道：「正因今日是為將士們舉辦的慶功宴，老臣才有幾句話想說。」

趙承北壓下心頭的不快，溫和道：「如此，林大人說便是。」

林大人的視線在將士們身上依次掃過，而後重重一嘆，道：「看著如今將軍們的風采，不由得讓我想到了兩個人。」

封磬不免好奇地問道：「哦？何人？」

林大人收回視線，抬頭看向上位的趙承北，緩緩道：「玄嵩帝后。」

此話一出，滿堂皆靜。

趙承北唇角的笑意突地散去，但他還是極力維持著平靜。

「眾所周知，玄嵩帝后平息外亂，智勇雙全，若無玄嵩帝后，便無我們今日的大好南鄰！」林大人越說越激昂。「要是玄嵩帝后還在世，便絕無人敢犯我南鄰！」

話雖如此，但此時說來未免有些不合時宜，畢竟如今的皇室並非玄嵩帝后的後人啊！眾人心中想著，都若有若無地朝趙承北看去。

不過這位向來寬宏大量，想來不會跟老臣計較。

趙承北感受到無數道視線，強行壓下戾氣，聲音溫和地道：「玄嵩帝后之死確實令人痛惜。林大人莫不是吃醉酒了？來人，扶林大人下去歇息。」

侍衛得令上前，卻被林大人喝退。「我沒醉！我今兒都沒喝酒，從何醉起？」

趙承北面上仍帶著笑，但眼底已隱有殺氣。

他本不想動這些老臣，但若他們找死，那就怪不得他了！

「二皇子殿下說的不錯，玄嵩帝后的死確實很令人悲痛，若只是天妒便都認了，可事實並非如此。」林大人揚聲道：「玄嵩帝后是被人害死的！」

最後一句話，林大人幾乎是喊出來的，在座眾人全都聽得清清楚楚。起初他們沒有反應過來，待驚覺林大人說了什麼後，皆感萬分震驚。

要不是林大人實在不像喝了酒的樣子，他們怕都要以為他是在發酒瘋了。

玄嵩帝后已故去多年，怎麼會突然又再提起，且還說是被人害死的？

趙承北臉上的最後一絲笑容消失不見了，他知道了什麼?!他正要發作，就見封磬神色凝重地道——

「林大人，這話可亂說不得！」

林大人甩袖，重重一哼。「有何說不得?害人的如今活得好好的，我們可沒道理還怕了那劊子手！」

封磬又要開口，林大人卻猛地看向左側首位的榮暹，拱手道：「榮將軍，玄嵩帝與元德皇后是將軍的親姑姑與姑父，如今在這世上，只有將軍可以為他們討回公道！」

「林大人，這話可不能這麼說。」封磬站起身，朝趙承北拱了拱手。「玄嵩帝后可是二皇子殿下的大爺爺，玄嵩帝后要真是被人害死的，討公道這事也有陛下與殿下在啊！」

林大人轉頭看向趙承北，冷嗤了聲，在趙承北越發冰冷的眼神中，毫不畏懼地道：「那可不一定，要是這凶手跟陛下與殿下的關係更為親近呢？」

此言一出，震驚四座。

封磬被嚇得瞪圓雙眼，憤怒地指著林大人，久久說不出一個字。

其他人也是驚愕不已。

對比起玄嵩帝后，凶手跟陛下與二皇子殿下的關係更為親近，那就只有一個人——陛下的父親、玄嵩帝的親弟，先皇趙宗赫！

「林大人，你知不知道你在說什麼？」一陣詭異的寂靜中，趙承北冷聲道：「構陷先皇的罪名，林大人可擔不起！」

「我如何不知？」林大人用睥睨的神態手指著趙承北。「要是玄嵩帝后沒有被奸人所害，現在坐在這裡的就不該是你！」

這話已經是極為大逆不道了，眾人都不由得為他捏了把冷汗。

玄嵩帝后已故，如今的皇室是先皇一脈，不管先前那二位是如何死的，眼下想要在先皇一脈手中為他們討公道，那是絕無可能的，林大人這是在找死啊！

趙承北深吸一口氣，喝道：「來人！」

「老師！」

兩道聲音幾乎同時響起，眾人紛紛看向後者，卻見是崔九珩出列，朝林大人走去。

崔九珩立在林大人身後，微微抬手。「老師，學生扶您下去歇息。」

宴席上再次陷入一片沈寂。

二皇子明顯已經動怒要發作了，崔九珩此時站出來便是要保林大人。

崔九珩與二皇子決裂的事早就已經不是什麼秘密了，卻不知二皇子可會顧及舊情，饒了林大人一回？

林大人轉身看著崔九珩，半晌後面露欣慰地道：「你倒是個好孩子。我記得我只是曾在國子監教過你幾堂課，算不得正經老師，比起崔家老爺子，我可差遠了。」

崔九珩的態度仍舊恭敬。「一日為師，終身為師。」

林大人爽朗一笑，看向座位上的崔大人，道：「真是虎父無犬子啊！」說完，他又轉而看著崔九珩道：「孩子，你有心了，不過今日我哪裡也不會去，我要在這裡為我的老師討一個公道。」

眾人面露疑惑，崔九珩也有些不解。

林大人便道：「你方才不是說，一日為師，終身為師嗎？元德皇后曾經教過我一堂課，我至今不敢忘，所以這麼算起來，那二位便也是我的老師。」

眾人無言。還能這麼算？林大人跟元德皇后年紀相仿吧？

崔九珩皺了皺眉，卻一時無話反駁。

「你的心意我領了，回去吧。」林大人擺擺手道。

崔九珩在原地躊躇，直到崔大人喚了他一聲，他才緩緩回席。

沈雲商看著落坐的崔九珩，唇角輕輕彎了彎。崔九珩還是那個崔九珩啊！

「榮將軍，」林大人轉身看向榮遲。「你可要與老夫一同討一討這公道？」

榮遲神情鄭重地起身出列，朝林大人拱手一禮，道：「我的榮幸，有勞大人。」

說罷，二人一同轉身看向趙承北。

一文一武並肩而立，頗有氣勢。

趙承北手指微動，心中澎湃洶湧。

他還是大意了！他絕不相信林大人是一時興起，他們顯然是已經知道了什麼，且一同策劃在今日謀事。

「二位這是要造反？」趙承北先發制人地道。

榮遲淡淡地回他。「不敢，我只是聽林大人說姑姑和姑父有冤情，想仔細聽一聽罷了。」不待趙承北開口，他又道：「若林大人當真是信口雌黃，二皇子殿下便無須害怕。」

眾人聞言，看著趙承北的視線皆帶著打量，試圖在他臉上找到害怕的神情。

畢竟這種事，只有心虛，才會害怕。

虧得趙承北定力好，沒露出什麼端倪，只冷聲道：「你是叫本殿下在這裡聽他構陷皇爺爺？」

「要真是構陷，今日有文武百官見證，豈不正好治林大人的罪？」榮遲頓了頓，加大聲音說：「要是證實姑姑和姑父是被冤枉的，那文武百官便也是見證。」

眾人聞言不由得暗暗叫苦，這都叫什麼事啊！

就算林大人真拿出什麼真憑實據，他們又能起到什麼作用呢？

如今皇室只剩先皇這一脈，這一脈都成了罪人，那這皇位誰來坐？況且，就算是真憑實據，二皇子殿下也不會認啊！所以這就是一步死棋啊！

林大人犯糊塗就罷了，榮將軍怎麼也跟著鬧上了？

不過，這死棋倒也不是無解，若是……有心思活絡的已經眼露異光。若是玄嵩帝還有後人在世，可就不是死棋了。

當年雖宣稱前太子殿下墜崖身亡，但他們聽到了一些風聲，前太子殿下的屍身根本沒有找到，要是他回來了，那今日可就精彩了。

但這只是一種微乎其微的可能性，他們不敢冒險，還是靜觀其變為上策。

「放肆！」趙承北已猜到今日是他們提前策劃好的，又怎會讓他們有開口的機會？「先皇聲譽，豈容爾等胡亂構陷？來人，給我將這賊人拿下！」正好，將榮遲一併收拾了。

「慢著。」裴行昭在眾目睽睽下起身，走到榮遲身側，道：「臣也想聽林大人說一說。」

趙承北皺眉，他跟著湊什麼熱鬧？「封將軍！」趙承北看向封磬。「管好家中小輩，免得平白受牽連。」

封磬連連稱是，起身要去拉裴行昭。「你給我回來！添什麼亂呢？」

裴行昭在他靠近前，揚聲道：「殿下不讓林大人開口，可是覺得林大人沒有立場來立這個案子?若是這樣，我知道一個人，她有資格及立場尋求真相。」

趙承北眼神大變，猛地盯著他，他到底是誰?!

封磬聽了這話，一時也不知該不該去拉他，於是立在原地，躊躇著不動。

這時，裴行昭又揚聲道：「玄嵩帝的親外孫女、長公主的血脈，可有資格聽林大人道明真相？」

眾人大驚自是不說，此時趙承北心中也已掀起驚濤駭浪。

趙承北死死地盯著對方，心中隱約有了答案——他根本不是封將軍的什麼外姪，而是裴行昭！

此時，宴會上幾乎所有人都因「長公主的血脈」這話而驚愕不已，也就沒注意到趙承北神色間的變化，只有崔九珩看到了。

崔九珩只看了一眼便收回了視線。他曾經的那個猜測，看來是真的了。

「朝將軍，你可要慎言，長公主早在當年就墜海身亡了，哪裡還有血脈在？」一位大人神情凝重地道。

裴行昭道：「當年長公主確實墜海了，但是長公主並沒有身亡，而是被人所救，至今還活著。」

眾人又是大駭。

很快地，就有老臣激動地道：「當真？」

「當真。」

這次回答他的不是裴行昭，而是一個女子的聲音。

眾人聞聲望去，卻見一個丫鬟打扮的女子穿過席間，走向正中間。

「妳是？」待她立在朝將軍身前，便有人問。

「我便是長公主的唯一血脈。」沈雲商揚聲道。

眾人聞言都打量著她，然後緊緊皺著眉。

「這看著跟長公主也不像啊！」

「是啊，這容貌……」

話還未落，便見沈雲商抬手撕掉了易容面皮。

很快地，就有人認出了她，現場再次掀起一陣騷動。

「這……妳不是……」逃犯嗎？

沈雲商知道他們想說什麼，淡淡地道：「我就是沈雲商，至於什麼抗旨之罪，欲加之罪，何患無辭？」她邊說邊轉身看向趙承北。

裴行昭此時也揭開了易容面皮，上前兩步，立在她的身側，彎唇道：「二皇子殿下，別來無恙啊！」

大概是今日叫人震驚的事太多了，如今見著裴行昭那張熟悉的臉，眾人竟不覺得詫異了。

趙承北氣得差點當場發作。他找了那麼久的人都沒有線索，卻不知人家竟神不知、鬼不覺地混到宮中來了！

「還不將這幾個逃犯拿下！」趙承北厲喝道。

「諸位知道皇帝為何要追殺我嗎？就是因為他們已經知道了我的身分，想要處之而後快。」沈雲商語速極快地揚聲道：「他們心中有懼，害怕我說出當年的真相，所以才要趕盡殺絕。」

她的聲音似是具有穿透力，讓在場每一個人都聽得清清楚楚。

眼看侍衛來了，在場有幾位老臣突然出列，攔在她的跟前。「既然是長公主血脈，今日我等便要聽上一聽。殿下要想拿她，就從我等的屍體上踏過去吧！」

這都是幾朝元老，侍衛哪裡敢碰？只能立在原地，無聲地請示趙承北。

趙承北隱約感覺到事態已經往他不可控制的方向發展了，但眼下他若執意拿人，反倒會惹來非議。他揉了揉眉心，壓下怒氣，道：「那便說來聽聽。」

那件事已過多年，他倒要看看他們能翻出什麼花來？只要今日一過，他必要他們的命！

沈雲商聲音堅定，字字清楚地說：「當年先皇趙宗赫覬覦皇位，先給外祖母下毒，逼外祖父寫禪位詔書，外祖父為了救外祖母，也愛惜部將，不願看到鄴國人自相殘殺、屍橫遍野，於是便帶著外祖母與母親、小舅舅離開鄴京，歸隱田野。可沒想到，趙宗赫竟在解藥中下了一種名為碧泉的毒，外祖父也中了此毒，二老雙雙殞命！

「母親與小舅舅在侍衛的保護下一路逃亡，於一處小鎮被人群衝散，一人跳海，一人墜崖。母親墜海後被白家所救，恰逢當時白家長女病逝，白家人認出母親，便李代桃僵，對外宣稱長女病癒，這就是當年的全部真相。」

沈雲商的話一落，宴會上安靜得落針可聞。

過了好一會兒，攔在她身前的一位老臣才紅著眼問她。「妳母親呢？」

那些年玄嵩帝后在外打仗，老臣們憐惜長公主，便輪流帶著自家小輩去陪長公主，他們都是看著她長大的。

沈雲商正欲開口，便聽見一道聲音自殿外傳來——

「真是編得一齣好故事啊，聽得本宮都要信以為真了。」

眾人轉頭望去，只見皇后娘娘緩緩而來，雍容華貴，渾身透著上位者的凌人氣勢。

眾臣皆起身行禮。

中間站著的那幾人卻沒動。

趙承北從高位走下來，拱手行禮。「母后。」

「都愣著做什麼？今日乃大好的日子，可別被這些市井小人破壞了。」皇后看向侍衛，喝令道：「冒充玄嵩帝后血脈，還不拿下？膽敢攔者，同罪論處！」

「是！」這回，侍衛們不再猶豫，繞過那幾位老臣，朝沈雲商走去。

裴行昭、榮遲和林大人幾乎是同時上前一步，擋住了沈雲商，幾人呈一個圈將她緊緊護在中間。

封磬這時慢悠悠地踱步過去，走到最前方，將所有人全擋在身後，一手扠腰，漫不經心卻又氣勢十足地說：「娘娘，臣覺得這聽起來很真呢，不像是冒充的。」

皇后眼神凌厲地看著他。「本宮還沒問，封將軍的外姪為何會變成逃犯？」

封磬看向裴行昭，挑眉否認道：「哦妳說這個啊？這不是我家外姪啊，我不認識他！

喂，問你呢，你把我家外姪藏哪兒去了？」

眾人瞪大了眼。你要不要聽聽看你這話有多假？

裴行昭朝他一笑。「我做封將軍的外姪不行嗎？」

封磬一樂。「行！怎麼不行？」說罷，他看向皇后。「還得多謝皇后娘娘，讓臣白白撿了一個這般出色的外姪。」

皇后冷笑道：「看來封將軍這是要與賊人為伍了？來人，都給本宮拿下！」

封將軍帶來的將士皆起身圍上前，與侍衛對峙，眼看一場戰鬥將要展開，這時又有一道聲音響起——

「慢著，皇后娘娘好大的威風啊！」

楚家席位上，一位夫人緩緩起身，淺笑盈盈。

皇后冷眼掃過去，怒喝道：「楚家也要反了？」

卻見那夫人但笑不語，而後在眾人的注視下，抬手揭開了易容面皮。

在那張臉暴露在眾人的視線內後，周遭突然鴉雀無聲。

很快地，便聽見有人驚呼。「長公主殿下！」

攔在沈雲商前頭的幾位老臣也先後認出了白蕤……不，應該是趙曦凰。

「真的是長公主，您真的還活著！」

席間紛紛有人起身，其中不乏曾經被自家長輩帶到長公主跟前陪她解悶的各家家主與主母，即便時隔多年，他們也都還認得這位天之驕女。

「長公主殿下，真的是您！」

「殿下！」

其中有一位夫人激動地衝到趙曦凰跟前，雙眼泛紅，淚流滿面。「我就知道，妳生來命好，脾氣又大又壞，不會那麼輕易死的。」這位夫人便是林大人家的大兒媳，楊家女兒。從前許多貴女都一味地討好長公主，唯有她跟長公主不對盤，二人總是吵吵鬧鬧。

趙曦凰見到她，也紅了眼。「這才一見面便又要跟我吵了？」

楊氏破涕為笑，上前一把抱住她。「回來就好、回來就好！」

趙曦凰也抬手回抱著她。「嗯，我不在，應當沒人敢跟妳拌嘴了。」

皇后看著這一幕，指尖都快要掐到肉裡了。

趙承北的臉色亦難看至極。

若今日趙曦凰不出現，他們就能將沈雲商打入牢獄，平息此事，可偏偏趙曦凰回來了！

文武百官中，除了後來的新貴，幾乎都認得趙曦凰。

如此一來，冒充玄嵩帝血脈的說法就立不住了。

心思幾轉間，皇后快速做了決定，她按下怒火，扯出一抹溫和歉疚的笑意。「竟然真的是長公主殿下啊！我還道是別有用心的人來作亂呢！」

趙承北反應也快，當即就明白了皇后的意思。

即便當年的真相被翻出來又如何？前太子死了，光一個趙曦凰回來根本不足為懼，大不了承認了先皇的所作所為，將長公主母女好好供養著，待日後時機成熟再動手除掉也不遲。

趙曦凰鬆開楊氏，擦了擦眼角，才抬眸看向皇后。

「按輩分，本宮該喚長公主一聲堂妹。只是堂妹歸朝，怎不跟我們聯繫？本宮也好為堂妹接風啊！」皇后娘娘親切地看著趙曦凰，欲拉她的手。

趙曦凰避開她的手，看向沈雲商。「商商。」

沈雲商乖巧地走到她跟前。「母親。」

趙曦凰這才盯著皇后，道：「皇后娘娘這聲『堂妹』，本宮擔不起。方才本宮見小輩間對峙，便不好露面，卻沒想到娘娘倒是好意思，一出來就對小輩喊打喊殺，本宮要是提前告知娘娘，娘娘還不得將本宮也抓了？」一口一個「本宮」，將皇后的氣勢瞬間壓了下去。

可偏長公主的封號未被廢黜，這聲「本宮」說得理所應當。

況且，玄嵩帝后的嫡女歸朝，即便她撼動不了帝位，那也是受萬人敬仰的，這朝堂上一半的人都會護著她。

皇后對此心知肚明，所以即便心中氣得不行，面上卻不敢表露分毫。「堂妹這是說的哪裡話？我方才只是不知商商是堂妹的女兒罷了，若堂妹怪罪，那我給商商賠個不是。」

趙曦凰一把將沈雲商拉到自己身後，神色冷然道：「商商是晚輩，受不起娘娘的禮。妳向我行禮賠罪吧，我受得起。」

沈雲商低著頭，抿了絲笑。

從前母親脾性雖大，但一直都是收斂鋒芒，不像現在氣場全開，輕而易舉就打了皇后的臉面。

皇后今日若真當著文武百官的面給母親賠罪了，那麼她就會永遠矮母親一頭。

雖然她也沒什麼永遠了，但此時此刻，她一定難堪至極。

前世皇后將她叫進宮中立下馬威的仇，如今也算是報了。

皇后咬著牙，面部略微有些扭曲。她是一國之母，怎能向他人屈膝彎腰！

趙承北這時上前為皇后解圍。「此事是我誤會了雲商妹妹，該我給姑姑賠禮道歉。」

那句「雲商妹妹」將沈雲商噁心得不行，她皺著眉正想說什麼，趙曦凰卻將她拉到趙承北跟前。

「既如此，那你該給商商道歉。」趙曦凰說完，也不管趙承北如何，仍舊直直地盯著皇后，等她道歉。

趙承北盯著沈雲商，眼底藏著深不見底的陰鷙。

就算長公主歸朝，沈雲商也不過是個外姓郡主，如何受得起他的賠禮道歉！

沈雲商自然知道他不情願，但他越不情願，她越期待。

「二皇子若是不願意便罷了。」沈雲商語氣淡然地道：「這諸多恩怨，我們今日是該好好清算清算。」

皇后挾著怒氣，瞥了眼趙承北，才開口道：「都是一家人，沒有什麼隔夜仇。」她說著，朝趙曦凰輕輕頷首。「今日之事是本宮失察，還請堂妹莫怪。」

皇后都低了頭，趙承北也不得不彎腰，他嚥下濃濃的不甘和屈辱，抬手低頭道：「對不起，雲商妹妹。」

沈雲商挺直腰背，看著朝她低下頭的趙承北，兩世的仇怨，此刻才算是出了第一口氣；但，這還遠遠不夠。

「二皇子殿下喚我名字就好。」她一點也不想做他的妹妹。

趙承北皮笑肉不笑地「嗯」了聲，不再看沈雲商了。

他今日所受的屈辱，早晚會從她身上討回來！

趙曦凰坦蕩蕩地受了皇后的禮後，視線越過她，看向高位，問道：「既是為功臣辦的慶功宴，為何不見陛下？」

皇后扯出一抹笑，說道：「堂妹有所不知，陛下近日身體不適，正在休養。」

「哦。」趙曦凰並不在乎皇帝身體如何，只問道：「若是這樣，那父皇跟母后的冤屈，現在該由誰來作主呢？」

皇后臉上的笑容一僵，她看了眼沈雲商，有些錯愕、驚訝地道：「難道雲商方才所言都是真的？」

趙曦凰冷聲道：「本宮親身經歷，還能有假？」

皇后忙道：「自是沒有質疑堂妹的意思，只是此事太過重大，總得有個實證，才好昭告天下。」言下之意，便是沒有實證的事，誰都可以編造。

她就不信趙曦凰手中會有真憑實據，若是真有，也不必等到今天才歸朝。

眾人聞言，都看向趙曦凰。

他們是有很多人相信長公主，但除了他們，也還有很多人不信。畢竟當年玄嵩帝后確實對外宣稱禪位於先皇，若沒有先皇威逼、謀害玄嵩帝后的真憑實據，確實難堵悠悠眾口。

沈雲商的手指微微攥緊，皇后這是篤定了母親拿不出證據。

果然，不管多周全，都還是讓惡人有可乘之機，日後一旦流傳出不利於他們的謠言，那麼小舅舅的皇位便是名不正、言不順了。

「皇后要證據是嗎？行啊！」趙曦凰微微側首，道：「駙馬，將東西拿過來。」

皇后眼神一冷，她竟真有證據！

眾人隨著長公主的視線望去，便見楚家席位上原本與長公主同坐的男子起身，他不知何時已經揭開易容面皮，露出了真容。

雖然眾人都不認識他，但長公主的那聲「駙馬」說明了他的身分；並且，只單看沈雲商與他有七分相似的長相，也能猜到他的身分。

姑蘇首富，沈楓。

沈楓聽見長公主喚他，便抱著放在身旁的盒子走過去。

沈雲商輕喚了聲。「父親。」

沈楓朝她笑著點了點頭，繼續走到趙曦凰右側站好，朝皇后道：「皇后要的證據就在這裡。」

皇后看了眼那盒子，面色一變，皺眉掃了眼趙承北。這麼重要的東西如何會漏查？還被他們帶進宮來。

趙承北此時亦是懊悔萬分。倒不是他疏忽，而是他千防萬防，怎麼都沒想到楚家竟早已叛變。

皇后也想到了這點，目光不善地看向楚家家主。

然而不待她發難，楚家家主已率先開口。「皇后娘娘，當年的證據，臣這裡也有一份。」

皇后氣結，盯著他半晌都沒說出話。好，好得很！朝中文武之首竟都要幫著她趙曦凰！

「皇后娘娘，請問現在誰能為本宮的父皇與母后作主？」趙曦凰好似不知皇后的憤怒，淡然問道。

她這話，無疑讓皇后心中怒火更甚。如今雖是由二皇子監國，但皇帝還在，這件事自然只能由皇帝作主，可害死玄嵩帝后的人是皇帝的親生父親，這叫皇帝如何作主？難不成給自己的父親追加一道罪詔？

可眼下這情形看來，好似沒有第二種選擇。

因為現在趙曦凰不是一個人，她身後站著幾朝元老、半數朝官，這其中還包括文武之首。玄嵩帝后是南鄴傳奇，受無數百姓愛戴崇敬，一旦今日之事傳出去，趙曦凰的身後就還有南鄴無數百姓！

陛下若還想要民心，就不得不作這個主。

「陛下還在病中，不如堂妹先安頓下來，待陛下病好些，再商議不遲。」皇后試圖往後拖延，如此也好有時間想其他法子。

「我聽說如今是二皇子監國，既然陛下病重，那不如就由二皇子作主？」趙曦凰豈會讓她如願。夜長夢多，今日她必須將一切都解決了。

皇后乾笑了聲，還欲再說什麼，就聽外頭有太監唱道——

「陛下駕到！」

眾人皆轉身跪下恭迎。

唯有趙曦凰與沈雲商一干人等未跪。

皇帝在太監的攙扶下緩緩走近趙曦凰。

因生了場大病，皇帝的臉上已顯老態，明明比趙曦凰大不了幾歲，卻感覺隔了一輩人似的。

他看著趙曦凰，趙曦凰也看著他。

這一刻，多年前的一幕幕一一在二人腦海中浮現。

多年前，玄嵩帝后在外打仗，先皇也跟著他們出征，那時候玄嵩帝只有趙曦凰一個女兒，先皇也只有皇帝一個兒子，他們便是彼此唯一的手足。

皇帝比趙曦凰大幾歲，那時候玄嵩帝后常年不在鄴京，皇帝心疼妹妹獨身一人，就經常去陪她，給妹妹帶她喜歡的物件、零嘴，有時候還會趁著嬤嬤不注意，帶她去街上玩樂。

可以說，皇帝的整個少年時期都把她當作親妹妹疼愛。

原本，這是一段兄妹情深的故事，可沒想到當年變故突發，先皇害死玄嵩帝，他們一夕之間成了仇人。

錦衣玉食的公主帶著幼弟倉皇無助地逃亡，而皇帝取代了他們的位置，成了太子。

皇帝起初也曾恨過自己的父親為什麼要這麼做，為什麼要害死他的妹妹？可後來隨著時間的推移和先皇的叮囑，他的心也慢慢地發生了變化。

妹妹沒有皇位重要。

更何況並非親妹，只是堂妹。

近二十年，可以發生很多事，也可以改變一個人。

爾虞我詐、權勢利益，少年時期的兄妹情誼在皇帝心裡已經消散無蹤，他甚至為了保住皇位，要將自己曾經真心疼愛過的妹妹趕盡殺絕。

或許是因為那個時候他還沒有嚐過一國之君的滋味，後來嚐到了，就不能放手了。

但後來，皇帝也再沒有像曾經對趙曦凰那樣，真正地心疼過誰。

他想，他的父親說得對，帝王不該有真心，不然就會跟玄嵩帝一個下場。

兄妹二人再次相見，竟覺這近二十年好似只是彈指之間。

前一刻，還是兄妹情深，後一瞬，便已隔著血海深仇。

「多年不見，阿兄好像老了許多。」長久的對視中，趙曦凰率先開口。她的聲音不疾不徐，溫和平淡，好似並沒有怪罪皇帝，又好似早已不記得那十五年的情誼。

皇帝笑了笑，咳了幾聲，道：「是，阿兄是老了，但曦凰妹妹看著還很年輕。」

一聲「曦凰妹妹」，又扯出了諸多過往的記憶。

那過往的記憶裡全是歡聲笑語，和樂融融。

「阿兄曾說過，若是有人敢欺負曦凰，必會為曦凰報仇。」趙曦凰不願再想起那些往事，也不想跟他敘舊，她拿起沈楓手上盒子裡的明黃聖旨，將其展開在眾人眼前。「這是父皇被逼禪位前親手寫下的最後一份詔書，道明了先皇如何威逼父皇禪位，想必阿兄該認得父皇的字跡和國印。敢問阿兄，今日要如何為曦凰報仇？」

皇帝只掃了一眼，便知道聖旨是真的。他狀似痛苦地閉了閉眼，一時無話。

有老臣湊近來看，也認出了玄嵩帝的字跡，頓時老淚縱橫。

「竟是真的，竟真的是先皇害死了玄嵩帝！他怎麼敢？怎麼敢啊！」

「玄嵩帝待他那般好，他是怎麼下得了如此毒手的？」

「真是狼心狗肺啊！」

一聲聲的討伐傳來，讓皇帝越發難堪。

沈雲商卻徹底放下心來。她沒想到，原來母親手上竟有這樣重要的物證。

她的猜想果然沒錯，外祖父並非真的要他們忍氣吞聲，而是要他們韜光養晦，等待合適的時機，所以才給他們留下來這道聖旨，留下了玄軍和兵符。

那些遺言不過是知道母親一時沒有報仇的能力，想讓母親好好活下來而已。

「臣請陛下將玄嵩帝后之死昭告天下，為玄嵩帝后昭雪！」

「臣等附議！」

大半臣子都跪了下來，請皇帝下旨。

皇后攙扶著皇帝，一顆心徹底涼了。

趙曦凰真是好手段啊，選擇在今日當著文武百官的面前公布真相，逼得陛下別無選擇。

皇帝重重吐出一口濁氣，微微抬起手，制止了臣子的呼聲。

在一片寂靜中，他緩緩開口道：「擬旨，將真相昭告天下。」

眾臣頓時面露喜悅。「謝陛下，陛下聖明！」

趙曦凰與沈雲商對視一眼，皆輕輕勾了勾唇。

第一步，成了。

第二十八章

不久後，聖旨擬好，太監總管當著文武百官的面宣了聖旨，還給玄嵩帝后一個公道。

宣畢後，皇帝看向趙曦凰道：「聖旨已下，曦凰妹妹以後便在鄴京住下吧。朕立刻讓人修建長公主府，再擇吉日冊封商商為郡主。」

趙曦凰將剛拿到的聖旨遞給沈楓，淡笑著抬眸道：「這就不煩勞阿兄了。我還有一件事，要在今日請諸位分辨出個章程來。」

皇帝面色一凝。「曦凰妹妹還有何事？」

眾臣也不解地看向趙曦凰。

便聽趙曦凰一字一句道：「父皇既然不是主動禪位，那麼先皇這皇位便來得名不正、言不順，諸位說是也不是？」

皇帝和皇后頓覺難堪。

先皇的皇位都名不正、言不順了，那皇帝的皇位又如何名正言順得起來？

不過這話，許多人都不敢接。

雖然事實如此，但前太子已經亡故，如今在皇位上的是先皇血脈，即便玄嵩帝后的死水落石出，可這往後，皇位上的人還得是先皇一脈，他們哪裡敢得罪皇帝？

一片寂靜中，榮遲走上前，道：「長公主所言甚是。」

封磬、楚大人和林大人等好些大臣也都站出來道：「臣附議。」

不待皇帝開口，楚大人便抬起頭直視著皇帝。「若是玄嵩帝的太子還在世，這皇位理該由太子殿下來坐。」

此話一出，又是一片唏噓及驚嘆聲。

這話雖然言之有理，可是那人就是不在了呀！現在說這些有什麼用呢？

榮遲與他一唱一和。「是啊，熙辰殿下若是活著，他才是我南鄴名正言順的皇帝。」

一句「熙辰殿下」，讓在場眾人都沈默了下來。

趙熙辰，玄嵩帝唯一的嫡子。

他若在世……不對！有人突然反應了過來，震驚地望向榮遲。

榮遲這話的意思莫不是……

皇帝跟皇后也猜到了這個可能，心中頓時咯噔了一下，皇帝的臉色越發的蒼白。

趙承北此時更是前所未有的慌亂。不，不可能！他怎麼可能還活著？自己找了這麼久，根本沒有他的半點消息，且沈雲商跟裴行昭身邊從未出現過什麼可疑的人，他不可能還活著的。

趙曦凰將所有人的神色盡收眼底，她緩緩看向幾位元老，微微頷首道：「敢問幾位大人，若是阿弟回來了，這皇位是不是該還給阿弟？」

眾人方才只是隱有猜測，此時聽見趙曦凰這話，頓覺一陣恍惚，震驚非常。

前太子真的還活著！

幾位老臣激動得眼眶都開始發紅了，他們顧不得皇帝還在，幾步走近趙曦凰道——

「殿下，太子殿下真的回來了？」

「若是殿下當真回來了，這皇位理該還給殿下！」

封磬與楚大人也出聲附和。

趙曦凰得到了想要的答案後，輕飄飄地看了眼皇帝，才轉身面朝楚家席位。

眾人隨著她的視線望去，帶著期盼，帶著震撼，帶著不敢相信。

目光各異中，只見楚家嫡幼子楚懷鈺緩緩起身，朝趙曦凰走去。

「皇姊。」

眾人大驚失色。

「這、這不是楚家的嫡幼子嗎？」

「是啊！這、這是怎麼回事？」

幾位老臣雖然出聲，但也緊緊地盯著楚懷鈺，試圖在他臉上找到玄嵩帝后的影子，可是，眼前的人跟玄嵩帝后沒有半分相似。

其中一位老臣福至心靈。「該不會，也跟長公主殿下一樣，易容了？」

楚懷鈺朝他輕輕一笑。「大人好眼力。」

幾位老臣頓時鬆了口氣，果然是這樣。

而後，楚懷鈺卸掉了易容面皮。

他的真容一顯現，四周驀地安靜了好幾息。

見過玄嵩帝的人都震驚又恍惚，眼前的人與玄嵩帝太像了！

「太像了！」很快地，就有一位老臣激動地喊道。

之後便是一陣附和聲。

皇帝的身軀顫了顫，皇后忙將他扶住。

趙承北看著眾人的反應，一顆心頓時沈到谷底。

一旦趙熙辰的身分落實，他們就全都完了！

破釜沈舟般，趙承北道：「像也不能代表就是，還需要證據。」

不知何時撕下易容面皮的裴司洲此時站了出來。「太子殿下那時不到兩歲，拿什麼證據？」

「若無證據，難不成誰來了都可說是玄嵩帝血脈？」趙承北冷聲道，待看清裴司洲的臉，皺眉道：「作為逃犯，竟還敢進宮！」

「裴、白兩家逃犯的身分因何而來，二皇子殿下難道不是心知肚明嗎？」裴司洲諷刺道：「怎麼，也要臣當著眾臣的面一一道來？」

趙承北氣得狠狠瞪他一眼，然還未來得及開口，就聽裴司洲又道——

「殿下彼時年幼，無法自證，但有人可以證明殿下的身分。」

有人問道：「誰？」

裴司洲說：「當年為殿下接生的穩婆，或者是殿下的奶嬤嬤。可問問她們，殿下身上是否有什麼胎記可以證明殿下的身分。」

「時隔多年，上哪裡去找這些人？」趙承北皺眉道。

這時，一位老臣站出來道：「裴公子這話倒是提醒了老臣，太子殿下滿月宴上，臣見過太子殿下身上的胎記。」

「臣婦也見過。」一位老夫人也走出席間，看著楚懷鈺道：「臣婦曾抱過太子殿下，那時天氣熱，嬤嬤給殿下洗浴時，臣婦見到太子殿下後腰處有一塊胎記。」

「正是。」先前那位老臣接著道：「是塊紅色的胎記。」

「對對對，是紅色的，就在右側後腰下。」老夫人道。

這位老夫人是崔家的老太太，崔家書香世家，一身清骨，她斷不會撒這個謊。

趙承北眼神微暗地看了眼崔老太太。

如此明顯的特徵，足以證明趙熙辰的身分，她是在幫他還是在害他？

可趙承北不知，崔老太太願意出來作證，跟他半點關係也沒有。

從前崔九珩作為二皇子伴讀，崔老太太對二皇子自然也上心，可後來知道了二皇子給崔九珩下藥，崔九珩是崔老太太最看重的嫡長孫，誰害他她都不答應。

後來崔九珩疏遠趙承北，崔老太太樂見其成，只恨不得崔家跟趙承北再沒有半點關係才好。

此時她站出來說話，不過是因為敬重玄嵩帝后，不容有人混淆玄嵩帝后的血脈。

「既然如此，那就請人驗一驗吧。」趙曦凰淡淡地道。

驗是要驗，可是誰驗卻是個問題。

一旦身分證實，看趙曦凰這架勢，必定是要扶持趙熙辰登基的，誰敢看新皇的身子？

普通朝臣自是不敢，思來想去也只能是老一輩的人做。

最後，在皇帝和長公主的首肯下，各自點了一個人。

皇帝點了心腹大臣，長公主點了榮遲。

都是兩方信任的人，不怕對方做什麼手腳。

楚懷鈺……不，趙熙辰對此並不在意，皇姊讓他驗，他驗就是。

三人去了側殿，餘下的人各懷心思。

皇帝一方自然不希望對方是真的趙熙辰，可眼下情形來看，這種可能微乎其微。

而保持中立的人則已經開始盤算起來，一旦太子殿下的身分落實了，吏部尚書與榮、封兩大將軍，以及幾朝元老，皆會扶持新皇。

今日這場皇位之爭，到最後文臣的作用就不大了，重頭戲是武將們。

可兩位將軍都選擇了長公主，朝廷只有禁軍怕不是對手。

看來，鄴京的天要變了。

不多時，三人便從側殿出來。

眾人紛紛朝榮暹與皇帝一派的大人看去。

榮暹滿臉喜悅，另一位大人則一臉苦色。

真相如何，已經無須多說。

「阿兄還有什麼話說？」趙曦凰淡笑地看著皇帝。

皇帝動了動唇，眼神中帶著幾分複雜。

趙曦凰對皇位志在必得，皇后也不怕撕破臉了。「就算如此，誰知道是不是妳提前做了什麼手腳？」

皇后此言一出，崔家老太太的臉色當場就冷下來了。「娘娘是懷疑老身作偽證不成？」

崔家世代清譽，不容半點污垢。

在鄴京，誰不知曉崔家的名聲？他們就是懷疑皇帝的心腹，也不會懷疑崔老太太。

皇后當即氣得臉色鐵青。

「看來皇后還不死心。」趙曦凰說罷看向趙熙辰。

趙熙辰會意，從腰間取出那半塊玉珮，揚聲道：「玄軍何在？」

他話一落，四周便湧現出幾十人。

有侍衛打扮、有太監及下人打扮，他們邊上前邊將外裳脫掉，露出玄軍獨有的勁裝，整整齊齊地朝趙熙辰跪下。

「見過太子殿下！」

末了，最前方一人抬起頭。「易鐮見過太子殿下！」

在場的老臣無人不知道玄軍，無人不認得易鐮。

「易將軍，你竟還活著！」有老臣驚呼道。

趙熙辰喚他們起身。

易鐮便朝那人玩笑道：「錢大人都還在呢，我可不敢先死。」

「你啊，你這張嘴還是不饒人！」

至此，趙熙辰的身分已經無可指摘。

易鐮是玄嵩帝心腹，他萬萬不可能混淆玄嵩帝的血脈。

更何況，趙熙辰那張生得與玄嵩帝太過相似的臉也極有說服力。

無人再懷疑趙熙辰的身分。

「搶來的東西終究不是自己的。」趙曦凰看向皇帝，緩緩道：「阿兄這些年這皇位坐得也不安穩吧？」

皇帝唇角微微抖動，眼神悲痛地看著趙曦凰。「曦凰妹妹，妳真要做到如此地步？」

「難道不是你們逼人太甚！」趙曦凰面色一變，怒道：「你們不給人留活路，我們就只能回來拿回本該屬於我們的東西！怎麼？別人的東西用得久了，就真當是自己的了？」

「妳莫要欺人太甚！陛下好歹曾真心待妳，當年的事陛下並不知情！」皇后扶著皇帝，怒目看著趙曦凰。

趙曦凰冷笑了聲。「說得對，既如此，那我便給阿兄一個機會。今日，是阿兄主動禪位昭告天下，去寺廟頤養天年，還是我手刃仇人奪回皇位，阿兄自己選。如今宮外、城外都是我的人，我不介意跟阿兄打一場。」

皇后還欲說什麼，被皇帝攔住了。

他運籌帷幄多年，此時哪能不清楚他們已經輸了？甚至輸得徹底，沒有半分可以挽回的餘地。幾十萬的榮家軍跟封軍駐紮在城外，便是今日屠宮也不在話下。

只是他有些不明白。「曦凰妹妹是從何時開始謀劃這一切的？」

趙曦凰此時也沒有隱瞞的必要，看向沈雲商和裴行昭道：「阿兄猜錯了，我今日不過是坐享其成罷了。」

眾人的視線隨著趙曦凰落在沈雲商跟裴行昭身上。

他們怎麼也沒有想到，這麼大的事竟是這二人謀劃而成。

皇帝不願意相信。「都到這個地步了，竟也不願跟阿兄說句實話嗎？」

趙曦凰道：「我說的就是實話，從頭到尾都是商商與阿昭策劃的，就連阿兄要派人殺我，也是他二人提前預知，將我救下並帶來鄴京。」

皇帝一愣，這才拿正眼看著那二人。他怎麼也沒有想到，最後他竟是輸給了這樣兩個少年人。「賑災一事，也在你們計劃之中？」

沈雲商如實道：「是。趙承北想拿我們的錢賑災替他掙名聲，我們一想覺得不划算，替他掙何不替自己掙？不過來鄴京倒是歪打正著，我正愁怎麼進京報仇呢，陛下的聖旨就來了。」

「救封如鳶也是你們拉攏封將軍的籌碼？」

裴行昭看了眼封磬，見後者面色淡淡，他便道：「趙承北要害封小姐性命可不在我們的算計之中。」

皇帝沈默良久後，陡然一笑。「你們這一輩真是人才輩出啊！」

「倒是不如先皇，算計胞兄。」裴行昭也笑道。

皇帝被噎了回去，久久沒再作聲。

場面就此安靜了下來。

不知過了多久，皇帝才開口道：「我可以寫詔書，但我有一個要求。」

「阿兄請說。」趙曦凰道。

「皇后和我的子女都是無辜的，還請曦凰妹妹看在曾經的情分上，饒他們性命，允許他們與我同去寺廟度此殘生。」皇帝道。

趙曦凰還未開口，便聽沈雲商道——

「不行！」

皇帝眼神淩厲地看向她。

「其他人可以，趙承北不行。」沈雲商對上他的視線，擲地有聲地道。

皇帝一驚，下意識將趙承北護在身後。「為何？」這是自己最器重的兒子，說什麼也要保他的命。

「年幼的皇子我們自會安頓好，不會取他們性命，但也會叫人守著他們一輩子，不會給他們復仇的機會。」沈雲商沒有回答皇帝的問題，繼續道：「其餘公主可以跟隨陛下去寺廟，永世不得進京。」沈雲商稍作停頓，看了眼裴行昭。前世，趙承歡從未對裴行昭動過殺心，最後也試圖救過他，看在這點上，可以留她性命。「而趙承北，必須死！」

「妳……妳！」皇帝氣得指著她，手指發抖，猛地看向趙曦凰。「我必須保住北兒！」

沈雲商分毫不讓。「你保不住！這天底下沒人可以保住他！」

沈雲商的態度過於堅決，讓在場眾人都陷入了沈默。

老一輩的恩怨與趙承北無關，皇帝都能保住一條命，沒道理孫輩反倒牽連其中，所以很顯然，沈雲商不肯讓步，是與趙承北另有仇怨。

至於緣由，其實很多人此時多多少少心裡也有了數，畢竟方才沈雲商才說過，趙承北想要利用他們搏名聲，這背後自然不會只有這一句話這麼簡單，多的是彎彎繞繞、仇恨糾葛。

且皇帝大勢已去，將來的南鄴之主是趙熙辰，他們這些人自然不會傻到去為即將成為庶人的趙承北求情，所以更多的人都選擇了作壁上觀。

「你們的仇報了，為何還要追著不放！」皇帝氣得咳了好一會兒，才指責道。

沈雲商不為所動，淡淡地道：「外祖父跟外祖母的仇算是勉強有了了結，但我與趙承北的仇還未清。」

「他也算是妳阿兄！」皇帝斥道。

沈雲商聞言不由得冷笑道：「阿兄？他在江南用藥算計我，幾次三番派人追殺我時，可想過我是他妹妹？」

沈雲商的聲音不算大，但足夠讓在場的人都聽清。

林大人驚訝道：「江南發生過何事？」

趙承北被皇帝護在身後，看著沈雲商的眼神猶如淬了毒。此事關乎她的名聲，他不信她敢將此事拿出來說！

然而沈雲商卻冷冷地看向他，道：「在江南時，趙承北就知道了我的身分，他知道我手中有玄軍兵符，想據為己用，幾次三番使手段欲拆散我和裴行昭，被我與裴行昭化解後，情急之下在裴家莊對我和崔九珩下藥。」說到這裡，她微微頓了頓，看向崔老夫人身邊的崔九珩。

眾人也隨著她的視線望去，卻見崔九珩眼神微垂，面色淡然，並未反駁沈雲商的話。

「若非我認得殉方陣，識出了趙承北的詭計，與裴行昭聯手裡應外合破了陣，如今還不知會如何。」沈雲商的唇角勾起一抹諷刺的笑。「都道趙承北與崔九珩為摯友，可我看也不過如此。那一次，若不是裴家莊裡有解藥，且裴行昭不計前嫌地出手救了崔九珩，崔九珩恐怕早就因趙承北而毀了一生。」

沈雲商這番話就如天雷般炸在眾人耳邊，所有人都驚疑不定地看向崔九珩。

難怪從江南回來後，崔九珩就漸漸疏遠了趙承北，原來竟還有這樁事！

雖然沈雲商沒明說，但他們豈會不知趙承北給二人下的是什麼藥？

要知道，崔家世代清譽，崔家子女將聲譽看得何其重要，要是真讓趙承北的計謀得逞，崔九珩的人生便會揹上一個永遠都洗不掉的污點；況且後來還差點被藥毀了，這要是他們別說疏遠了，翻臉都是有可能的。

崔家眾人的臉色都不好看，但並沒有因沈雲商這番話而感到驚訝，很顯然，他們早就知情，這也就說明了，沈雲商說的都是真的。

「後來他派殺手追殺我，只恨不得我立刻消失在這世上。他明知我是他的妹妹，卻還下得了手，那麼我報仇，又有什麼不應該？」沈雲商盯著皇帝，冷聲道：「他在做這一切時，就應該想到今日的後果！」

此時，眾人看趙承北的眼神都有些不屑了。

原本以為這位真是位溫潤如玉的君子，卻沒想到背地裡竟然也會使這些下作手段！

一個是妹妹，一個是摯友，他竟絲毫不顧及情分。

皇帝察覺到眾人的變化，但還是強撐著道：「可他並沒有真的傷害到妳。」

「那是他技不如人！」沈雲商面色驟冷，厲聲回道：「成王敗寇，輸了就得認！」上一世他們輸得那般淒慘，她不也一樣認了？這一回，他趙承北休想脫身！「趙承北，這是你我的恩怨，你還要躲到何時？」沈雲商不願再跟皇帝浪費唇舌，她反手抽出就近侍衛手中的劍，指向皇帝身後的趙承北。「今日，我們就做個了結！」前世今生的仇，今日一併清算。

話說到這個分上，趙承北便是想躲在皇帝背後也無用了。

他出不出來都是一個下場，還不如給自己留下最後一點尊嚴。

趙承北從皇帝身後走出來。「妳想怎麼了結？」

沈雲商持劍指著他，緩緩道：「你曾用殉方陣算計我，我今日便還給你。若你能從我的殉方陣中走出去，從此既往不咎。」

趙承北眼神微亮。「當真？」他雖會的不多，但在他的認知裡，沈雲商根本不會什麼殉方陣。突然，他似想到什麼，看了眼裴行昭。

裴行昭聳聳肩。「我不參與。」沈雲商報了仇，就等於他的仇也報了；況且，他只是認得此陣，可並不會陣法。大約是裴家莊那次他強行破陣，便叫趙承北以為會殉方陣的人是他吧？

趙承北聞言，略微放下心來，應下。「好。」

沈雲商將布陣的地點選在趙承北的寢殿。

她一個人進去，半個時辰後走出來，朝已經等候在外的趙承北道：「不限時間，你能從這裡走出來，我便放你離開。」

皇帝跟皇后皆擔憂地看向趙承北。「北兒……」

「父皇、母后，我去了。」趙承北握緊手中的劍，沈聲道。他一定能走出來！

方才待皇帝寫好禪位詔書後，眾臣便都隨著沈雲商一道移步過來，此時殿外站滿了人，見趙承北進去，面上神情各異。

殉方陣他們自然是知道的，只是沒想到沈雲商竟會此陣。

要知道，若是完全學會了此陣，在戰場上可退敵萬千。

但自玄嵩帝之後，幾乎沒有人能將殉方陣的威力完全發揮出來。

所以此時對於很多人來說，趙承北能不能出來不重要，他們更想知道的是，沈雲商的殉方陣學到了什麼程度？

就在眾人安靜等候時，有一人朝他們走來。

沈雲商第一個認出他。「表哥！」

白燕堂快步走來，朝她點了點頭，又向趙曦凰及沈楓行了禮。「姑姑、姑父。」

「燕堂，你怎麼在這裡？」趙曦凰有些詫異地問道。

人群中的楚大人聽見那聲「燕堂」時，整個人都僵住了。

楚夫人則比楚大人還要激動，下意識欲上前，被楚大人及時拉住了。

白燕堂疑惑地看向沈雲商，意思很明顯，是在問沈雲商怎麼沒和趙曦凰說？

沈雲商有些無奈地回瞪著他。他住在六公主寢殿兩個月，為了六公主的名聲，她只能先瞞著啊！

白燕堂大約猜到了她的意思，默了默後，直接道：「我兩個月前被六公主救下，一直在六公主寢殿養傷，雲商表妹沒和姑姑說嗎？」

眾人聞言，心中大驚。

他竟在六公主寢殿住了兩個月？簡直是膽大包天！

沈雲商瞪大了眼。他瘋了？當著這麼多人的面將此事說出來，六公主還要不要……不對！以表哥的性子，斷不會如此不知輕重，他這麼做一定另有深意。

很快地，沈雲商便想明白了。六公主本該隨著皇帝去寺廟的，表哥這是想救她。

趙曦凰也已經想到了這裡，她皺眉看著白燕堂，正想開口，便聽皇帝怒道——

「你是何人？竟敢留在公主寢殿！」

白燕堂看在他是六公主生父的分上，回答了他。「江南白家少家主，白燕堂。」

沒有人注意到，他這話一出來，楚夫人的眼淚就落了下來。

皇帝氣得面色鐵青。「你好大的膽子，竟敢玷污公主名聲！」他轉身盯著趙曦凰，咬牙道：「我的家事，我應當有權處置吧？」

「阿兄想怎麼處置？」

皇帝冷哼了聲。「擅闖公主寢殿者，死！」

楚夫人驚得瞪大眼，還未來得及開口，就聽見趙曦凰淡笑道——

「哦？那我倒要看看，誰敢讓他死。」

「妳！」皇帝氣得咳了好一陣子，緩過來後才咬牙道：「既然處置不了他，那總能處置六公主！我沒有這樣恬不知恥的女兒，來人，給六公主送一杯毒酒過去！」

這回不待趙曦凰開口，白燕堂就變了臉。「你敢！」

皇帝更氣了。「我教訓自己的女兒，與你何干！」

「因為她是我的未婚妻，就與我有關！」白燕堂沈聲道。

眾人一愣，六公主何時指婚了？

就連皇帝都因他的理直氣壯而怔了怔。

沈雲商與裴行昭對視了一眼，都從對方眼裡看到了興味。

他們曾經這麼想過，沒想到白燕堂真的為了救六公主而這麼做了。

「我不曾給六公主指過婚，她是你哪門子未婚妻！」皇帝怒道。

白燕堂挑了挑眉，冷笑了聲道：「憑什麼要你指了才算？我兩個月前已經請媒人見證，在六公主母妃的靈前向六公主求過親了，六公主的母妃也答應了。父母之命、媒妁之言，名正言順。」

眾人震驚。這話說得他們都覺得好有道理，可死了的人如何答應？

皇帝怒目瞪著白燕堂，還沒來得及發作，就被白燕堂制止了。

「我知道你要說你是她父親，可是你算哪門子父親？她母妃被皇后害死，你明明知情卻不曾為她作主。還有，你一直按著六公主的婚事，我猜你是想讓六公主去和親吧？」白燕堂道：「你想削榮將軍的兵權，屆時朝堂的武將就只剩封將軍一人獨大，你怕戰事再起時，封將軍無力支撐，又捨不得嫡公主，而其他幾位公主的母族都算強大，只有六公主身後無人，所以你對外裝作疼愛六公主，實則是打著這個主意，我說的對嗎？」

皇帝瞳孔微震，他屬實沒想到竟然會有人猜中了他的心思。

皇帝的反應證實了白燕堂的猜測，眾人一時間頓覺唏噓不已。

沈雲商跟裴行昭皆暗道白燕堂簡直是智多近妖，竟然全都猜中了！前世六公主的確是被送去和親了。

「所以我認為你不配做六公主的父親，自然也不敬你是她的長輩。」白燕堂說罷，不再看皇帝，轉而看向趙熙辰，朝他拱手道：「此次我在宮內接應，提前安排了人手潛伏進宮，也算是有功勞，可否請太子殿下賜一個恩典？」

趙熙辰看了眼沈雲商，見後者點頭，他才道：「你說。」

白燕堂鄭重道：「我與六公主情投意合，兩情相悅，南鄴朝律禍不及出嫁女，請太子殿下為我與六公主賜婚。」

趙熙辰還未開口，皇后便道：「不行！」她目光凌厲地盯著白燕堂道：「六公主再怎樣也是皇室血脈，憑什麼下嫁一介白身？如今我是她的嫡母，這樁婚事我不答應！」六公主想獨善其身，絕無可能！若不是留著她另有他用，自己早就弄死她了。
白燕堂神情莫測地看向皇后，只是他還沒說什麼，楚大人就已經攜著夫人走向前來。
「若是楚家的嫡幼子娶六公主，可夠資格？」
眾人紛紛震驚地看向楚大人，包括白燕堂。
白燕堂一轉身就對上早已淚流滿面的楚夫人，不知為何，這一刻他的心不由自主地顫了顫。
趙曦凰緊皺著眉頭。「楚大人這是何意？」
而趙熙辰則神色複雜地看著白燕堂，眼神從疑惑到猜疑再到了悟。難道，他就是……
「因為他才是我楚家真正的嫡幼子，楚懷鈺。」楚大人擲地有聲地道。
趙熙辰垂在身側的手緊緊握著，下意識往白燕堂的方向走了幾步。果然是他！
沈雲商跟裴行昭則驚訝萬分地對視一眼。他們早知真正的楚懷鈺在江南，可怎麼也沒想到這個人竟然會是白燕堂！仔細想想，二人的年紀確實對得上。
白燕堂猶如被雷擊中一般，僵在當場。他在說什麼？他是誰？
長久的錯愕後，白燕堂艱難地開口道：「這位大人莫不是認錯了？我乃江南白家少家主。」
「沒有認錯。」楚夫人再也忍不住，幾步走到白燕堂跟前，泣不成聲地道：「當年，我們救下了太子殿下後，為了不讓先皇起疑，便忍痛將你送出去，讓太子殿下用你的身分藏在府中……」

趙熙辰看著眼前這一幕，心中的愧疚與酸澀讓他的眼眶隱隱泛紅。

趙曦凰看見後，不動聲色地靠近他，輕輕握住他的手。

白燕堂仍是不敢相信自己聽到的，他盯著面前陌生的婦人，本能地想往後退。

不，不可能！母親待他那般好，他不可能不是母親的骨肉！

「母親從未和我說過，不會的，你們定是認錯了。」白燕堂冷著臉否認道。

楚夫人已經哭得說不出話。

楚大人將她扶住，聲音微哽地將往事盡數道來。「那時風聲實在太緊，我們怕被發現，不敢將你留在鄴京，只能送得遠些。本曾想過暗中將你養著，可是那會兒到處都在找兩歲左右的孩子，戶口也查得格外嚴，先皇寧殺錯、不放過，一旦發現來路不明的孩子，都派人暗中殺害了，我們怕你被當成殿下出了事，只能出此下策。

「你母親怕你受苦，選中了富饒的江南。」楚大人抹了抹淚，繼續道：「我不敢出鄴京，便讓從未露過臉的暗衛去辦此事。他將你帶到江南後，不敢住客棧，途經一處寺廟時遇見白家夫人在求子，他打聽後知道白家名聲好，便趁一次白夫人出門上香時，將你放在白夫人下山的必經之路上，並留了一封信和一塊玉珮，稱你是未婚子，因父親有家室且家中不認，因此無法上戶口，可官府查得嚴，一介婦人無依無靠保護不了你，只能將你放在寺廟外求一線生機。

「那時民間有個說法，久無所出時領養一個孩子就會有親生骨肉，且白夫人又是在上香求子回來的途中遇見的你，也覺得你是菩薩送給她的孩子，便帶了回去。」楚大人看著白燕堂道：「後來在白家的刻意隱瞞和我暗中的保護下，你躲過了官府的搜查。你那時已經近兩歲了，白家為了保你也是使了些手段，白夫人以養病求子為由，回娘家住了很長一段時日，時間一久才讓外人以為你真的是白夫人親生的兒子。

「我們並不知道白家也救下了長公主，所以不敢讓他們知道你的身分。怕被發現，也不敢去看你，只能叫那個送你去江南的暗衛住在江南，時刻關注著你，偶爾給我們送些信來。」

這個真相對於白燕堂來說太突然，也太意外了。

可儘管他很不願意相信，卻也明白楚大人跟楚夫人不會拿這件事來說謊。

況且他真的有一個玉珮，母親也曾告訴他，那塊玉珮對他很重要。

還有，他確實聽說母親年輕時曾四處求醫，費了些功夫才有了他，之後才有了弟弟、妹妹。

這樣的變故不只白燕堂，許多人都覺得不可思議。

而此時此刻情緒最激動、最恨楚家的，自然是皇帝跟皇后了，若是當年楚家沒有救下趙熙辰，他們就不會有今日。

「楚大人倒是無私得很！」皇后恨得咬牙切齒。為了救別人的兒子，不惜將自己的嫡子送出去，這種蠢人，放眼這世間也找不出幾個。

楚大人側過身擦乾淚，轉頭看向皇后時已是一臉冷漠。「先皇的所作所為人神共憤，玄嵩帝后受萬人敬仰，便是沒有我，也還會有其他人救他們的血脈。」

皇后重重地哼了聲後，不再與他言語。已經到了這般地步，再去爭論這些都沒有意義了。她眼下只想等北兒出來，他們保住一條命，再謀大計。

之後很久，都沒人再出聲。

楚大人跟楚夫人也給足了時間讓白燕堂消化這一切。

他們不敢逼得太緊，怕白燕堂承受不住這個真相，可他們實在小看了白燕堂。

長久的寂靜後，白燕堂終於抬起頭，他的第一句話卻是：「所以現在，我能保六公主了嗎？」

楚大人跟楚夫人對視一眼，楚夫人忙哽咽道：「能！你想保誰，我們一定拚盡全力！」說罷，二人雙雙看向趙熙辰。

趙熙辰似有所感，趕在他們跪下前，幾個箭步上前將他們攔住。「父親、母親，萬萬不可！」

這聲「父親、母親」一出口，楚大人跟楚夫人都有些不自在。他們方才也是一時情急，才忽略了如今的太子是他們的養子，他們如此做必然要傷趙熙辰的心。

楚夫人是真心疼愛趙熙辰的，她立刻便想解釋。「殿下，我……」

趙熙辰扶著她，壓下心中的苦澀，輕笑著道：「母親不必說，我明白的。」

楚夫人看著他強行扯出來的笑容，心中又是一陣刺痛。

趙熙辰卻已轉身看向白燕堂，二人目光相對，彷彿無言卻更甚千言萬語。

許久後，趙熙辰揚聲道：「六公主趙晗玥封為郡主，賜婚楚家嫡幼子，楚懷鈺。」

自己占了他的人生近二十年，如今應該把本該屬於他的還給他。

他的名字、他的父母，都是。

可有些能還，有些卻不能，自己終究還是虧欠了他近二十年的人生。

楚懷鈺。白燕堂的身軀一震，多麼陌生的名字。

他過來走這一趟本意只是想保住她，然後帶她回江南，卻沒想到竟牽扯出這樣一個巨大的真相。

「殿下，這個名字我不能用。」白燕堂沒有思考太久的時間，便拒絕道。

楚大人跟楚夫人頓感心痛萬分，他不願意認他們嗎？

「身世的真相我想與父親、母親商議之後再做決定，即便要認祖歸宗，我也想保留父親跟母親給我的名字。」白燕堂看向趙熙辰，道：「而『懷鈺』二字，也該只屬於殿下。」

楚大人跟楚夫人頓時鬆了口氣，不是不認他們就好，至於名字，他們反倒覺得如此更好。

趙熙辰眼神微緊。雖然他和白燕堂並沒有過交集，但這一刻，他卻能清楚地讀懂白燕堂的意思——白燕堂不會抹殺他作為楚懷鈺的過往痕跡，甚至在安撫他，那些過往是屬於他的，沒人能奪走。

趙熙辰除了剛知道自己身世那會兒時偷偷哭過幾場，後來便很少落過淚了，可此時此刻他卻覺得鼻尖有些泛酸。明明是自己欠他的，他不怪自己，卻反倒來安撫自己。

「好。」趙熙辰朝白燕堂輕輕勾唇笑道。

白燕堂回之一笑。

二人初次見面，卻沒來由的有默契，恍若已認識多年。

「既然我已是郡主的未婚夫，那麼，我想我有資格替岳母報仇。」白燕堂收回視線，轉身眼含殺意地看向皇后。

半個時辰前，他知道大事已定，就向趙晗玥和盤托出一切。他本以為她必定要大發雷霆罵他一頓，可沒想到她沈默了很久後，只提出了一個條件——她要他以她未婚夫的身分親手殺了皇后。

若他不答應，她就不嫁他。

他當時聽了只覺哭笑不得。現在的情形明明是她處於劣勢，該是她求他保她的命，她倒好，竟反過來威脅他；可偏偏，他還真的被威脅到了。

他說服自己的理由是，她左右不過只剩兩年的時間了，他圓她一個心願又何妨？

皇后眼裡當即閃過一絲慌亂，緊緊抓住皇帝的手臂。

皇帝防備地看向白燕堂。倒不是帝后多麼情深，而是現在落魄了，他們只有彼此，自然不想再失去任何一個人。

沈雲商這時點頭道：「表哥說得合情合理。」

皇后猛地瞪向她，咬牙道：「妳方才答應過，放我們離開。」

沈雲商聳聳肩。「我是答應了，可現在是郡主的未婚夫要為他的岳母報仇，這合情合理，我有什麼理由攔呢？是吧小舅舅？」

趙熙辰轉頭對上沈雲商的視線，看清對方眼裡的興味，他點頭道：「嗯，此事與我們無關，你請便。」

白燕堂等的就是這句話。他從懷裡掏出一把匕首，邊走向皇后邊問道：「這把匕首，皇后認得嗎？」

皇后瞳孔一震，周身強撐起來的威嚴頓時消散無蹤。她當然認得，這是當年她殺那個賤人的匕首。

「她說，妳是怎麼害死她母妃的，這仇就應該怎麼報。」白燕堂離皇后越來越近。「她還說，一共三刀，一處在大腿，一處在下腹，最後一處在心臟。」

「不！你敢？」皇后嚇得往皇帝身後躲去。「來人！快來人啊，護駕！」

可此時此刻禁軍已經全部被玄軍控制住，周圍全是趙熙辰的人，沒人會救她。

白燕堂看著皇帝，似笑非笑地說：「我手法不太準，可別扎錯人了才好。」

皇帝剛想阻止的話語頓時就嚥了下去，在皇后絕望的眼神下，皇帝閉著眼，深吸一口氣，掙脫皇后的手往旁邊挪了挪。

皇后難以置信地看向他。「陛下?!」

皇帝硬著心腸不去看她。這種情形下他尚且自顧不暇了，救不了她。

白燕堂嘲諷地笑了笑。「還真是大難臨頭各自飛啊！」說完，他不再耽擱，快步走上前，毫不猶豫地將匕首刺向皇后，三刀的位置，與趙晗玥所說的一模一樣。

皇后匍匐在地上，朝寢殿內伸出手，低喚了聲。「北兒……」而後似是想起什麼，又艱難地喚了聲。「歡兒……」

只可惜，此時此刻趙承北還在殿內破陣，而趙承歡早被玄軍控制在殿內，哪裡也去不得。

就在皇后閉上眼前，殿內傳來了動靜。

只見一個渾身是血的人倒在門口，他帶血的手指試圖攀住門檻往外爬，短短幾息，便已吐了好幾口血。最後，他的手失重般搭在門檻上，終是沒有走出他的寢殿。

眼睜睜看著兒子死在面前，皇后痛苦地落下最後一滴淚，閉上了眼。

皇帝已是目眥盡裂。「北兒！」

沈雲商面色淡淡地看著這一幕。

前世她死後，她的親人不知是怎樣的傷心？一刀殺了他算是便宜了他。

她設的殉方陣沒有生路，可卻處處透著生機，他會在一次次的希望中絕望，最後葬身在此。

周遭一片寂靜，只剩皇帝抱著趙承北的屍身痛苦的呼喊。

許久後，趙曦凰轉身看向眾臣。「今日諸位都辛苦了。」

林大人忙道：「這是臣等應該做的，國不可一日無君，還請太子殿下即刻即位。」

他的話一落，身後數人皆跪了下去。

「請太子殿下登基！」

趙熙辰緩緩回頭看著跪在面前的所有人，眼中充斥著淡淡的傷懷。

夜色已深，明月之下，趙熙辰輕輕抬手。「眾卿平身。」

從這一刻起，他想要的自由便再也沒有了。

第二十九章

長公主府還未修建好，因此沈雲商隨趙曦凰住在宮中。

這處宮殿原本就是趙曦凰曾經的住所，但時隔多年，這裡已經不是原本的樣子了。

它的前一位主人是趙承歡，她將宮殿改成她喜歡的樣子，與原來的布局已有些不同。

趙曦凰便讓宮人將裡頭一應物品全部換了，如此，倒也勉強能看到昔日的影子。

沈雲商與沈楓跟在她後頭，父女二人悄悄地交換了個眼神，便默默地離開，給趙曦凰留下獨處的時間。

夜色已深，父女二人抬頭望著月光，只覺唏噓。

「我感覺我在作夢……」沈楓喃喃地道。他怎麼也沒想到，短短兩個月，他就從底層的商賈成為當朝唯一的駙馬爺，這種一躍到頂峰的感覺，讓他覺得很不真實。

「我感覺神清氣爽，心中大石落地！」

沈楓一愣，偏頭看向沈雲商，就見沈雲商重重地呼出一口氣，朝他燦爛一笑。

「父親，我真的很開心。」延續兩世的陰影總算被驅散，就好像禁錮著她的那層枷鎖終於解開，讓她重獲自由。

沈楓沒有前世的記憶，無法與她感同身受，但看著女兒開心，他也高興。

「嗯，開心就好。囡囡啊，妳說我現在算不算是飛上枝頭做鳳凰了？」沈楓靠近沈雲商，若有所思地道。

沈雲商笑了笑，道：「是做駙馬。」

「駙馬啊……」沈楓重複了一遍，挑了挑眉。「聽起來就很威風的樣子。」父女二人相視一笑，又抬頭望向月亮。

商賈也好，駙馬也罷，只要他們一家人在一起就好。

「對了，妳和裴行昭的婚事有什麼打算？」良久後，沈楓突然問道。

沈雲商眼眸微閃，細聲道：「裴昭昭說，想今年成婚。」她也想。一切終於塵埃落定，她很想快些與他成婚。

沈楓將女兒的期待盡數收入眼中，故作悲傷的一嘆。「真是女大不中留啊！」

沈雲商便挽著父親的胳膊，輕輕靠過去。「那不聽他的，聽父親的。」

雖然知道她在哄他開心，但沈楓還是很受用，煞有介事地點頭。「行，等安定下來後，我跟妳母親商量商量。」

「商量什麼？」

身後傳來趙曦凰的聲音，父女二人同時轉身望去，卻見趙曦凰臉上雖帶著笑，但眼眶卻略顯紅腫，顯然是剛哭過。

沈楓故作難過地過去牽著她的手，道：「夫人，女兒正跟我商量何時出嫁呢！」

趙曦凰聞言打趣起沈雲商。「哦？這麼急啊？」

「母親！」沈雲商嬌羞地跺跺腳，跑過去挽著趙曦凰的另一隻胳膊。「母親別聽父親亂說，女兒才沒有著急呢，女兒想多陪陪父親跟母親。」

趙曦凰與沈楓對視一眼後，一本正經地道：「那行，等安定下來後，我跟裴家說說，再留妳幾年。」

沈雲商忙看向趙曦凰。「母親，再過幾年裴昭昭都老了。」

「是嗎？」趙曦凰疑惑道：「再過五年也不到二十五，哪裡老？」

「就是嘛，等他過了二十五再成婚也不遲。」沈楓跟趙曦凰一唱一和地道。

沈雲商哪能不知道父親跟母親是故意在打趣她？但還是配合地拉著趙曦凰的胳膊搖晃著撒嬌。「母親，那也太久了吧……」

「是誰方才說要多陪我們幾年的？」

「就是啊，好不容易養大的女兒，怎能這麼容易就便宜了那小子！」

「哎呀不說了、不說了，夜色已深，父親、母親快就寢吧！」

月光下，一家三口的歡聲笑語久久未停。

白燕堂先去見了趙晗玥，跟她說了前殿發生的事，包括他真正的身世。

趙晗玥自然感到萬分訝異，她沈默了許久後，卻道：「如此，我便不能去江南了……」

惋惜之意甚是明顯。

白燕堂面無表情地看著她。合著她嫁他是想跟他去江南？

「不過留在鄴京也好，我雖然長在鄴京，但一直在宮中，都沒怎麼出宮去看過。」趙晗玥又道：「如此想來，鄴京和江南似乎都是不錯的選擇。」她偏著頭，眼睛亮晶晶地看著白燕堂。

白燕堂微微一怔，這才明白她是在變相地安慰他。

她在告訴他，不管是白家還是楚家，都是真心待他，都是他的家。

他心中的傷感莫名的淡去，浮上幾分對她的心疼。從今以後，她就沒有家人了。

「妳……」

「不過你為何不用那個名字？」

二人幾乎同時道。

白燕堂沈默片刻後，道：「我不過是多了一雙父母，多了一個家，可他……太子殿下，若連名字都成了別人的，他就什麼都沒有了。」

白燕堂能看出太子殿下對自己的愧疚，可自己想告訴他，自己並沒有因此恨他，也不怪他，因為這一切並非他所願。況且，若換成是他站在楚大人的位置，他也會這麼做。

畢竟那是玄嵩帝后，沒有他們就沒有南鄴，所以楚大人那句話說得對，就算沒有他，也還有千千萬萬個人會願意拚盡一切去護住玄嵩帝后的血脈。

「你很大度。」趙晗玥盯著白燕堂許久後，輕聲道。

白燕堂愣了愣，半晌後輕輕一笑，道：「大約，是我得到了足夠的愛。」

父親跟母親待他極好，白家的每個人也都對他很好，從沒有將他當成外人，甚至給了他少家主的位置。

以往他能心安理得，可如今卻不能了。弟弟雖然還小，但弟弟才是白家真正的血脈，白家少家主的位置他應該還給弟弟。

趙晗玥眼神微閃，隱有幾絲哀傷。她短暫地擁有過母愛，體會過虛假的父愛。她的人生並不完整，她是孤獨的，孑然一身的。

白燕堂很快就意識到他說錯了話，正要開口時，卻聽趙晗玥道——

「你方才想說什麼？」

白燕堂斟酌了片刻，才道：「妳這兩日便要出宮了。」離開這個自小長大的地方，會不會不習慣？

趙晗玥聽出了他的言外之意，問他。「菱荇我能帶走嗎？」

白燕堂點頭。「嗯，妳宮中的人，妳想帶走的都能帶走。」

「我宮中的人，我只帶菱荇。」趙晗玥頓了頓，又看向白燕堂。「但還有一個人，我想保他。」

「誰？」

「殿前將軍。」趙晗玥試探地問道：「能保住他嗎？」

白燕堂皺了皺眉。平康帝的殿前將軍，很難保得住。「我試試。」

「謝謝你。」趙晗玥莞爾一笑，道：「你盡力就好，其他的聽天由命。我只是覺得他是一個好人，不應該就這麼死了。」

好人？白燕堂恍然想起，不久之前，她也這麼說過他。

趙晗玥也想起來了，湊近他，笑容更甚。「你更好些。」

短短幾個字，便趕走了白燕堂心中剛剛升起的鬱氣。

他低頭看著她，心情複雜，神情難辨。他好像栽了……

「你今夜要留在這裡嗎？」

白燕堂回神，搖頭。「我去見見父親與母親。」

白家的人也都被沈雲商跟裴行昭提前安排好的人救下了，與趙曦凰前後腳到的鄴京。

趙晗玥略顯失落，但還是點頭。「好吧。那我出宮那日，你會來接我嗎？」

白燕堂還未來得及開口，就又聽她道——

「我一個人有些害怕。」

拒絕的話哪裡還說得出口？況且他本來就打算來接她的。

她身分敏感，若他不護著，便會讓旁人輕視、冷待她。

這樣嬌氣的一個姑娘，光是想想她受委屈的場面，他就無法接受。

「我會來接妳。」

趙晗玥眼神一亮，突然踮起腳尖，在他臉上印下輕輕的一吻，又在他耳邊說了聲謝謝後，便帶著幾分嬌羞地跑進內殿。

她離開許久，白燕堂都沒能動彈。

他緩緩抬手撫上側臉，感覺胸腔的那顆心都要跳出來了。

過了許久，他才勉強平復下來，唇邊逸出一抹苦笑。

毋庸置疑，他是真的栽了。

算了，栽就栽吧，他反正也是要娶她的。

裴行昭並沒有出宮，而是被暫時安頓在一處空殿中，期間他幾次想去找沈雲商，都按下了。

岳母大人回宮，今夜她肯定是要陪著的。

直到次日一早，他才心急火燎地去找沈雲商。

「商商，跟伯母……長公主說了嗎？」裴行昭避著宮人，拉著沈雲商小聲道：「我們今年能成婚嗎？」

沈雲商有心逗他，面帶苦色地道：「母親說要多留我幾年。」

「幾年?!」裴行昭不敢相信地問道：「幾年？」

「說等你過了二十五。」沈雲商忍笑看著他道。

「那還得六年呢，不行！」裴行昭立刻拒絕。「堅決不行，我一年都等不了！我決定了，等新帝一登基，我就去磨，怎麼也要把婚事磨到今年。」

沈雲商抿著笑問他。「你要怎麼磨？」

「我就成天地往小舅舅跟前湊，只要工夫深，鐵杵磨成針。」裴行昭鬥志昂揚地道。

「行吧。那你慢慢磨，我等你好消息哦！」

裴行昭挑眉。「妳瞧著吧，很快就會有好消息。」

沈雲商不忍打擊他的信心，轉移了話題。「對了，你今後有什麼打算？」

裴行昭一愣，靠在窗戶上，抱著雙臂，面上神情複雜。「以前我想著等一切塵埃落定後，就繼續吃喝玩樂、逍遙自在，可現在……」上過了戰場，見過了生離死別、屍橫遍野，看過太多妻離子散、家破人亡後，他的心境在無形中就發生了變化。

他們很多人的功夫都不如他，可他們每個人都在盡自己最大的力量保家衛國，他又怎能縮在後方，心安理得地享受他們用血肉換取的安平？能力越大，責任越大，他更應該衝在前方，保護他們。

裴行昭久久不語，沈雲商也不催他，只安靜地等待著。

「我不喜歡先前那個威武將軍的封號，等小舅舅登基了，讓小舅舅給我換一個。」許久後，裴行昭揚唇笑道。少年意氣風發，意志堅定。

沈雲商明白了他的意思，好半晌後，她也道：「好，我跟你一起。」

裴行昭皺眉，還未開口她便又道——

「我會殉方陣，可抵千軍萬馬。夫妻同心，其利斷金，我們並肩作戰。」

視線相會，都從對方眼裡看到了堅定。

一切盡在不言中。

半晌後，裴行昭突然雙手捧著沈雲商的臉，在她額頭上重重地吻了吻，然後飛快轉身出了門。

沈雲商忙問道：「你去哪兒？」

「我去磨針！」裴行昭的聲音遠遠地傳來。

沈雲商愣了愣，才反應過來他的意思，不由得輕笑出聲。

看著陽光下的少年光芒萬丈，她只覺得她的心被填得滿滿當當的。

平康五十一年，五月十六，玄嵩帝后的長公主趙曦凰回京，與太子趙熙辰聯手為玄嵩帝后報仇雪恨，揭開了當年禪位的真相。

在文武百官的見證下，平康帝自願禪位於太子。

五月十九，太子趙熙辰登基為帝，改年號慶昌。

同日，新帝冊封長公主嫡女沈雲商為元嘉郡主，賜郡主府。

平康帝一脈唯一從這場皇位更迭中全身而退的，只有六女趙晗玥。新帝冊封其為樂平郡主，同時賜婚於楚家嫡幼子楚燕堂。

也是這時眾人才知楚家當年為救新帝，將親生兒子遠送江南的故事。無數人讚譽楚大人忠義兩全，這也成為鄴京很長一段時間的美談。

而楚家也在新帝登基前夜認回了真正的嫡幼子。

要說這位真正的楚公子，他的故事堪稱傳奇。雖然是白家的養子，白家卻將其當作親生骨肉養大，甚至培養成為少家主，年紀輕輕生意就已經遍布南鄴；認祖歸宗後，更是一路青雲直上，娶了樂平郡主，又受楚家蔭庇，被新帝欽點進內閣，成為新帝最信任的近臣。

元嘉郡主府。

天氣逐漸悶熱，屋內都已放置了冰塊，兩個小丫鬟在冰塊旁輕搖著大扇，涼氣慢慢地在屋內蔓延。

但沈雲商還是覺得熱。「江南此時天氣正好，若是再去遊湖，好不愜意啊……」她半趴在貴妃榻上，悶悶地嘆道。

前世她雖然也在鄴京住了幾年，但仍舊沒有習慣鄴京的氣候。

玉薇知道她一向怕熱，叫人做了碗冷飲端給她，道：「鄴京也有幾座湖，或許也涼快。」

沈雲商略有些心動，但隨後看見外頭的烈日，眼神又黯淡了下去。「算了。」這麼大的太陽，她是半點也不想出門。「裴昭昭今日還沒消息嗎？」

小舅舅登基已有兩月，這兩月以來，裴昭昭每日風雨無阻地去宮中，美其名曰陪小舅舅，實則是磨他們的婚事。

而不管結果如何，裴昭昭每日都會或自己來、或差人來告知她。

每日傳來的話不同，但意思都一樣——沒成功。

玉薇看了眼天色，回道：「今日還早。」

沈雲商有氣無力地「哦」了聲。報了仇，邊關近日也安寧，雖然日子踏實，可裴昭昭不在身邊，她每日無事可做，百無聊賴。

就在這時，突有小丫鬟在門外稟報道：「郡主，裴公子來了。」

沈雲商眼睛一亮，小丫鬟的話才落，她就已提著裙子跑了出去。

才剛到轉角，就迎面撞上了裴行昭。

裴行昭自然而然地伸手攬著她穩住身形，吊兒郎當道：「跑這麼快做甚？這麼想我呢？」

沈雲商整個人掛在他胳膊上，將臉埋到他手臂上左右蹭了蹭，然後仰著小臉道：「裴昭昭，我快發霉了！」

「是嗎？」裴行昭訝異道：「給我看看，哪裡發霉了？」

「這裡、這裡，還有這裡，全都發霉了！」沈雲商胡亂指了一通。

玉薇和門口的小丫鬟都輕垂著頭抿笑。

只有裴公子過來，郡主才會有這樣一面。

裴行昭縱容地攬著沈雲商的腰身，認真地往她指的方向看了看，然後煞有介事地道：

「嗯，是發霉了，需要拿出去曬曬。」

沈雲商瞥了眼外頭的烈日，瞪大雙眼控訴道：「裴行行，你沒有心！我都快曬裂了！」

裴行昭又問她哪裡曬裂了？

沈雲商又瞎指一遍。

裴行昭便又認真地說：「嗯，好像是，看來需要用水澆一澆。」

「嗯嗯嗯嗯嗯！」沈雲商點頭如搗蒜。

「這樣啊，讓我想想哪裡的水適合澆沈商商。」裴行昭故作沈思半晌後，打了個響指。

「有了！我知道一個地方，位處山野，還有一汪清泉，很適合避暑呢！」

沈雲商想也不想地朝玉薇喊道：「玉薇姊姊！快，叫人收拾行囊，即刻出發！」

玉薇頷首應下，帶著幾個小丫鬟進了屋。

綠楊在裴行昭身後踮起腳尖張望，同時在心裡埋怨自家公子太高，擋住了他看玉薇。

沈雲商說走就走，不過半刻鐘的工夫，人就已經上了馬車。

馬車裡置放了冰塊，裴行昭一隻手臂上掛著沈雲商，另一隻手拿著扇子給她搧風。

「你今天沒有進宮嗎？」沈雲商覺得舒適些了，才想起來問道。

「進宮了，但是今日陛下太忙了，我找不到機會去獻殷勤，就跟陛下求了一個莊子，陛下這些日子被我纏得煩了，見好不容易能甩開我，當即就答應了。」

沈雲商福至心靈地問：「就是我們現在要去的那裡？」

「嗯。妳不是怕熱？以後每年這個時候，我們就去那裡避暑。」

沈雲商開心地仰頭在他側臉上親了親。「裴小行最貼心了！」

裴行昭挑眉。「那可不？這邊臉也要。」

沈雲商在他湊過來的臉上又親了下。「你好像白回來了。」

「是嗎？」裴行昭不甚在意地道：「可是過些日子又要上戰場了，又得曬黑。」

沈雲商「哦」了聲。「什麼時候？」

「不知道。」裴行昭聳聳肩。「今日陛下就是在忙這個。人家要公主和親，主戰、主和的人在陛下宮裡爭得不可開交。」

沈雲商皺眉。「我們哪來的公主？」當朝就母親一位長公主，哪有什麼適合和親的公主？

裴行昭手中的扇子微頓，一時無言。

沈雲商卻猜到了，忙直起身子。「樂平郡主?!」樂平郡主雖與表哥有了婚約，但婚期定在年前，只要沒成婚，她仍舊是和親的最佳人選；至於自己，有母親和小舅舅在，怕是沒人敢提出來。

果然，裴行昭點點頭。「嗯。」

沈雲商不由得擔憂道：「那結果如何？」

前世她便是走的這條路，最後死在外邦，連屍身都沒能送回來。

裴行昭看出她的擔憂，安撫道：「妳放心，有楚大人舌戰群臣，她去不了。這兩個月來，我可是第一次見楚大人這麼能說。妳是沒看見，他只差跟人動手了，只要誰主張讓樂平郡主和親，他就主張封那家的小姐為公主去和親。」裴行昭驚嘆不已。「那陣仗，就連楚燕堂都沒有用武之地，我就更別說了，連話都插不上，他一人就全給罵回去了；偏偏他又是陛下的養父，沒人敢真的罵他，個個氣得面紅耳赤的。」

沈雲商想想那場面就覺得好笑。「看來楚大人對表哥是真的很好。」這就叫愛屋及烏。

裴行昭「嗯」了聲。「再加上陛下對楚燕堂心中本就有愧疚，所以讓樂平郡主和親是不可能的。」

況且前世就算是樂平郡主去和親，兩國的關係也沒多好。求了南鄴一位公主回去後，外邦越發覺得南鄴怕了他們，極其的囂張，後來樂平郡主一病故，就又起了戰事。

早晚都還是要打這一仗的。

沈雲商聞言便徹底放下心來。也是，有表哥護著，樂平郡主這一次定然會無事的。

「那我們的婚事求得如何呢？」

裴行昭勝券在握地笑了笑。「放心，會比我們預計的還快。」

沈雲商一愣，但隨後就反應了過來。「你是說，會在打仗前？」

裴行昭如今是陛下新封的鎮西將軍，一旦起了戰事，他必定是要上戰場的。

「嗯。」裴行昭點頭。「最多不過兩個月。」

這兩個月雖然陛下一直沒有給他準話，但是禮部卻早就在籌備元嘉郡主的婚事，長公主府也一樣，所以就算是在兩月之內成婚，也不會匆忙。

「如此也好。」沈雲商想了想道。她如今是殉方陣最後一代傳人，戰事一起，她也會跟著上戰場，就沒有了分別的顧慮。「對了，慕淮衣的進展如何？」

小舅舅登基後，便洗刷了裴、白兩家的冤屈，兩家家主也都官復原職，半月前，各自又都升了官位。如此一來，慕淮衣和白芷萱的差距更是天差地別了。

但慕淮衣怎麼可能就此放棄？幾日前，他去楚燕堂跟前磨了一天，然後次日就用萬貫家財捐了個官；如此也算是官身，勉強拉近了與白芷萱中間的那道溝壑。

「我聽說昨日他又去找大哥了。」裴行昭聞言回道：「但今日宮中事多，我還沒來得及問問慕淮衣找他做甚。」

沈雲商重重一嘆，道：「表哥肯定曾無數次後悔幼年時的那次拜堂。」玩笑似的拜了個堂，人就徹底賴上他了。

「那可不？反正我今日看大哥的臉色不怎麼對。」裴行昭說道：「那會兒還沒說要讓樂平郡主去和親，說不定就是因為慕淮衣。」

「也只有慕淮衣能將表哥氣得沒脾氣。」沈雲商笑道，接著她似是想起了什麼，問道：「我聽說寺廟那邊傳來了消息？」

裴行昭收起臉上的笑意，「嗯」了聲。「樂平郡主因為與大哥的婚約得以脫身，寺廟裡那位就起了心思，想將趙承歡嫁出來。」嫁到誰家不言而喻。

趙承歡喜歡崔九珩的事，在皇家並不是什麼秘密。

沈雲商道：「小舅舅不會答應的。」就算小舅舅答應了，母親、榮家舅舅還有表哥也定然會勸說的。

「自然。」裴行昭道：「那位說楚家能保樂平郡主，崔家也能保趙承歡，還說他們兩情相悅，本就是要賜婚的。」

沈雲商冷哼了聲。「以往他們捨不得崔九珩的婚事，明知他二人互相有意卻視而不見，如今落了難，倒想成全了。」只是如今崔家早跟趙承北劃清了界線，他想成全，也得看崔家樂不樂意。「崔家怎麼說？」

裴行昭把玩著她的手指，不疾不徐地道：「崔九珩去見了趙承歡，之後趙承歡便以死相抗，拒絕了婚事。」

沈雲商很有些意外。「崔九珩跟她說了什麼？」崔九珩去見寺廟中的人，自然不會沒人跟著。

裴行昭整日纏在皇帝跟前，他自然是知道的。「崔九珩說，如果她想嫁他，他可以去求聖旨，但從此以後會卸去官職，帶著她離開鄴京，再也不回來，問她願不願意跟他過那樣的生活？趙承歡拒絕了他，說她嚮往權勢，若要過那種平淡的生活，她寧願留在寺廟。」

沈雲商不由得一怔，她相信崔九珩是真的對趙承歡動過心。

前世因她的出現，他對趙承歡能避則避，一顆心都放在她的身上，如他所說，她是他的妻子，他只會對她好，此生都不會再有旁人。他也確實說到做到了，後來她能感覺到他對她的真心。

但這一次沒有她，所以他的心中只有過趙承歡。

他答應娶趙承歡，是因為曾經喜歡過；卸去官職、遠離朝堂，則是他對崔家和新帝的交代。

畢竟趙承歡的身分不比趙晗玥，她是嫡出，若她嫁進崔家，對崔家的影響會極大，除非他不再是崔家的少家主。

而趙承歡拒絕，也似乎不讓人意外。

崔九珩是無數貴女心中的明月，於趙承歡也一樣，甚至懸得更高。

她不忍他沾上半點塵埃，所以她和趙承北所做的一切都瞞著崔九珩，從不弄髒他的手，唯有裴家莊那一次，雖然趙承歡並不知還有迷藥一事，但這無疑是橫亙在她和崔九珩中間一道無法跨越的溝壑。

從前世她在最後關頭救裴行昭便可看出，她雖然稱不上好人，但也不是大惡之人。

對裴行昭這個名義上的丈夫尚且能拚命去救，又怎會願意讓心中高懸的明月因她而墜落？

而崔九珩永遠都不會知道，趙承歡並非不願意跟他過那樣的生活，只是不想牽連他。

「若趙承歡的兄長不是趙承北，或許她會是崔九珩的良緣。」半晌後，沈雲商嘆道。

趙承歡本性不壞，若沒有趙承北的影響，趙承歡的那些壞或許都會被崔九珩潛移默化地改變。

裴行昭淡淡地「嗯」了聲。「婚事本是那位提的，趙承歡從進寺廟起就沒想過出來。」

沈雲商在他懷裡找了個舒服的位置窩著，不再提此事。

她可沒有那般善心要去幫曾經的仇人撮合，不去為難就已經是她最大的善意了。他們的結局如何，端看他們自己的造化。

二人一路閒談著，沈雲商不知何時漸漸地沈睡過去……

待沈雲商醒來，已經到了避暑山莊。

此處風景甚好，涼風撲面而來，沈雲商整個人都歡快了起來。「裴昭昭快，我們去划船！」

裴行昭被她拽著往湖邊走去。

二人的船才剛划到湖中心，岸邊便出現了幾道熟悉的身影。

雖然離得遠，沈雲商還是一眼就認出來了。「那好像……是慕淮衣？」無他，實在是他那腰間掛滿的玉串串太過閃耀了。「還有大哥。」

裴行昭瞇起眼道：「以及樂平郡主跟白小姐。」

說完，二人對視一眼，都從對方眼底看到了疑惑。他們怎麼來了？

「你不是說你走的時候表哥還在宮中？」

裴行昭也不解。「對啊，是這樣沒錯。」所以他也不明白楚燕堂怎麼這麼快就出現在這裡了，還帶著慕淮衣和白芷萱他們。

很快地，他們就知道答案了。

原來昨日慕淮衣去尋楚燕堂是想求他幫忙說親，因為楚燕堂當初說過，慕淮衣若是有官身，他或許還能厚著臉皮去說一說。捐的官也是官，所以慕淮衣抓著這點不放。

最後楚燕堂實在被磨得沒了脾氣，只能帶著他去找楚夫人。

其實楚夫人是知道慕淮衣的，畢竟他們留了人在江南，關於楚燕堂的一切她都知曉，包括幼年結拜兄弟行成了拜堂禮的事。那時候楚夫人只覺得啼笑皆非，後來見到慕淮衣本人，她就有了跟白老太太一樣的惋惜，這怎麼就不是個姑娘呢？

加上慕淮衣三天兩頭往楚家跑，嘴又甜，常常將楚夫人哄得開懷不已，因此眼下一聽慕淮衣有求於她，且兒子又開了口，她哪裡會拒絕？當即就應承願意作這樁媒。

楚夫人做事的效率極高，次日也就是今日一早，就與慕夫人一同去了白家。

慕夫人自然也是慕淮衣去信請到鄴京來專門給他提親的。

有楚夫人作媒，慕淮衣與楚燕堂、裴行昭又是結拜的兄弟，再加上白家落難那段時間，白家人受了慕淮衣諸多照顧，且他們也將慕淮衣對白芷萱的真心看在眼裡，最最重要的是白芷萱自己點了頭，所以提親一事很順利。

雖然白家沒有當場給準話，但大家都心知肚明，這樁婚事成了。

至於楚燕堂為何出現在這裡，那便是因為樂平郡主。

楚燕堂怕和親的事傳到她耳中，讓她鬱結在心，因此得知裴行昭求了一處避暑山莊後，等裴行昭前腳一走，他後腳就立即帶著樂平郡主過來了。

回府時碰到正從楚家出來的慕淮衣，慕淮衣得知他要來避暑山莊，立刻就又拉著他和樂平郡主去白家將白芷萱帶上了。

有楚燕堂和樂平郡主在，白家自然願意放人。

於是，就出現了現在這樣的局面。

沈雲商聽得嘖嘖讚嘆，不得不佩服慕淮衣的行動力。「慕大人以後前途無量啊！」

小舅舅真是慧眼識人，姑蘇府衙的典史真的很適合慕淮衣。

慕淮衣嘿嘿一笑，裝模作樣地拱手。「那就謝郡主吉言了！」

笑鬧過後，遊船先後靠岸，眾人一道在莊子中閒逛著。

慕淮衣提議去釣魚，姑娘們見那邊會曬到太陽，所以興致不大，便在陰涼處看慕淮衣三人釣魚。

本來楚燕堂跟裴行昭在這事上沒有什麼勝負慾，但在慕淮衣連續釣上來幾條，贏得身後姑娘們的歡呼讚嘆後，二人頓時渾身充滿了力氣，勢要蓋過慕淮衣的風頭。

三人暗自爭鋒，姑娘們樂得看熱鬧，還時不時地拱兩句火，於是本來放鬆的釣魚很快就變成了競技場。

最後還幼稚地非要數一數數量，必須爭個高低出來。

沈雲商沒好氣地給裴行昭擦了擦汗。「行了，知道你厲害。」

裴行昭看了眼孤零零站著的楚燕堂和慕淮衣，立刻就神清氣爽，感覺自己贏了，拉著沈雲商的手離開前還不忘炫耀一番。「我們商商最貼心了！」

看著他欠揍的背影，楚燕堂和慕淮衣臉黑如炭。

趙晗玥默了默，走到楚燕堂跟前，也用手帕輕輕擦了擦他額上的汗。「這樣可以嗎？」

楚燕堂立刻化狂風為麗日，朝慕淮衣一甩頭，神氣萬分地攜她離開。「非常可以！」

霎時，獨剩慕淮衣一人可憐兮兮地立在原地。

白芷萱抿了抿唇，緊緊捏著手中的繡帕。

他們的親事還沒有定，自然沒有那兩人放得開。

但現在看著少年委屈地、孤零零地立在那裡，她又覺不忍，正要上前，卻見慕淮衣轉頭朝她走來。

「兩隻大公雞，我們才不跟他們比呢！」

白芷萱不由自主地看了眼裴行昭和楚燕堂的背影，竟然深覺他形容得好貼切。

「白小姐，我們也走吧！」慕淮衣笑嘻嘻地道，全然沒有方才的失落。

但白芷萱知道，他是在替她解圍，心中越發柔軟了。想了想，她道：「上次送你的香囊，樣式你喜歡嗎？」

新帝登基後，白家官復原職，白芷萱第一時間就讓人給慕淮衣送去了香囊。因為慕淮衣曾經說過，等白家洗刷冤屈後，若仍願意贈他香囊，他便請長輩上門提親。

慕淮衣收到香囊時高興得都要瘋了，當即就寫信將慕夫人請到鄴京來。

「喜歡！」慕淮衣開心地道：「妳送的我都喜歡！」

少年的眼神太過灼熱直接，讓白芷萱面色微紅，她轉過身從懷裡取出一方帕子遞給他。

慕淮衣驚喜萬分地接過來。「特意給我繡的？」

白芷萱不敢去看他，輕輕點頭。「不然呢？」

慕淮衣愛不釋手地翻看著，嘴裡還不住地念叨。「真好看！白小姐繡得真好，是我喜歡的樣式。白小姐怎麼知道我喜歡青松的？咦？還有松香呢！這是怎麼做的？好特別啊！」

白芷萱想過他可能會歡喜，但沒想到他會如此喜歡，心情不由得更愉悅了些，耐心地一一回答他的問題。畢竟，誰不想自己送出去的禮物被人珍視喜愛呢？

身後的動靜傳到楚燕堂跟裴行昭耳裡，二人雖然沒有回頭，但都不約而同在心中暗道：慕淮衣真的厲害，該他追到鄴京琴藝第一人！

趙晗玥湊近楚燕堂，輕聲道：「你想要的話，我也可以給你繡。」她第一次知道這個男人在這方面的勝負慾竟然如此強，不過她很歡喜，因為這也就證明他在乎她。

楚燕堂剛想答應，轉而想到她的心疾，握住她的手略微緊了些，眼神黯淡地道：「有妳上次繡的香囊就夠了，以後不要做這些活計了。」待回去了，他得找個太醫給她好生看看，若還是不行，就尋遍天下名醫。

趙晗玥大約也猜到他是為了她的身子著想，她眼神微閃，想要說什麼，但最終還是只抿唇點了點頭。「好。」

裴行昭跟沈雲商走在最前方，沈雲商偏頭看了眼裴行昭。「你也想要？」

裴行昭側眸覷她。「妳想繡嗎？」

沈雲商躊躇著道：「不是很想繡，但你實在想贏的話，也不是不可以繡一下。」但她覺得她繡出來的東西可能也贏不了，反倒會丟人現眼。

「妳不想繡我就不想要。」裴行昭笑道：「郡主多給我打幾串金珠珠就好了。」

沈雲商點頭。「這個行。」這比讓她繡花容易多了。

第三十章

莊子裡有很多供玩樂的地方，不知道是不是嫉妒慕淮衣得了一方繡帕，裴行昭跟楚燕堂極有默契地停在射箭的地方。

甚至無須二人打什麼配合，就能將慕淮衣甩開一條街。

慕淮衣看著自己空空如也的箭靶，只恨不得將那兩個故意讓他丟人的傢伙立刻按到水裡去洗洗腦子。

但他自然不會這麼輕易認輸，不知從哪裡弄來了一把琴，仰著脖頸，高傲地往二人跟前一放。「來，比！」

楚燕堂跟裴行昭看著琴，雙雙無話。

要比這個，他們絕對比不過醉雨樓的少東家。

於是，二人不約而同回頭分別看向趙晗玥和沈雲商。

沈雲商跟趙晗玥瞥了眼一旁的白芷萱後，紛紛挪開目光，看天看水看草地。

開什麼玩笑？白芷萱在這裡，她們比琴那不就是在關公面前耍大刀嗎？

裴行昭跟楚燕堂只能收回視線，不甘不願地道：「你贏了。」

慕淮衣找回了場子，方才的陰鬱一掃而空。

害怕他們還要繼續攀比，沈雲商便趕緊扯著裴行昭說餓了，趙晗玥也說走累了，這才總算讓幾個男人短暫地停止了這場於她們來說意義並不大的爭鋒。

用了晚飯後，幾人在院子裡納涼。

光坐著無甚意思，慕淮衣說要表演一個雙人合奏給大家助興。

裴行昭便去找了幾罈酒來，也不用杯子，直接一人分了一罈。

趙晗玥看著面前那罈酒，陷入了沈思。

他們都是這麼喝酒的？她是不是也要入鄉隨俗？

然而，她還沒有下定決心，面前的酒罈就被一隻手拿走了。

趙晗玥偏頭看向楚燕堂。

楚燕堂看出她眼底的疑惑，問：「妳能喝？」

趙晗玥搖頭。「不太能。」她會喝酒，但遠遠喝不了一罈。

楚燕堂方才是見她盯著酒發愣，便以為她不會喝酒，眼下聽她這話，像是能沾酒的，便喚人取了杯子來，道：「淺酌便可。」她有心疾，其實並不適合飲酒，但她此時顯然是想喝的，他便只給她倒了一小杯。

很快地，琴聲響起，所有人都安靜了下來。

琴音婉轉，如流水涓涓，美妙得讓人恍若置身其中。

鄴京第一琴確實名不虛傳，但沒想到的是慕淮衣竟然也能跟上，從頭到尾，沒有落下也沒有錯過一個音。

兩廂配合，碰撞出了不一樣的精彩。

二人第一次合奏，圓滿成功。

眾人也不吝嗇掌聲和誇讚。

二人大大方方接受了，回到座位時，白芷萱朝慕淮衣道：「你的琴藝極好。」不是恭維，是真心實意的誇讚。她只隱約知道慕淮衣琴藝應該不錯，但沒有想到會到如此地步。

慕淮衣這會兒倒是有些不好意思了，遂道：「我在姑蘇開了一家醉雨樓，以品茗、聽樂為主，我閒來無事跟著我們樓中最好的琴師學了學。」

白芷萱有些好奇。「醉雨樓？聽起來很不錯。」

「嗯，到時候我帶妳去看看。還有，妳若在鄴京有什麼喜歡去的酒樓或是鋪子，妳跟我說，我到時候在姑蘇也開一個。」慕淮衣道。

白芷萱動了動唇，最終只是默默地點了點頭。

母親說得很對，他真的很有錢。

最開始時，家中並不是全都同意這門婚事，母親便說慕家乃是姑蘇四大家之一，極其富有；再者，雖然如今有著士農工商的階層，但慕淮衣不一樣，他的背後有沈雲商、裴行昭和楚燕堂。如今新帝登基，多的是人攀交情，現下外人還不清楚局勢，一旦知曉了，慕家定然會變成香餑餑，這樣的人家她嫁過去，不算委屈。後來慕淮衣捐官，母親就更滿意了。再加上楚夫人作媒，家中便沒人再反對。

但其實對於她來說，她喜歡的是慕淮衣這個人，就算他不捐官，她也願意嫁他；而他願意為了她去努力，願意為她著想、給她掙面子，她就更找不到拒絕他的理由了。

慕淮衣開了頭，接下來裴行昭跟楚燕堂都出來表演了才藝。

裴行昭舞劍，楚燕堂以笛聲相和。

之後趙晗玥也選擇了跳舞，沈雲商便為她伴奏，雖然她的琴藝不如白芷萱，但還是會一些曲子的。

趙晗玥的舞跳得很好，身形曼妙，纖柔優美，令人驚豔。

楚燕堂對此感到很意外，他以為她身子不好，應該不會學這些，沒想到她的舞蹈功底竟如此紮實。

掌聲落下，趙晗玥回到座位，楚燕堂遞給她一方手帕，她道了聲謝後，輕輕擦著薄汗。

那邊，裴行昭則與沈雲商提著酒罈對飲。

月光下，三對璧人各站一邊，形成了一幅極佳的畫卷。

後來興致濃時，楚燕堂要來了筆墨，留下了這幅絕世丹青。

應楚燕堂要求，裴行昭跟沈雲商一起為畫卷提了字，慕淮衣、白芷萱、趙晗玥也都在上頭留下了自己的名字。

但這畫只有一幅，畫卷的歸屬便有了爭論。

按理說，畫作乃楚燕堂所畫，理該歸他，但裴行昭跟慕淮衣都眼饞得厲害，最後三人用他們一貫的方式，行酒令決出了勝負。

慕淮衣贏了，成了這幅畫的主人。

沈雲商將這一幕看在眼裡，眉眼跟唇角都帶著笑意。

她哪能看不出裴行昭和楚燕堂是故意將畫留給慕淮衣的？

慕淮衣終歸是要回江南的，而他們在鄴京能時常見面，這幅畫本就是楚燕堂送給慕淮衣的禮物，只是幾人都不願將離別宣之於口，便用了這樣玩笑的方式贈畫。

趙晗玥看不懂行酒令，但她懂楚燕堂。

起先沒有察覺，到後頭看見楚燕堂將畫遞給慕淮衣的眼神時，便隱約明白了什麼，若有若無地看了眼白芷萱。

白芷萱也有所感，朝趙晗玥輕輕頷首，笑了笑。從決定嫁他起，白芷萱就做好了去姑蘇的準備。雖然離開故土她難免感傷，但她對姑蘇也有幾分嚮往。

慕淮衣小心謹慎地收好畫，交給貼身隨從，帶著酒意囑咐了好一會兒讓隨從務必收好，可見他對此畫的重視。

夜色過半，姑娘們臉上都帶了倦容，楚燕堂便開口結束了這場意外而美好的歡聚。

沈雲商、趙晗玥與白芷萱住在同一個院落，男子們將她們送到院外，看著她們的身影消失，才一同離開。

一夜好眠，次日一行人又在莊子裡玩了一日，去泅了水、放紙鳶、採摘果子等。一日的時間過得很快，也很充實歡愉。

因楚燕堂和裴行昭都要上朝，當夜一行人便回了鄴京城。

次日的早朝上，陛下為元嘉郡主賜婚，婚期定在下月初十。

禮部與長公主府、裴家頓時就忙碌了起來。

裴家家主及主母得到消息，趕緊來了鄴京，為裴行昭操辦婚事。

沒過幾日，白家與慕家的婚事也定了下來，日子臨近年底，跟楚燕堂、趙晗玥的婚期只差了小半個月。

時間飛逝，轉眼便到了元嘉郡主大婚的日子。

沈雲商在長公主府出的門。

沈楓昨夜哭得稀里嘩啦，趙曦凰又是給他冰敷、又是用雞蛋，到了今日才勉強算是能見人。

沈雲商梳妝好沒多久，趙晗玥與白芷萱便先後到了。

趙晗玥看著一身紅嫁衣的新娘子，忍不住驚嘆道：「元嘉今日好美！」

白芷萱也真心誇讚了幾句。

沈雲商大大方方地接受了她們的誇讚和祝福。

雖然早有準備，但到了今日，她還是難免緊張，有她們陪著，她的緊張才有所緩解。

接下來又有些姑娘們過來看新娘子，喜房中一直都熱熱鬧鬧的，沈雲商整個人也放鬆了下來。

直到外頭響起了鞭炮聲，喜嬤嬤進來說新郎官到了，沈雲商的一顆心才又提了起來。

大約是看出她的緊張，趙晗玥輕輕握了握她的手道：「我問過了，外頭還要攔門呢，沒那麼快進來。」

沈雲商呼出一口氣，輕輕點了點頭。

大約又過了一炷香的時間，外頭傳來了動靜。

喜嬤嬤趕緊讓沈雲商拿好團扇。「郡主，吉時到了。」

沈雲商一顆心怦怦跳得飛快。

趙晗玥輕輕扶著她往外走。

裴行昭已經等候在外間，今日他的臉都快笑疼了，可此時見著了新娘子，他的笑容越發燦爛。

終於娶到了心愛之人，他心中的激動和喜悅無以言表。

沈雲商感受到他的氣息，緊張的心終於放鬆下來。

二人並肩往前殿走去，拜別長公主與駙馬。

沈楓坐在主位上，眼眶紅腫，像是又才狠狠哭過。

趙曦凰本來都忍住了，被他這一哭，眼睛也微微泛紅。

沈雲商跟裴行昭一進入大殿，沈楓又忍不住抹著淚。

趙曦凰不由得輕聲朝他道：「都看著呢，忍著些，別把女兒弄哭了。」

沈楓聞言，忙忍下哽咽。

沈雲商跟裴行昭分別給二人敬了茶，雖然沈楓極力掩飾，但沈雲商還是聽出了他語氣中的哽咽，不由得鼻尖泛酸，也落了淚。

敬完茶，新人出門，楚燕堂與榮家的三公子已等候在殿外。

沈雲商沒有親兄弟，以往一直都將楚燕堂當作哥哥，雖然如今各自的身分揭開，沈雲商與楚燕堂沒有血緣關係，但曾經的情誼作不得假。

沈雲商依舊喚他表哥，他也依舊認她為妹妹，所以幾廂合計下，今日還是讓楚燕堂與榮家表哥一起送她出門。

裴行昭先行出府。

楚燕堂步伐穩健地揹著沈雲商慢慢地往外走著，他感覺到沈雲商在輕泣，便輕聲安撫道：「鎮西將軍府與長公主府不遠，就算出嫁了，以後也能常常見面。」陛下給裴行昭賜的府邸與長公主府只隔了兩條街。「待會兒哭成小花臉可無法見人了。」楚燕堂又輕聲道。

沈雲商這才慢慢地止住眼淚。

後頭出大門的那段路是榮家表哥送的，楚燕堂則跟在身後。賓客們大多知道楚燕堂與長公主的關係，對此也不感到意外，即便有不明白楚燕堂為何會送沈雲商出門的，身旁也很快有賓客為他們解惑。

榮三公子將沈雲商揹上了花轎後，嗩吶、鞭炮齊鳴，迎親隊伍出發了。目送花轎遠去，楚燕堂才和榮三公子轉身進府。

途中玉薇悄悄給沈雲商塞了一個胭脂盒，讓她趁這會兒補補妝。

迎親隊伍一路敲鑼打鼓地往鎮西將軍府行去，沿路都撒了喜錢和糖果，祝賀聲接二連三傳來，一片喜氣洋洋。

隊伍後跟著的嫁妝見不到尾，新人已經進了將軍府拜堂，長公主府都還在往外抬著嫁妝，實是真真正正的十里紅妝。

拜完堂，裴行昭將沈雲商送入了洞房，便去了前廳招待賓客。

楚燕堂作為沈雲商的娘家人，去了長公主府，慕淮衣就來了將軍府，這是他們早早就商量好的。

今日慕淮衣的任務就是將清醒的新郎官送進新房。

這任務實在有些艱難，灌裴行昭酒的人太多了，包括他打仗時結識的將士們，還有他這些日子在鄴京新結識的朋友們，其中不乏有喜歡熱鬧的。所幸慕淮衣八面玲瓏，也能幫著裴行昭應付。

最後，慕淮衣幸不辱命地將清醒的裴行昭送進新房，他自己則醉得一塌糊塗，還是裴司洲幾兄弟將他送回府去的。

月兒高懸，夜風涼爽，門輕輕傳來了吱呀聲，玉薇無聲地退出了門外。

沈雲商捏著團扇，屏氣凝神，察覺到有人靠近，她又難以控制地緊張了起來。

裴行昭也沒好到哪裡去，唸卻扇詩時字音都有些發顫。

卻扇詩畢，沈雲商輕輕放下了團扇，飛快地抬眸看了眼裴行昭，卻剛好對上他深邃多情的眼眸。明明每日都看著，可不知怎地，這一刻，她的臉倏地就紅了起來。

裴行昭也被她那一眼看得心跳如雷。

他慢慢地坐到她的身邊，緊緊挨著她，側眸看一眼，收回視線，再側眸看一眼，餘光瞥見她的手，輕輕地握住。

平日他們沒少牽手、擁抱，可這一刻的感覺到底還是不一樣的。

短暫的沈默後，裴行昭率先開口。「妳餓嗎？」

沈雲商搖頭。「方才玉薇給我端了些糕點來。」

裴行昭「嗯」了聲，又側眸去看她，這回恰逢她也望過來，二人視線相會，先是一怔後，都不由得抿了一絲笑，緊張的氣氛略有緩解。

裴行昭便道：「那……我們安歇？」
沈雲商的臉頰又開始發熱，她微低著頭應了聲。
裴行昭便側身過去，仔細輕柔地為她取下鳳冠和首飾。
靠得太近，二人的氣息交纏，屋內很快就充斥著旖旎的氛圍。
紗帳一層層落下，大紅的婚服落在帳外，交織在一起。
玉薇跟綠楊在院中聽著屋內的動靜，都面紅耳赤。

大約過了一個時辰，叫水的鈴鐺才響起。
沈雲商陷在軟被中，額間滲著薄汗，眉頭微微蹙著。
第一次的感覺並不十分美好，疼得鑽心，哪怕裴行昭已溫柔到極致，也還是叫人很不適。裴行昭為她清洗後，她才勉強緩過來。
屋內燭火昏暗，裴行昭伸手將她攬在懷中，憐惜地在她額頭印下一吻。
許久後，他低喃道：「沈商商，我們終於成婚了……」
原本有些昏昏欲睡的沈雲商聞言睜開了眼，往他懷裡縮了縮，唇角輕輕揚起。「嗯，我們終於成婚了。」
承蒙上天垂愛，有了重來一次的機會，這一次不再重蹈覆轍，他們搏出了不一樣的人生。

也感謝彼此，在這條艱辛的路上互相陪伴著對方。如果只有一人有那樣一段記憶，還不知會是怎樣的孤獨無助，所幸他們都一樣，在這個世上，他們有著永遠只屬於他們的秘密。

這種感覺，分外的美好。

「我們不會再分開。」裴行昭輕輕在她側臉親了親，溫聲道。

沈雲商閉著眼，在他脖頸處蹭了蹭。「嗯。」他們永遠也不會分開。

生同衾，死同穴。

大婚後，裴行昭有很長一段時間都沒再進宮。他說將要去邊關了，得趁這段時間帶沈雲商去看四時美景，遊山川河流。

二人遊玩了兩月，收到鄴京旨意才回了京城。隨後，裴行昭跟沈雲商奉旨奔赴邊城。

臨別前，他們承諾會儘量趕回來參加慕淮衣和楚燕堂的大婚。

但計劃趕不上變化，他們沒能趕上楚燕堂大婚。

因慕淮衣的婚期在後頭，他們回京時便直接去了江南，堪堪趕上大婚當日。

參加完婚宴，二人又要急急回京覆命。

慕淮衣將他們送到城門口，分外鄭重地和他們說，讓他們等等他，他將來一定會去鄴京找他們。

當時沈雲商跟裴行昭並沒有將他這話放在心上，他們想著他頂多就是得了空會去鄴京看他們，可他們沒想到，幾年以後，慕淮衣憑藉自身的努力和白芷萱的支持，從典史爬到了姑蘇府尹的位置。

地方官員入京述職那年，沈雲商跟裴行昭見到慕淮衣也在其中，萬分的驚愕，只有楚燕堂面色不改。後來他們才知，原來慕淮衣一遇到難解的難題就來信問楚燕堂，偏偏他的難題太多，起先那年一月的信得有十幾封，楚燕堂一邊輔佐皇帝，一邊還要教慕淮衣，簡直是忙得焦頭爛額。

好在慕淮衣學得快，慢慢地從一月十幾封信變成了幾封，再到一年幾封，最後這年的信上已經都是日常瑣事。

他慢慢地成為了一位優秀的府尹大人，能獨當一面了。

他還特意交代要瞞著沈雲商和裴行昭，說是要給他們一個驚喜。

的確，這令沈雲商跟裴行昭萬分的驚喜。

沈雲商當時還感嘆地說，論身邊朋友的重要性。

慕淮衣真的很會選擇朋友。

他自己後來也曾說過，遇見楚燕堂是他一生最大的幸事。

慕淮衣第二次進京述職後，陛下將他留在了鄴京。

雖然最開始是捐的官，可奈何他政績斐然，即便進了鄴京府衙也能堵住悠悠眾口。

而曾經暗地裡看輕白芷萱這樁婚事的那些人，也不由得開始羨慕她。

生得好看、有錢又有能力，還一心一意對她，有夫君如此，夫復何求？

幾個好友再次在鄴京城相見，皆是意氣風發，功成名就。

彼時，楚燕堂已成副相，裴行昭已是南鄴皆知的大將軍，慕淮衣成了京兆府少尹，顯然是當作下一任京兆府尹在培養的，而沈雲商亦以殉方陣聞名四方，成了南鄴當朝唯一一位出征的女將。

這一次的重逢，眾人都格外的開懷。

因為此後都將生活在同一方天地，再也不會聚少離多。

不過這日，楚燕堂好像格外開心些。

酒過三巡，慕淮衣便從他嘴裡挖出了真相。

原是因為趙晗玥曾經跟他說，她有心疾，沒剩幾年可活，所以他一直為此提心弔膽，還遍請名醫，日日小心仔細地養著，亦不敢讓趙晗玥有了身孕，可直到近日他才知，原來當年是個誤會。

趙晗玥的原話是「可能活不過十八」，楚燕堂忽略了「可能」二字。

說趙晗玥騙他，也不算，但說在當下沒有騙他的意思，也不是。

後來他請太醫診脈，太醫說需要好生將養，但無法根治，楚燕堂便又誤會了太醫的話。

直到看見沈雲商和白芷萱都有了孩子，趙晗玥眼熱，不得不跟他說了實話，他這才知道，只要好生將養著，不受刺激、不大悲大喜等，她是能跟他到白頭的。

沈雲商生的是個姑娘，今年三歲了，白芷萱生的是位公子，比沈家的小小姐小了半歲。

慕淮衣驚訝過後問他生不生氣，楚燕堂卻笑得開懷。

「我生什麼氣？她不過就是想讓我多愛重她些，如今知道她日子還長，我只有開心和慶幸。」

恰好走到門外的沈雲商、趙晗玥與白芷萱聽到了這話，二人都不約而同地看向趙晗玥。

趙晗玥眼裡隱隱閃著淚光。她一生悽苦，何其有幸才遇到了楚燕堂。

裴行昭眼尖地看見了沈雲商，忙喚了聲。「商商快進來，我喝不過這兩個了！他們要將我灌醉了，妳快來幫我報仇！」

沈雲商拍了拍趙晗玥的手，踏進屋內。「誰欺負我夫君了？今日不醉不歸！」

白芷萱陪著趙晗玥在門口立了會兒，待趙晗玥平復好情緒，才和她一起進去，剛進去就聽慕淮衣道──

「誰敢跟元嘉郡主拚酒啊？小的甘拜下風。」

楚燕堂看了眼眼眶微紅的趙晗玥，輕輕握住她的手，舉杯道：「今日不醉不歸！接下來短時間內，誰都不許再找我飲酒。」

慕淮衣意外地看向他。「嗯？」

楚燕堂握了握趙晗玥的手，笑而不語。

眾人頓時就反應了過來，這是要備孕了。

「行，我第一個贊成。」慕淮衣道：「大嫂妳放心，我幫妳盯著大哥，他要敢喝酒，我一定幫妳把他綁回去！」

其實幾個人都沒有什麼酒癮，在別的場合也都是淺酌，只有當幾人聚在一塊兒高興了，才會多喝幾杯，但大家都知道彼此的酒量在哪裡，並不會過頭。

趙晗玥羞紅了臉，卻還是點頭道：「好。」

白芷萱趕緊攔住還要打趣的慕淮衣。「這道菜不錯，多吃點。」

慕淮衣果然立即被轉移了注意力。

沈雲商這時偷偷湊近裴行昭，輕聲道：「要不，我們再要一個？」

裴行昭皺了皺眉。「要嗎？我不太想要了。」生一個已經是萬分艱難，他不願她再受一次苦。

沈雲商便道：「我問過太醫了，沒問題的，且都說第二個要好生些。」

裴行昭想了想，卻道：「再說吧。」

沈雲商的眼珠子轉了轉，小聲道：「慕淮衣想跟表哥聯姻，我想截胡。」

裴行昭無語。

沈雲商拉著他解釋。「我們要是兒女雙全，不管表哥以後生的是兒子或女兒，我們都可以搶過來。」

裴行昭有幾分心動了。

「表哥智多近妖，他的孩子肯定也不會差。」沈雲商繼續勸說。

裴行昭糾結了半晌，看著沈雲商亮晶晶、帶著期盼的眸子，躊躇著道：「先問問太醫再說。」

沈雲商當即同意。她的底子好，也早就請太醫看過了，再生一個沒什麼問題的。

過了幾日，請了太醫看過後，在沈雲商的軟磨硬泡下，裴行昭終於答應了。

「但若再是個姑娘，也不能再生了。」

沈雲商自是說好。她最多也只想要兩個孩子，聯姻不成，讓孩子彼此有個伴也好。

一年後，沈雲商如願生了個小公子。

一個月後，趙晗玥也生了個小公子。

沈雲商與裴行昭有些愁眉苦臉。

「我們女兒大了四歲，能行嗎？」

裴行昭若有所思半晌後，道：「白芷萱不也比慕淮衣大？」

「那也沒大四歲啊！」沈雲商皺眉道：「慕淮衣的孩子就快生了，萬一是個女兒，他肯定要跟我們搶這個娃娃親。」

「不管了，現在還小，以後再說吧。」二人琢磨半天都沒有琢磨出個章程來，裴行昭便不再想了。「現在說這些為時尚早，還是得等孩子們長大了，以他們的心意為重。」

沈雲商剛要點頭，卻又聽他道——

「明日我們先帶女兒過去大哥家，培養培養感情。」

沈雲商無言。說好的為時尚早呢？

多年後，沈雲商夫妻與趙晗玥夫妻意外地撞見慕家長公子與裴家長女含情脈脈對望時，紛紛陷入了沈默。

之後，沈雲商跟裴行昭不死心地跟長女遊說。「確定是慕家弟弟，不是楚家弟弟？反正都是弟弟，不能換一換嗎？」

縣主皺眉。「不換。我看著楚家弟弟長大的，他幼時在我身上拉了屎。」

沈雲商跟裴行昭回想了一下，那是楚家長子幾個月大的時候發生的事，為了自小培養感情，他們讓長女去抱抱他，誰知天氣熱，那天沒墊尿布，然後就……

裴行昭沈默捂臉，早知道就不那麼早帶女兒跟楚家小子見面了。

「我知道父親跟母親想與楚家聯姻，楚家不是還有位小姐嗎？讓弟弟去吧！」縣主提議。

沈雲商皮笑肉不笑地道：「他們倆湊一起能把房頂都掀了，算了吧！」

縣主眉頭微挑。怕是不能讓母親如願了，她前幾日還看見弟弟將楚小姐按在牆角親呢！

不久後，裴小公子求到沈雲商跟前，讓她去楚家提親。

沈雲商嚇得盯著兒子半晌都沒能說出話來，她一想到楚家那個混世魔女，額際就突突直跳。

實在不行，慕家的小姐也還是不錯的，且鄴京這麼大，沒必要就非往這兩家人裡選啊！

她這麼想著，不經意間就將心思說了出來。

裴小公子翻了個白眼。「母親就別亂點鴛鴦譜了，楚大公子都已經準備去慕家提親了。」

沈雲商再次震驚。不是，雖然他們以前確實想要幾家聯姻，但也沒想全都聯上啊！

裴行昭進來時，看到的就是沈雲商一臉哀愁地揉著眉心，他頓時皺起眉。「你惹你母親生氣了？」

裴小公子直喊冤枉。「我只是請母親幫我去提親。」

裴行昭眉頭一挑。「哦？哪家？」這臭小子是該找個人管著了，免得成日招商商生氣。

裴小公子答道：「楚家。」

裴行昭動作一頓，面無表情地看向自家兒子，然後再看看沈雲商，他終於明白沈雲商為何如此愁眉不展了。楚家那丫頭，別說管住兒子了，兩個混世魔王加在一起，鄴京的天都得捅破！且這兩個人成日成日地吵，有時候斷他們的官司都能叫人焦頭爛額。

「我終於能體會當年父親跟母親還有公公跟婆婆的感受了。」沈雲商有氣無力地道。做了父母，才知道那些年的自己有多麼招人煩！

裴行昭唇角一抽，問了跟沈雲商一樣的問題。「慕家小姐不行？」慕家那丫頭像極了白芷萱，比楚家那小丫頭省心多了。

裴小公子再次翻白眼。「不行，她已經許配給楚家了。」

良久後，裴行昭無奈地道：「鄴京是沒有青年才俊、貴女小姐了嗎？非要從這幾家找？」

裴小公子不太理解父母的想法。「父親跟母親不是一直都希望和楚家聯姻嗎？」

沈雲商與裴行昭只好妥協了。好吧，好像確實是這樣，現在他們都如願了，和慕家一家也找了一個姓楚的。

「裴城城！我什麼時候說要嫁給你了？誰讓你回來稟報父母的？」人未至，聲先到，姑娘清脆的聲音老遠就從廳外傳了進來。「姑父、姑姑，你們可要給我作主啊，裴城城他又欺負我！」

沈雲商跟裴行昭對視一眼，十分有默契地起身，飛快地從後門跑了。

「楚裊裊，昨天說嫁的人是妳，今天說不嫁的人又是妳，妳到底要怎樣？」裴小公子雙手扠腰地迎了出去。

沈雲商與裴行昭聽著後頭的動靜，兩人的腳步半點不敢停，生怕跑得慢了會被人逮住斷官司。

待從後門出了府，沈雲商才嘆了口氣。「報應，都是報應！」

裴行昭深以為然。「現在才知道當初我們有多招人煩了。」

二人說罷，相視一笑。

裴行昭牽著她的手。「走，吃炊煮去。」

沈雲商看了眼路人。「鬆手！多大年紀了？招人笑話！」

裴行昭皺眉。「多大？不也才三十多？」

「快四十了！」

「還差點。」

沈雲商懶得跟他爭，轉移了話題。「玉薇的女兒要及笄了，我們等會兒去挑一根髮簪。」

裴行昭挑眉。「行啊，綠楊前段時間還跟我說過這事。」

綠楊和玉薇是在沈雲商與裴行昭成婚第二年後成親的。

二人一路朝前走著，半路上卻碰到了楚燕堂和趙晗玥。

兩兩對望，半晌無言。

楚燕堂看了眼二人身後。「這條路……從後門出來的？」

裴行昭哼笑了聲。「楚大人難道不知道你家丫頭有多難纏？」

楚燕堂不甘示弱。「貴公子也不遑多讓！」

兩句話就都道明了原委，這都是跑出來躲那兩個魔王的。

「既然這樣，那去喝一杯？」

楚燕堂看向了趙晗玥，見趙晗玥點頭，他便道：「行。對了，今日慕淮衣也休沐，叫上他。」

裴行昭當然說好，到了酒樓給了小二銀子，讓他去慕家跑了一趟。

菜剛上齊，慕淮衣夫妻便到了。

裴家吵得不可開交，慕家跟楚家的小輩得到消息後都過去相勸，卻不知幾家的大人們正在酒樓裡談天說地，好不歡快。

人生路漫漫，有知己好友一路相伴，還有何憾？

後來的後來，楚燕堂因其本身智多近妖，一步步坐到了丞相之位，與大將軍裴行昭輔佐慶昌帝，開創了南鄴前所未有的盛世。

而裴行昭與沈雲商，則是另一個傳奇。

裴行昭後來接管玄軍與封家軍，猶如南鄴的定海神針，一生戰功赫赫，令敵國聞風喪膽，他在世期間，再無敵國敢侵犯。

而民間也一直流傳著一首歌謠——

文有楚相，武有裴將，帝王聖明，南鄴昌盛……

番外一　長公主殿下

熱鬧的集市因一場追殺而發生騷亂，人群躁動，驚慌逃竄，一個兩歲的小童被人群衝散，眨眼就不見了蹤影。

「阿辰、阿辰！」女子驚慌的呼喊聲淹沒在人群中。

殺手緊隨其後，貼身侍衛逼不得已，只能放棄尋找小童，帶著女子繼續逃亡。

「阿辰呢？先找阿辰！」女子急著說。

「阿錚、殿下！」女侍衛緊張地喊著人。

「殿下，榮錚應與太子殿下在一處，有他護著應當無礙，我們先走！」少年侍衛不過十三歲，眼中卻已帶著不符合年紀的悲傷與穩重。

不是他不願意找太子殿下，而是眼下情況，容不得他們有半分停歇。這一路的逃亡已經死了太多人了，如今只剩他們四個侍衛與太子殿下和公主殿下。

另一個侍衛狠下心將太子殿下的貼身女侍衛拉走。「阿錚武功不錯，定能護著太子殿下化險為夷的。」

他口中的阿錚是太子殿下的貼身侍衛榮錚，與女侍衛乃是雙胞胎。

女侍衛自然也知曉此時不是找人的時機，一旦被殺手追上就是死路一條。他們的命不打緊，但必須要護著公主逃出去，即便她此時萬分焦急、悲痛，也不能停留。

她只能在心裡默默祈禱著阿弟與太子殿下平安無事，可她心中也清楚，阿弟才十一歲，他帶著太子殿下脫險的可能性實在是太小了。

被衝散的人群給了他們逃命的好時機，但幾人逃了這一路幾乎已經到了極限，小半刻後還是被殺手追上，被逼到了懸崖處。

一身粗布衣裙的女子背靠懸崖而立，頭髮散亂，臉上帶著傷。殺手近在咫尺，她的臉上卻並無懼意，即便是粗衣，也難掩其貴氣風華，只是此刻她的眼底是一眼望不到頭的哀傷。

父皇跟母后死了，親衛都沒了，如今就連皇弟也走散了，她也被逼到了絕境，前方無路，看不到任何希望了。

一行淚迎風而落，她看向擋在她身前與殺手廝殺的三名侍衛，更覺悲痛交加。這一路上有太多的人擋在他們的身前，為了換她與皇弟的一線生機而慘死。

她的統領死前，將腰牌交給才十三歲的少年，此時此刻，那少年正拚死護在她身前；她的另一個侍衛才十二歲，亦是滿身的鮮血；而那最小的姑娘，也才十一歲。

趙曦凰閉了閉眼，嚥下哽咽，慢慢地往後退去。

新任的長公主府統領最先發現，驚恐地喊道：「殿下！」

趙曦凰沒有停頓，直到腳踩在懸崖邊上，她才朝他扯了扯唇，苦澀道：「榮統領聽令，帶著他們，活下去。」

「殿下不可！」察覺到趙曦凰想做什麼，年紀尚小的統領試圖衝上去阻止，可最終他還是沒來得及，只能眼睜睜地看著那抹身影往後倒去，落入無邊無際的大海。

「殿下！」

「殿下！」

「凰兒，帶著弟弟，活下去。」

「凰兒，是父皇跟母后沒有保護好你們，你們一定要活下去。」

「皇姊，父皇跟母后呢？」

「殿下，快走！」

數道絕望、悲傷的聲音在腦海中盤旋，轉眼又是海水肆無忌憚的淹沒，帶來強烈的窒息感，如此反覆的長久昏沈與煎熬後，她緩緩地睜開了雙眼。

入眼是淡粉紗帳，帶著一股甜香。

短暫的混沌後，趙曦凰勉強清醒了。

這是何處？她記得她跳了海，為何會出現在這裡？如此布置，總不能是地府？

「小姐醒了？」

女子柔和的聲音在這時傳來，趙曦凰聞聲偏頭望去。

察覺到她的動作，帳外的女子確定她醒過來了，立即轉頭吩咐丫鬟。「快去請老爺跟夫人，小姐醒了。」隨後她轉身挽帳，露出一張清麗的容顏。

趙曦凰確定自己沒有見過她。「妳是？」她為何喚自己小姐？她口中的老爺跟夫人又是誰？

「奴婢素袖，是小姐的貼身丫鬟。」

素袖溫和地回答著她，但不知是不是她的錯覺，她似乎聽出了素袖語氣中的哽咽。

不過……貼身丫鬟？她的貼身侍女早都沒了，眼前的姑娘她從未見過。

「奴婢知道小姐有諸多疑問，等老爺跟夫人過來後自會與小姐解惑。」素袖垂眸恭敬地道。

趙曦凰沒有錯過她眼角的紅潤，但她察覺到事情有異，便沒再繼續開口追問。

很快地，珠簾輕響，此時趙曦凰在素袖的攙扶下靠坐在床頭，她抬眸望去，便見一身華貴的中年夫婦先後走進來，二人神情悲傷，眼眶猩紅，還帶著一些趙曦凰看不懂的擔憂。

他們停留在床前三步外，欲言又止地看著趙曦凰。

幾人相對半晌後，夫人才小心翼翼地露出一個笑容，輕聲道：「您……可還好？」

趙曦凰眼眸一沈。他們是長輩，不該用「您」稱她，除非……

大約是發現了她眼中的戒備，夫人忙道：「您放心，這裡是安全的。」她說完轉頭看向中年男子。

中年男子忙接著她的話解釋道：「這是金陵白家，我是白家家主，這是賤內。我們是在海上救的您，您……」白家家主稍作停頓後，從腰中取出一枚玉珮，恭敬地遞了過去。「這是救您時發現的，怕底下人疏忽，我代為保管了幾天，您看看。」

在看到玉珮時，趙曦凰的臉色就變了，不待她出聲，素袖已接過玉珮，恭敬地遞到她的面前。她接過玉珮快速地檢查了一遍，確定並無不妥後，才又看向白家家主。

他知道她的身分，還認得這枚玉珮？可在這之前，她從未聽過金陵白家。

白夫人仔細觀察著趙曦凰的反應，幾經思忖後，再次試探地開口。「您與您的母親生得很像。」

趙曦凰驀地捏緊玉珮，驚道：「妳認得我母后……」話未說完，她便意識到了什麼，眼神凌厲而戒備地看著白夫人。

白夫人在試探她的身分，而她情急之下說漏了嘴。

不待她想法子圓過，二人和素袖便已經跪了下去，喊著「見過長公主殿下」。

趙曦凰身子一僵，目光複雜地看著三人。

他們果然認出了她，可她確認在這之前他們並未見過，他們怎會認得？難道……趙曦凰低頭看著手中的玉珮，難道他們是憑著這塊玉珮認出她的？

能認得這塊玉珮，說明他們見過父皇或母后，可是敵是友，此刻卻無法下定論。

心思幾轉後，趙曦凰抬眸，輕聲道：「恩人請起。」

聽她這話，白家主誠惶誠恐地道：「殿下折煞草民了，能救下殿下，是草民的榮幸。」

趙曦凰生在皇宮，長在京城，沒少見爾虞我詐，雖然一直被帝后保護得很好，金尊玉貴地養著，但也算是胸有城府，以她此時識人的本事，從始至終都未在白家夫婦身上感受到惡意。他們恭敬中還帶著幾分親切，散發的皆是善意。

趙曦凰難免就想到了父皇跟母后，她的父皇與母后英勇無雙，救人無數，備受百姓尊崇愛戴，觀此二人待她的態度，或許，父皇和母后也曾救過金陵白家？

如此想著，趙曦凰放軟了語氣。「二位請先起來吧。」

白家主與夫人這才起身。

白夫人再次看向她時，眼底隱有濕潤，她微微上前一步，小心翼翼地問道：「殿下，陛下與娘娘……」可是真的不在了？

後面那句話白夫人沒能問出口，她實在無法想像自己萬分敬仰的帝后就這麼駕鶴西去了。

白家主也下意識地微微傾身，眼裡難掩急切。

趙曦凰將二人的神態盡收眼底，對他們的防備又少了幾分。

她心知如果他們要害她，便不會多此一舉救她，畢竟此時的她已無任何利用價值，反倒還有可能會被牽連。不過，若是想將她送出去邀功也不是沒可能。

「我昏睡了幾天？」趙曦凰沒有立刻回答，而是反問。

白夫人忙回道：「您已經昏睡五日了。」

五日的時間已經足夠他們將她送給趙宗赫的人，根本不必等到她醒來。趙曦凰輕輕鬆了口氣，語氣低沈地道：「父皇跟母后，都不在了。」

她話一落，白家主便似是受到打擊般，身軀輕輕地晃了晃，白夫人亦是以帕遮面，側過身去。

趙曦凰心中最後一絲懷疑隨之消退。如今她孤身一人流落到這裡，他們著實沒必要對著她演戲。

「那太子殿下……」白家主突然想到什麼，語氣急切地問道。

提到幼弟，趙曦凰心中似被針狠狠一扎，她忍著哽咽，搖頭道：「不知道，我們被追殺時，走散了。」兩歲的幼弟，十一歲的侍衛，她很難想像他們要如何從趙宗赫派出的殺手們手中逃出生天。

白家主與白夫人許是也想到了這層，皆是愣怔。

從救下長公主開始，他們就有了心理準備，太子殿下如此年幼，若是不在長公主身邊，那麼多半是……

他們當時生怕太子殿下也落入了海中，還打撈了許久，卻是一無所獲。

「不知是在何處走散？草民這就派人去尋！」短暫的寂靜後，白家主拱手鄭重地道。

是死是活，總得有個定論。雖然希望渺茫，但萬一上天庇佑，太子殿下活下來了呢？

「當真？」趙曦凰眼睛一亮，她本也是如此想的，只是她如今已是孤身一人，無人可用，若是白家願意去尋皇弟……

「不瞞殿下，草民一家曾被陛下與娘娘相救，若是能報答一二，草民不勝榮幸。」白家主誠懇地道。

趙曦凰愣了愣，果然與她猜想的一致。她沈默片刻後，道：「可否告訴我，當年發生了什麼事？」

「自是可以。」

白家主便將那年天下大亂，家中闖入賊寇，帝后及時出現，才免去白家滅門之災一事事無鉅細地道來。

趙曦凰聽得入了神，連眼淚落下也不自知。

她聽了很多父皇與母后的英勇事蹟，以往都是萬分驕傲，可如今卻滿心苦澀。她的父皇和母后那般好，為何卻落得這樣的結局？

白家主與白夫人見她如此，也忍不住跟著抹眼淚。

好半晌後，趙曦凰才回神，看向二人，認真地道：「此事需要從長計議。」

趙宗赫滿天下地追殺他們，連他們的親衛都難逃毒手，更何況一個金陵白家，若白家因尋找幼弟而受到牽連，她必無顏去見父皇與母后。

「殿下，這……」白家主皺了皺眉，還想再說什麼。

趙曦凰便又道：「此番多謝二位相救，但尋找阿弟一事須得萬分謹慎，否則必要招來禍端。」隨後便將帝后中毒身亡，以及她與幼弟被追殺的緣由道出。

白家主雖然早已有所猜測，但得到證實還是難掩怒火。「陛下與娘娘待那惡賊萬分真心，卻沒想到竟養出了一條毒蛇！」他也明白了趙曦凰是怕牽連他們，神色凝重地道：「殿下，只要能救太子殿下，草民不懼。」

白夫人也鄭重道：「民婦亦不懼。」能為那二位做點什麼，也是死得其所。

「可是我害怕。」趙曦凰眉眼低垂地道：「為了護我們，已經死了太多人了。二位知曉的，父皇與母后心懷天下，憐憫百姓，若再牽連二位，我便要去父皇和母后跟前請罪了。」

白家主與白夫人聽她這般說，哪裡還敢再堅持？忙承諾道：「殿下定要珍重玉體，草民聽殿下的便是。」

趙曦凰輕輕「嗯」了聲，餘光瞥見素袖，想起了方才之事，疑惑地問道：「方才這位姑娘說，是我的貼身丫鬟？」

白家主與白夫人對視了一眼後，齊齊跪下。

趙曦凰一愣。「二位這是做甚？快快請起！」

二人卻並無動作，趙曦凰再要開口時，便聽白家主道——

「殿下，是草民斗膽擅自做的安排。」

趙曦凰聽出他話中有話，便沒出聲，只安靜地看著他。

果然，白家主繼續道：「如今外頭到處都在尋找殿下，若是府中貿然多出一人，必會引起懷疑，所以草民斗膽……請殿下以白家大小姐的身分留在府中。」

趙曦凰聽明白了，他是要給她白家長女的身分以掩人耳目。

「草民自知冒犯，還請殿下降罪。」白家主磕頭道。

趙曦凰身上無力，只抬手虛扶。「二位快起來，如今我落到這般田地，你們肯施以援手，該是我謝你們，怎會計較這些？父皇與母后泉下有知必也不會怪罪，反倒會感激二位肯予我一處安身之所。不過，我有一疑問，若要掩人耳目，想來白家確實有一位大小姐，若我代替了她的身分，那她呢？」

這話一出，滿室寂靜。

趙曦凰察覺出不對，瞥了眼抬手抹淚的素袖，隱約明白了什麼。她應是白家大小姐的貼身丫鬟，而她眼下如此悲傷，說明白家大小姐……

「她怎麼了？她在何處？」趙曦凰著急問道。難道他們為了救她，送走了自己的女兒？

見趙曦凰誤會，白夫人這才哽咽著解釋道：「小女生來體弱，長臥病榻，我們這些年為她四處求醫，可沒承想她還是沒能熬過去，就在五日前，她……她病逝了。」

五日前，那就是救下她的那一日。所以他們才想出李代桃僵之計？可如此，白大小姐就要秘不發喪……趙曦凰不由得哽咽，一時間心緒難寧，半晌無言。

「殿下莫要憂傷，小女已經秘密葬入家陵了。」白家主抹了淚，反過來安慰道。

趙曦凰抿了抿唇，撐著下床，跪在二人面前。

她此舉將白家主與白夫人嚇得不輕，趕緊伸手去扶。「殿下，使不得！」

趙曦凰彎腰行下大禮。「趙曦凰，謝過二位大恩。」

白家主與白夫人也跟著磕了頭，才誠惶誠恐地攙扶起趙曦凰。

待趙曦凰重新坐在床榻上，白夫人才道：「若是殿下同意了，我們過些日子便去姑蘇。」

「為何？」趙曦凰疑惑道。

「小女雖然生來體弱，常年養在深閨，可金陵還是有見過她的人，所以我們不能留在這裡。恰好姑蘇那邊我們也有諸多產業，且那裡氣候適宜，適合殿下養病。」白夫人解釋道。

趙曦凰便明白了，他們這是為了保護她，才選擇離開故土，遷往姑蘇，她喉中又是一哽。

白夫人看出她的心思，淺笑著道：「殿下寬心，白家這幾年新開的鋪子大多都在姑蘇，原本也是打算近日便遷去的。」

趙曦凰哪能不知道這是白夫人為了安慰她才這般說的？但還是低低地應了聲。

「對了，小女名喚白蕤，葳蕤繁祉的蕤。」白夫人哽聲道：「以後，就委屈殿下了。」

葳蕤繁祉，這是白家父母對女兒的祈願與祝福，可見他們有多愛長女，只可惜……

趙曦凰伸手拉住白夫人的手，輕聲道：「能借用白姊姊之名，是我的榮幸。」

白夫人再也沒忍住，捂嘴哭泣。

從海上將公主救回來沒多久，女兒就病逝了，她與丈夫因玉珮窺出了公主的身分，忍著椎心之痛秘不發喪，想出了這李代桃僵之計。

這幾日她過得無比煎熬，一邊怕公主的身分暴露，一邊因女兒的離世而悲痛不已，如今公主醒來，也算是一種寬慰，可失去女兒的痛苦亦難以平復。

此時聽見趙曦凰這話，便再也忍不住，在她面前痛哭出聲。

之後幾日，白夫人每日都要來陪趙曦凰說說話。

金尊玉貴長大的人兒，一朝面臨如此大的變故，白夫人怕她撐不下去，便每日變著法兒地哄著。

所幸趙曦凰沒有在悲傷中沈浸太久，很快便振作起來，開始計劃暗中尋找幼弟趙熙辰，還有她的幾個侍衛。

日子就這麼緊張而急促地過著，轉眼便過了兩月。

這日一早，天就陰沈沈的，彷彿預示著有什麼不好的事情要發生，趙曦凰不知怎地，一早便覺心慌，到了午時，噩耗突然降臨。

白家主帶回消息，太子殿下落崖身亡。

雖然早有預感，但趙曦凰依舊難以接受，也不願意相信；可緊接著她的侍衛現身，打破了她的最後一絲念想。

那日，他們三人從殺手手中逃了出來，尋了一處破舊的寺廟一邊養傷，一邊打探他們的消息。榮統領不知用什麼方法找到了白家，同時也得到太子殿下墜崖的消息。

趙曦凰悲痛欲絕，幾度昏厥，渾渾噩噩地度過了數日，也因此躲過了官兵的搜查——白家長女體弱是金陵人盡皆知的，以防趙曦凰墜海被人所救，趙宗赫的人查了那日海上的每一艘船隻，自然也查到了白家。

白家主自然早有應對，花重金請了易容高手，將昏迷中的趙曦凰易容成白蕤的模樣，而脈象幾乎不用掩飾，那幾日的趙曦凰因落海後身子還沒調養好，再加上大受打擊，發起了高燒，與長臥病榻的白蕤幾近相似，便也沒人懷疑白蕤已經換了人。

如此過了一段時日，風聲漸停後，白家便遷往了姑蘇。

姑蘇沒人識得白家大小姐，趙曦凰頂著白蕤的身分養在白家，無人察覺。

趙曦凰大病初癒後不死心，又暗中查起幼弟趙熙辰落崖之事，但在查的過程中竟發現趙宗赫的人亦沒有放棄尋找趙熙辰的屍身，且因他們的追查差點引來禍患，趙曦凰便不敢再往下追查了。

趙宗赫的人盯得太緊，她若不慎露了端倪，白家必是滅頂之災。

為了不牽連白家，趙曦凰不得不放棄追查，但她的心裡仍一直存著一絲希冀，不知是不是血脈感應，她總覺得她的阿弟還活著。

趙曦凰就這樣抱著渺茫的希望，度過了一日又一日。

父皇與母后遺命不許她報仇，要她隱姓埋名好好活著。原本幼弟在身邊，她尚能拚了命地活下去，可如今只剩她一人，她心中繃著的那根弦就斷了。

她似乎找不到活下去的動力了，唯因未尋到幼弟屍身，才能抱著這僅有的一點希冀混沌度日。

這年的花燈節，白夫人見趙曦凰終日鬱鬱寡歡，與白家主商議之下，強行帶她出門去看花燈。

人整日悶在院中是不成的，或許出去走走能讓她的心情有所舒緩。

趙曦凰其實並不想去，但見白夫人實在擔憂得緊，她也不願辜負白夫人的一片苦心，就任由丫鬟替她梳妝打扮，隨白夫人一同出了門。

姑蘇的花燈節很熱鬧，燈火漫天，歡聲笑語，極具感染力，趙曦凰的唇邊漸漸地也多了幾絲笑意。

白夫人瞧見了，暗喜著今兒這法子管用，還吩咐丫鬟去買了個漂亮的花燈給趙曦凰。

趙曦凰立在一排明亮的花燈下，微微垂眸看著手中的兔子燈，唇角輕輕彎起。微風拂過，輕紗掀起，露出了她明豔的臉龐。

她以往都待在皇宮，很少體會這樣的熱鬧，也沒有見過如此別致的花燈。

趙曦凰看了半晌後，抬眸朝白夫人道謝。「謝謝母親。」

也就是在這時，趙曦凰察覺到了一道視線，她戒備地望去，卻見燈火璀璨中，一個一身富貴的俊俏公子正眼也不眨地盯著她。

「不用客氣，妳還想要什麼，跟我說就……」白夫人話說到一半，也察覺到了什麼，忙順著趙曦凰的視線望去，看清對方後她微微一怔，隨後似是想到了什麼，不動聲色地看了眼趙曦凰，輕聲道：「那位是姑蘇首富沈家的公子。」

趙曦凰原本還擔憂是對方認出了她的身分，此時見白夫人神色，頓時便明白了什麼，遂皺了皺眉，偏過了臉。原是個登徒子！

白夫人見趙曦凰不願搭理，便挽著她準備離開，卻沒想到那沈公子好生沒有眼力，竟然追了上來。

「白夫人！」

白夫人不得不停下腳步，轉身笑著回應。「沈公子也來看花燈？」

「是啊！」沈楓到了跟前倒很規矩，並未再盯著趙曦凰瞧，只是彎腰拱手行禮。「白大小姐。」

趙曦凰仍舊側著身子，雖然她並不想搭理他，但此時她頂著白大小姐的身分，得顧及著白家顏面，便也客氣地頷首回了禮。

如此，沈楓也就確定了她的身分。

沈楓是知道白蕤的，畢竟都是富甲一方，多多少少都有些生意上的來往，他一直聽說白大小姐身嬌體弱，白家對其萬分寵愛，所以方才見到白夫人對身邊的姑娘格外用心，便猜到她應當就是白家大小姐。

「天色漸晚，我們便先回去了。」白夫人見趙曦凰實在不想搭理人，便找了藉口離開。

沈楓目送二人離開，盯著趙曦凰的背影，久久未動。

他聽過很多戲曲，其中不乏有一見鍾情的故事，那時他都覺得很荒謬，怎麼可能對一個陌生人一見鍾情呢？但今日，他信了。那感覺就像是一片羽毛落在心尖，酥酥麻麻的。

「公子？公子？」

隨侍連喊了好幾聲，沈楓才回神，他神情堅定地道：「我要追求她！」

隨侍驚訝萬分，不就遠遠瞧了一眼，怎麼就要開始追求了？

沈楓說到做到，第二日就去白家拜訪白公子。

白公子不由得詫異。「我跟沈公子並不相熟，他來做甚？」不僅不熟，前些日子還因搶了對方生意而結了仇呢！

白夫人當即就知，這是醉翁之意不在酒。不過，她並不覺得這是一樁壞事，公主整日鬱鬱寡歡，對什麼都提不起興致，若是沈公子能來掀起一點波瀾，她樂見其成。

「既然人都來了，好生招待就是。」

白公子雖然不解，但白夫人既如此說了，他不再反駁，起身迎了出去。

然此時的白公子還不知，這只是個開始。

接下來的數日，沈楓隔三差五就來白家拜訪，一來就是幾個時辰，耽擱了白公子不少事，白公子甚至都開始懷疑這是沈家欲搶生意的陰謀。

直到一日沈楓終於憋不住，向他打聽起白蕤，白公子這才明白這個人的真正意圖。

白公子對沈楓的印象並不差，雖然這人臉皮極厚，但品性與能力都是極好的，若真是自己的妹妹，他當然願意促成，可現在的白蕤是長公主殿下，他哪裡敢應承？

然沈楓似乎聽不出他的拒絕，仍舊日日纏著他。

白公子實在被纏得煩了，便撂下一句「只要妹妹同意便可」。

因這話，沈楓就像是得了某種恩准一樣，開始轉移目標。

起先，趙曦凰每日都會收到各種各樣的鮮花，素袖見趙曦凰沒表態，便自作主張地找了個花瓶養著。

而後，送來的箱子中多了首飾、脂粉，趙曦凰仍舊視而不見。素袖詢問過白夫人的意思後，都留了下來，且放在最顯眼的地方。

再之後，送來的箱子裡又多了銀票、鋪子。

這回連白夫人也不敢作主了，於是來問趙曦凰。「沈家公子送的這幾間鋪子都在最繁華的街市，殿下想如何處理？」

「都還回去，告訴他不要再送了。」如此，他應該就會知難而退了。

可趙曦凰還是低估了沈楓的決心，隔日，這人竟偷偷翻牆過來，不僅將昨日的銀票、鋪子帶來了，還又添了幾處房產。

趙曦凰看著面前口若懸河、神情真摯但灰撲撲的俊俏公子，久久無言。

「這都是送給妳的，哪有收回的道理？送了妳那就是妳的，就算妳始終不點頭，這些東西也不用還回來。我沒追過姑娘，也不知道這樣對不對，我想大約是有些唐突的，但是我還是自私地想爭取一下，委屈妳了。

「我知道我今日翻牆過來很不對，實在是見不著妳，一時情急。不過妳放心，以後不會了。對了，妳可不可以告訴我妳喜歡什麼啊？我這就出去買來給妳送過來。我知道這或許有些俗氣，但我不會詩文，也不會武功，除了錢，拿不出其他什麼優點。妳也別有顧慮，這都是我心甘情願的。我都說完了，東西放這兒，我走了啊！」

從頭到尾，趙曦凰一個字也沒說，她盯著那人逃也似的跑向牆角，手腳並用、極其艱難地爬上去，好似生怕她出聲叫住他、拒絕他。

「啊！摔死我了！你們怎麼不接著我點？」

今日之前，趙曦凰都已經忘了這個人長什麼模樣了，卻沒想到他會以這樣的方式讓她對他有了一絲印象。不過……「姑蘇的公子都是這樣追求姑娘的？」

將這一切盡數看在眼裡的素袖抿了抿唇，輕聲回道：「並非如此，畢竟不是每個人都像沈公子這麼有錢，就算有，也不如沈公子這般真誠大方。」這些東西就是放在聘禮禮單裡都是極重的，她也是頭一次見人這麼追姑娘。

趙曦凰沈默良久後，冷哼了聲。「那他還真是……蠢。」

素袖垂首不語。沈公子這樣的方式或許對其他姑娘有用，但公主是在金銀堆裡長大的，豈會為錢財而感動？「那這些東西？」

趙曦凰頭也不回地道：「送回去給沈家主。」

素袖恭敬應下。「是。」沈家主若知道沈公子如此揮霍，也不知道會不會暴跳如雷？

然而，事情又一次的出人意料。

當日，這些東西又原封不動地被送了回來。沈家主的原話是：送出去的東西哪有收回來的道理？我沈家豈會做如此丟人之事！

趙曦凰盯著桌上的箱子，再次沈默。不愧是父子，說辭都一模一樣。「那便先收起來吧，尋個合適的機會再還回去。」

但合適的機會還沒尋到，沈楓送的禮又堆成了山，有布料、糕點、馬車等等一應能用到的東西。

不光趙曦凰，就連白夫人也覺得這沈家公子著實是大方過了頭。「妳若實在不喜這沈公子，我便讓老爺出面，將東西送還。」

由白家主出面，這東西就必然能還回去。趙曦凰正要說好，素袖便進來稟報——

「小姐、夫人，沈公子又送東西來了。」

白夫人輕嘆一聲。「這回又是什麼？」沒承想這沈公子竟如此執著。

素袖幾番欲言又止後，終是回道：「是一對石獅子。」

趙曦凰與白夫人皆是一愣，懷疑自己聽錯了。

素袖卻繼續道：「還有一對金獅子。沈公子說，小姐體弱，院裡放對石獅子能鎮邪，但又覺得石獅子有些過於輕了，便另送了一對金獅子，小姐可以擺在珍寶架上。」

趙曦凰與白夫人面面相覷。

白夫人沒忍住，笑了出來。「沈公子真是個妙人！」

不知是不是因為受白夫人影響，趙曦凰沒來由地生出了一些興致。「石獅子在何處？」

「沈公子的人已抬到了院外。」素袖回道。因白夫人有撮合之意，早就吩咐過不干涉沈公子的人進府。

趙曦凰沈默片刻後，道：「我去瞧瞧。」

白夫人見她竟改了主意，忙歡喜地跟了上去。

如今公主無親人在世，又無法復仇，若是沒點盼頭，這日子根本無法過。而他們這些人與公主到底隔著一層關係，多是有心無力，所以她一直想著，要是公主成了家，或許會另有一番景象。

半盞茶後，趙曦凰立在一對威武的石獅子前陷入了沈思。

雖然她未曾體會過兒女情長，但也大概知道，追姑娘送石獅子的，這應該是頭一份。不知怎地，她便想起了那個午後，那人翻牆、灰撲撲地來到她跟前，噼哩啪啦說了極長的一段話後，又匆匆翻牆離開的畫面。

她隱約記得，那雙眉眼中似乎閃爍著星辰。

趙曦凰的唇角不自覺地輕輕彎起一個弧度。這人，似乎有些有趣。「收下吧。」

白夫人聞言，眼睛一亮，似乎比沈家的人還歡喜，忙喚人將一對石獅子抬進院中。

沈楓得到親信回稟，不敢相信地問了好幾遍。「當真？真是她親口說的收下？」

「回公子，是的。」下人滿臉笑容地回答。

公子這禮總算是送對了一回，只是不知為何這白大小姐不喜金銀、地契，偏喜歡石獅子？

「好好好好好……」沈楓激動得來回踱步。「只要她肯收，我就有機會。」

受到了鼓舞，沈楓決定乘勝追擊，從幾日送一回變成了每日都送。

只是他似乎摸到了門道，不再只送金銀，而是每次都會添上一些街市上的小玩意兒。

就這麼又過了幾月，趙曦凰感覺到屋子快要裝不下沈楓送的禮時，頭一次主動去見了白夫人。

白夫人聽完她的來意，又驚又喜。「當真？妳當真願意嫁他？」

趙曦凰點頭。「願意。」

從一開始她就知道白夫人有意撮合，她也知道原因，只是那時心中萬千愁緒不得排解，無心想其他，後來慢慢地她也就想明白了。

父皇和母后留有遺命，不許她報仇，要她好好活著，她自不能違背遺命去尋死。且白家對她恩重如山，這些日子白夫人待她慈和疼愛，白大公子對她有求必應，白大少夫人溫婉和氣，她想，她是喜歡這裡的，更不願他們為自己憂心。

她知道白夫人有意撮合是覺得有了牽絆，日子才能好好地過下去。或許，她可以試一試。而且沈楓是個很有趣的人，她不討厭。

趙曦凰點了頭後，沈家與白家霎時都熱鬧了起來。

隔日，沈夫人就帶著媒婆上門，問過趙曦凰的意見後，白夫人將日子選在來年初春。

沈楓親自去獵了兩隻大雁，聘禮更是要多隆重、有多隆重。

公主在自家出嫁，白家豈會落於人後？嫁妝是添了又添。

大婚當日的十里紅妝，也成了百姓們很長一段時間茶餘飯後的談資。

沈、白兩家聯姻自然引起了很大的轟動，沈楓追求白家大小姐的故事很快就被寫成了無數個話本流傳於世，當然，其中真真假假參半。

總之，這是一段廣為流傳的佳話。

大婚之後，沈楓待趙曦凰可以說是體貼入微、珍愛萬分。

起初趙曦凰只想著把日子過下去，可哪個姑娘能招架得住這樣深情體貼又多金俊俏的郎君？公主也不例外。

情意在無形中慢慢滋長、延續。

隔年，趙曦凰誕下一女，取名沈雲商。

夫妻恩愛，家庭和睦，趙曦凰不只一次感覺自己是在作夢，偶爾獨處之時，她也不由得會想著，若是弟弟還活著，該有多好？

許是上天眷顧，近二十年後，她在京城見到了她的弟弟趙熙辰，那時他的名字是楚懷鈺。

番外二　太子殿下

楚懷鈺是楚家的嫡幼子，受萬千寵愛長大，養出一副天真燦爛、溫潤和煦的性子。

直到十一歲那年，他知道了一個秘密，猶如驚雷砸下，讓他驚慌無措。

原來，他竟不是楚家的嫡幼子，而是玄嵩帝后的嫡子，太子趙熙辰。

同時，他也知曉玄嵩帝后並非自願禪位，而是被先皇害死的，他上頭還有一位長姊，在被追殺時與他走散，墜了海，至今未能尋見屍身。

這一切都是父親與母親告訴他的，原本他們打算在他及冠後再告知實情，可因他逐漸長開，越發像玄嵩帝，以防萬一，只能提前說出這個秘密。

精緻漂亮的小院中花團錦簇，楚懷鈺呆呆地坐在涼亭中，茫然而惶恐。

出事那年他兩歲，還不記事，對於那段慘烈的過往，他沒有一點記憶，也沒有太大的感觸，但他在父親和母親的言語中，能感受到當時是多麼惡劣的境況。

可他沒有記憶，不如父親那般悲痛。

花香隨著清風拂來，楚懷鈺深深地嘆了口氣。

原來他覺得自己幸福極了，可現在才知，他早就沒有親人了。

這一刻，孤獨與彷徨緊緊籠罩著他。

突然，肩上一沈，他偏頭望去，卻是貼身護衛為他披上了披風。

「公子，太陽下山了，起了涼風。」

楚懷鈺任他給自己繫上披風，而後突然想到了什麼。「你是哪年跟著我的？」好像從他有記憶開始，他就在自己身邊了。

「我一直在公子身邊。」護衛低聲答道。

楚懷鈺明白了。「那你也知道我並非楚家公子了？」

護衛沈默了幾息後，半跪在他面前，仰頭看著他，重複了一遍。「屬下一直在公子身邊。」

楚懷鈺起先並沒有察覺到他的意思，直到他又重複了一遍，心中才隱隱明白了什麼，驚訝地道：「那你是……」一直在自己身旁，那就不是楚家的人。

「嗯，我是玄嵩帝親選給殿下的貼身侍衛。」護衛從腰間掏出一塊權杖，遞給楚懷鈺。「當年我臨危受命，是殿下的侍衛統領，榮錚，鐵骨錚錚的錚。」

「榮錚……」楚懷鈺低低唸了一遍，接過那塊權杖，在指尖摩挲著。府中的人都喚他阿冬，原來他真實的名字叫榮錚。「其他侍衛在何處？」

榮錚的身子微微一僵，半晌後帶著些許的哽咽回道：「東宮侍衛，只剩屬下一人了。」

楚懷鈺猛地捏緊手中權杖，抬眸看著榮錚。

方才聽父親與母親說起那段往事時，自己心中並沒有太大的起伏，直到此時看著榮錚，聽著他這句話，才真正感受到了悲傷。

他想，或許是因為榮錚親歷了那場殺戮。

「東宮統領榮錚，拜見太子殿下。」榮錚後退了幾步後，鄭重拜下。

楚懷鈺的手指不由得一顫。太子殿下……

方才在祠堂發生的一切似是在作夢，而這一刻的榮錚卻像是捅破了那層虛幻，告訴他這不是夢，是真的。

他真的不是楚懷鈺。

不知過了多久，楚懷鈺才起身將榮錚攙扶了起來。「以後，還是喚我公子吧。」他的身分就像是一包很大的炸藥，一旦戳破，連帶著楚家都會被炸得寸草不生。

「是。」榮錚恭敬地應下。

「父親說，我阿姊墜海了？」

榮錚沈聲回道：「那一年為了躲避追殺，我們逃到一個小鎮上，恰逢當日集市，人群眾多，將我們與長公主衝散了。公子原本還有一個侍衛，是我的胞姊，那時逃亡，為了掩人耳目，她化名阿夏。我遠遠地隔著人群看了一眼，她似乎被擠到長公主身邊。但當時實在是太亂了，我再想去找時，已經沒了長公主的蹤影，我便只能帶著公子東躲西藏。原本已經絕望了，卻沒想到楚家的人會在這時出現，救下了公子，後又精心策劃了公子落崖身亡的假象。」榮錚頓了頓，繼續道：「過了好些天，楚大人才帶回消息，長公主墜海了。」

當年的絕處逢生，如今說來不過短短幾句話，可即便沒有親歷，楚懷鈺也大約能想像得到當時是多麼的驚險。

他沈默了良久，才道：「但一直沒有找到阿姊的屍身。」

「是。當年趙宗赫的人及楚大人的人，都沒有找到長公主的屍身。」

「那有沒有可能，阿姊與我一樣被人救了？」楚懷鈺心中突然生出一絲希冀，期待地看著榮錚。

榮錚不忍打破他這一點期盼，輕輕點頭。「長公主殿下吉人自有天相，或許被救了也說不定。」

楚懷鈺的語氣略微上揚。「對，我都能活下來了，阿姊一定也能！」

榮錚欲言又止後，點頭道：「嗯。」當年何等驚險，且他很清楚長公主確實墜海了，活下來的可能太小了。

「我有預感，我們終有一日會見面的。」楚懷鈺望著夕陽，低喃道。

榮錚未再言語。

從知道真相的那日開始，楚懷鈺便不再執著於出門了。以往他不明白父母為何儘可能地將他禁錮在府中，如今知曉，是因為他與玄嵩帝生得太像了。

一旦被有心人察覺，不僅身分會暴露，楚家也會大禍臨頭。

楚懷鈺就在這小院中度過了一日又一日，所幸有滎錚陪著，倒也不顯得那麼難熬。

直到十五歲這年，他發現父親常常看著他失神，母親也愁思不已，他便明白，他越來越像他的父皇了。

一個尋常的早晨，楚懷鈺用完早飯後，突然朝滎錚道：「我們離開鄴京吧。」

滎錚一愣，卻並未問緣由，而是點頭。「好。」

「阿姊當年是在何處墜海？」

「江南。」

「那我們便去江南。」

「好。」

當夜，楚懷鈺便留下一封書信告別，帶著滎錚連夜離開了楚家，往江南而去。

楚大人與楚夫人次日得知後，雙雙靜默了許久，而後遣心腹追去，暗中保護。

他們雖然擔心，但也知道頂著那樣一張臉，留在鄴京才是最危險的。

後來心腹回稟，楚懷鈺要建立江湖門派，楚大人便暗中相助，加上滎錚的扶持，楚懷鈺很快就擁有了一個名喚極風門的江湖門派。

有金銀加持，門中籠絡了不少奇人異士，甚至還請出一些隱士高人，而門中的花銷也越來越大。

「公子，銀子不夠了。」這是這一個月來，榮錚第五次對楚懷鈺說這句話。

楚懷鈺彼時正在看話本，故事的主人公是姑蘇首富之子沈楓與金陵首富長女白蕤，故事講述的是沈楓對白蕤一見鍾情後，使出渾身解數追求，最後抱得美人歸。

他不是第一次看這二位的話本，但每一個故事都有不一樣的精彩，他正看得津津有味時，聽見榮錚的話，隨口道：「那怎麼辦啊？」

榮錚一時無語。

「嘖嘖，他們的女兒與江南首富之子從小訂下婚約，青梅竹馬、兩小無猜，怎麼沒人寫他們的話本啊？」

「……公子，我們沒錢了。」

楚懷鈺抬頭，無辜地眨了眨眼。「我知道啊，我這不正在想辦法嗎？」

榮錚唇角抽動。您分明是在看話本，能想出哪門子辦法？

「你讓人去貼個告示，就說極風門要招副門主，二百萬兩起。」

楚懷鈺說完後，換了個姿勢，繼續看。

榮錚面無表情地看著楚懷鈺。誰會那麼想不開，用二百萬兩買一個副門主的位置？

但見楚懷鈺再次沈浸在話本中，他只得深吸一口氣，領命而去。

榮錚屬實沒想到，告示才貼出去不久，竟真的有人找上門來，且一來還是兩個。

不說榮錚不解，就連楚懷鈺都有些驚訝，他只是不抱什麼希望地到處撒網而已，沒想到還真的網到了大魚，且還是兩條！

「快約他們見面！」楚懷鈺迫不及待地吩咐著，生怕魚兒逃出了他的網。

很快地，雙方約定在一家名為松竹客棧的地方碰面。

楚懷鈺先見了一位長得極其好看的少年，少年腰間掛滿了金珠珠，晃得他眼睛看不清，很快便談成了這樁生意，約定了時間簽契約。

第二位是一位明媚漂亮的姑娘，對方與少年的要求幾乎一致，他沒有拒絕的道理。

兩日後，他便按照約定接那位姑娘到了極風門，怕她反悔，他在席間將她灌醉，簽訂契約，然後他便見她在契約上寫下了三個字——

沈雲商。

楚懷鈺又驚又喜，他知道她，他前幾日還看過她父母的話本。

但此時他的第一個反應是，姑蘇首富獨女，他不用擔心她沒錢給了。

那時的楚懷鈺怎麼也沒想到，不久後，沈雲商會雙眼含淚地朝他恭敬拜下，喚他一聲小舅舅。

這一切好似冥冥之中早有注定，他苦尋不得的親人竟因一張告示來到他的面前，而他也如願見到了他的阿姊。

他的阿姊美麗、溫柔、親切，與他想像中一樣。
再後來，他也從楚懷鈺變成了新帝趙熙辰。
眾望所歸，普天同慶。

——全書完

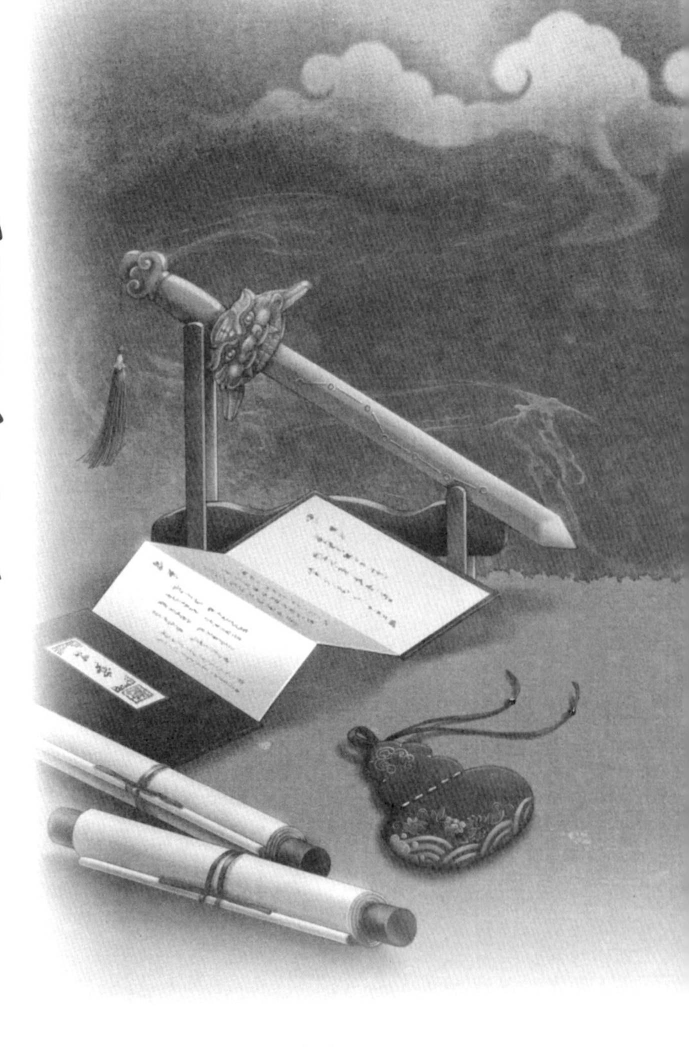

別出心裁，與眾不同／雁中亭

2024年6月出版

廢柴么女勞碌命

荒唐恣意，是保住一條命的小心機；
兼容並蓄，是引領國家進步的真諦。
且看她融合古今科技，成為前無來者的女帝！

文創風 1263 1

身為一名頂尖外科醫師，卻在為患者動完馬拉松手術後猝死，
若要問這個悲慘的經歷帶給了趙瑾什麼教訓的話，
她會說：無論如何，「保住一條小命」最要緊。
正因如此，當趙瑾發現自己穿越成武朝的嫡長公主，
且可能被捲入皇儲之爭時，立刻偽裝成「學渣」，
怎麼荒唐就怎麼來，被當成混吃等死的廢柴也無所謂。

文創風 1264 2

趙瑾實在是想不通，選了一個出乎眾人意料的駙馬又怎麼了，
覬覦皇位的那個人，有必要在他們新婚三天就把她擄走，
甚至揚言要她替自己生下子嗣嗎？也太心急了。
不管怎樣，雖然火速平安獲救，她的信念卻更堅定了；
絕對不生孩子，說什麼都要遠離紛紛擾擾的朝堂。
於是乎，趙瑾拉著把她當女神的丈夫——侯府次子唐韞修，
結伴同去青樓競標花魁，大把大把銀兩往外撒……

文創風 1265 3

解決水災與瘟疫事件之後，趙瑾與唐韞修兩人「死性不改」，
堅定地過著你儂我儂、逍遙自在的享樂人生，
然而，意外到來的小生命卻引發波瀾，讓局勢變得更加複雜，
先是有人企圖用藥改變孩子性別，後有王爺帶兵謀反。
就在趙瑾接受自己即將落得「一屍兩命」的悲劇下場時，
她那平時一副紈袴子弟模樣的駙馬竟大顯神威，
率軍降服逆賊，無懈可擊地瀟灑了一回。

文創風 1266 4

儘管擺脫了通敵的嫌疑，趙瑾仍選擇帶著一家人離開京城，
只不過「天高皇帝遠」的生活終究有個盡頭，
一回到宮裡，她就悲劇地發現當年努力接生的皇姪竟有心疾，
偏偏皇帝哥哥還指名她代理朝政，然後自己閉關不見人？
這下趙瑾算是真切體驗到一國之主到底有多悲哀了，
她不但被剝奪了在一旁嗑瓜子看朝臣吵架的樂趣，
更差點遭堆積如山的奏摺淹死，簡直生無可戀。

文創風 1267 5 完

說起那幫認定只有男人擔得起重責大任的迂腐臣子，
趙瑾實在懶得理會他們，橫豎這個監國不是她想當的，
什麼蒙蔽聖上、謀害皇子、篡位奪權……愛怎麼說就怎麼說。
遺憾的是，利慾薰心者根本不管如今還在打仗，
傢伙一抄就上門逼宮，讓人想當作沒這回事都難，
既然如此，她乾脆來個一網打盡，順勢為朝廷大換血！

2024年5月出版

心有柒柒

文創風 1255～1257

儘管年幼，卻比誰都更加堅忍不拔……
人生嘛，就是看誰能在惡劣的環境下奮戰不懈、尋找出路，
只要留著一口氣，定能等到撥雲見日的一天！

溫馨色彩揮灑高手／素禾

在「吃飽」跟「養一個來路不明又渾身是毛病」的人之間，
柒柒同時選擇了兩者，哪一邊都不打算落下。
先說啊，她可不是看上了慕羽崢過人的俊美外表，
而是深感亂世不易、生命可貴，何況她孤孤單單一個人，
就算他不是條可愛的小奶狗，多個家人也不錯嘛！
為了改善生活條件，柒柒典當母親的遺物、去醫館幹活賺錢，
然而慕羽崢此人的身分似乎有些蹊蹺，
先有追兵搜索，後有神秘的鄰居用心關照，
就在柒柒終於察覺到不對勁的時候，才發現……
她認了多年的「哥哥」，是傳說中手段狠辣的太子殿下！

2024年4月出版

炊出好運道

文創風 1252～1254

鍾記小食肆暖心開張，一勺入魂，十里飄香～～
天馬行空的無國界創意料理不只暖胃，更能療癒身心。
裊裊炊煙中，煨煮出美味的幸福——

不負美食不負愛／商季之

穿越成富商養女，鍾菱的生活看似養尊處優，舒心快活。
誰知某天殘疾落魄的親爹突然找上門認親，
富貴轉眼成空，這劇情走向太曲折了吧！
不安之下，鍾菱選擇了不認祖歸宗，繼續當她的千金小姐，
豈料卻成為權力鬥爭下的犧牲品，淪落身首異處的下場。
人死了之後，她才看透誰是真心對自己好……
追悔莫及的鍾菱萬萬沒想到，
她的穿越人生竟能重新開局一次，回到命運分歧的那一日——
這一回，她選擇和老父回鄉，打算用一手好廚藝養家。
鍾菱憑藉敏銳的味覺和無限創意，嶄新吃法大受好評。
一手打造的小食肆便是她的小天地，
從街頭小吃糖葫蘆到經典國宴名菜雞豆花，
不論甜的鹹的，哪怕菜單上沒有，小食肆應該都點得到。
顧客品嚐料理時幸福的笑，彷彿能療癒一切——

1282

姑娘這回要使壞 3 完

國家圖書館出版品預行編目資料

姑娘這回要使壞 / 菱昭著. --
初版. -- 臺北市 : 狗屋出版社有限公司, 2024.08
冊 ; 公分. --（文創風 ; 1280-1282）
ISBN 978-986-509-545-1（第3冊 : 平裝）. --

857.7　　113009727

著作者	菱昭
編輯	黃淑珍
校對	沈毓萍
發行所	狗屋出版社有限公司
地址	台北市104中山區龍江路71巷15號1樓
電話	02-2776-5889～0
發行字號	局版台業字845號
法律顧問	蕭雄淋律師
總經銷	知遠文化事業有限公司
電話	02-2664-8800
初版	2024年8月
國際書碼	ISBN-13　978-986-509-545-1

本著作物由北京晉江原創網絡科技有限公司授權出版

定價290元

狗屋劃撥帳號：19001626

網址：love.doghouse.com.tw　E-mail：love@doghouse.com.tw